♥

조르주 상드

1804년 파리 출생. 4세 때 아버지의 급작스러운 죽음 후 중부 베리 지방의 노앙에서 부유한 할머니 밑에서 다양한 교육을 받으며 성장한다. 18세 때 결혼하고 두 자녀를 출산하지만 행복하지 못한 결혼 생활을 청산하고 새로운 삶을 살기로 결심, 파리로 이주해 오로르 뒤팽이라는 본명 대신 조르주 상드라는 필명으로 작가 활동을 시작한다. 첫 소설이 성공을 거두자, 남장을 하고 문필가들의 모임에 자주 드나들며 왕성한 집필 활동을 하게 된다. 당시 문화계의 유명 인사들과 끊임없이 연애한 덕분에 늘 사교계 화제의 중심에 있었다. 그녀의 글은 주제와 소재가 다양했고 풍부한 상상력과 섬세한 감성으로 문단의 주목을 받으며 대중의 인기를 얻었다. 백여 편의 소설을 써냈는데 그 중에서도 고향 베리 지방을 배경으로 쓴 『마의 늪』『사생아 프랑수아』『사랑의 요정 파데트』등의 전원 소설이 가장 큰 호평을 받았다. 자신의 소설을 희곡으로 만들어 연극 무대에 올리기도 했고, 사회 정치적 이념을 주장하는 글들도 활발히 발표했다. 1876년 72세로 죽기 며칠 전까지도 집필 활동을 했을 정도로 그녀는 누구보다도 샘솟는 상상력과 열정의 작가였다.

일러두기

이 책은 George Sand, *La petite Fadette*(Librairie Générale Française, 1973)를 우리
말로 옮긴 것이다.

❖ 원서에서 작가가 이텔릭체로 강조한 부분은 본문에서 진한 고딕체로 바꾸었다.

❖ 본문에서 작은 따옴표로 강조한 단어는 옮긴이의 것이다.

❖ 본문의 각주는 옮긴이의 것이다.

사랑의 요정 파데트

✤ 이혜은 옮김

서울대학교 불어불문학과를 졸업하고 같은 대학원에서 박사학위를 받았다.
저서로 『라블레 연구』가 있고, 옮긴 책으로 『천재의 역사1』 『니체 신드롬』
『일르의 비너스』가 있다. 현재 서울대에서 강의하고 있다.

사랑의 요정 파데트

1판 1쇄 펴냄 2022년 5월 30일
지은이 조르주 상드
옮긴이 이혜은
디자인 강초록
제작 북팩토리

펴낸이 박진희
펴낸곳 ㈜파롤앤
출판등록 2020년 9월 10일 (제2020-000195호)
주소 서울시 서초구 서초대로 396, 217호
이메일 parolen307@parolen.co.kr
ISBN 979-11-973173-5-4 03860

사랑의 요정 파데트

조르주 상드 · 이혜은 옮김

파 롤 앤

"내 얼굴을 보지도 않고 밤에 입맞춤했다가
낮에 나를 다시 만났을 때 싫어할까 봐 두려워서 그래."

"자, 네 얼굴이 잘 보이게 달빛 쪽으로 와봐.
네가 못생겼는지 어떤지 잘 모르겠지만, 난 네 얼굴이 좋아.
너를 좋아하니까. 나한텐 그게 중요해."

❖

1

코스 마을의 바르보 씨는 시의원을 지냈으니까 재산은 제법 있었다. 그가 갖고 있던 두 개의 밭에서 식구들을 먹여 살릴 양식이 나왔고, 그러고도 남은 것들은 팔아서 수입을 올릴 정도였다. 그가 가진 목초지에서는 수레를 가득 채울 만큼의 건초를 얻을 수 있었다. 시냇가의 목초지에서 나오는 건초들은 골풀이 약간 섞여 나오는 걸 제외하면 그 지역에서는 최상급 사료로 평가받았다.

바르보 씨 집은 아주 잘 지어졌다. 지붕을 기와로 얹었고, 바람이 잘 부는 언덕 위에 자리 잡고 있었다. 수입이 잘 나오는 화원과 인부 여섯이 필요할 정도의 포도밭도 딸려 있었다. 게다가 곳간 뒤에는 이 마을에서는 과일밭이라고 부르는 훌륭한 과수원이 있었다. 거기에서는 자두, 버찌, 배, 마가목 열매 같은 것들이 주렁주렁 열렸다. 특히 과수원 가장자리에 있던 호두나무들은 이 부근에서 가장 오래되고 가장 큰 것들이었다.

바르보 씨는 정직하고, 선량하고, 가족을 무척 위하는 사람이었다. 이웃이나 교구 사람들에게 부당하게 구는 법도 없었다.

그에게는 이미 아이가 셋 있었지만, 바르보 부인은 아이 다섯은 키울 수 있는 재산이 있고, 자신도 나이가 들어 가니 서둘러야 한다고 생각한 듯 한꺼번에 예쁜 아들 둘을 낳았다. 이 둘은 너무나도 닮아 사람들이 거의 분간을 하지 못할 정도였다. 사람들은 곧 이들이 쌍둥이, 즉 완벽하게 같은 얼굴을 가진 일란성 쌍둥이라는 것을 알아차리게 되었다.

사제트 산파는 쌍둥이들이 태어날 때 자신의 앞치마에 받았는데, 그때 잊지 않고 먼저 태어난 아이의 팔에 바늘로 십자가 모양의 작은 상처를 내어 표시해 두었다. 그녀 말로는 리본 조각이나 목걸이로 표시해서는 헷갈릴 수도 있어 누가 형인지 모르게 될 수도 있다는 것이다. 아이가 더 커졌을 때 절대 지워지지 않을 표시를 해두어야 한다고 했다. 그녀의 말대로 틀림없이 그렇게 했다. 쌍둥이 중 형은 실뱅이라는 이름이 붙여졌는데, 대부가 되어 준 큰형과 구분하기 위해 곧 실비네로 불리게 되었다. 그리고 쌍둥이 동생의 이름은 랑드리였는데, 그 아이는 세례 때 받은 그 이름을 계속 갖게 되었다. 그 아이의 대부가 된 작은아버지가 젊어서부터 랑드리슈라고 불렸기 때문이었다.

시장에서 돌아온 바르보 씨는 요람 속에 작은 얼굴이 두 개 보이자 적잖이 놀랐다. "아이고 이런, 요람이 너무 작군. 내일 아침에 더 크게 만들어야겠군." 그는 어디서 배운 적도 없지만 목공일에 재주가 있어 자기 집 가구 중 절반은 자신의 손으로 만들었다. 그리고 그 외엔 별로 놀랄 것도 없다는 듯 아내를 돌보러 갔다. 그녀는 따뜻하게 데운 포도주를 큰 잔으로 하나 마시고는 몸 상태가 좋아졌다.

"여보, 정말 수고 많았소. 나도 힘내야겠는걸. 먹여 살려야 할 애가 둘 더 생겼으니 말이야. 아이를 더 갖고 싶은 마음은 없었지만… 쉴 새 없이 경작하고 가축들을 키워야겠군. 안심해요. 열심히 일할 거니까. 다음엔 세쌍둥이는 낳지 맙시다. 그건 좀 너무 많을 것 같네."라고 그는 부인에게 말했다.

바르보 부인은 울기 시작했다. 그러자 바르보 씨는 상당히 난처해졌다.

"괜찮아, 괜찮아, 슬퍼할 거 없어요, 여보. 내가 아까 말한 건 비난하려던 게 아니오. 고맙다는 뜻으로 한 말이라오. 쌍둥이들 참 잘생겼고 튼실하더군. 몸에 아무런 흠도 없고. 아주 만족스러워."라고 바르보 씨는 말했다.

"아, 신이시여! 여보, 나도 당신이 쌍둥이 낳은 걸 뭐라 하는 게 아니란 걸 잘 알아요. 하지만 걱정이에요. 쌍둥이를 키우는 것 만큼 어렵고 힘든 게 없다고들 하잖아요. 그 둘은 거의 항상 서로에게 피해를 주기 때문에, 둘 중 하나가 죽어야만 다른 하나가 건강하다고요."라고 부인이 말했다.

"그런 말이 있긴 하지. 근데 그게 사실일까? 나로서는 쌍둥이를 본 게 이번이 처음이야. 이런 경우는 흔한 게 아니니까. 사제트 산파가 와 계시잖아. 그분은 잘 아실 테지. 우리에게 그게 어떤 건지 말씀해 주실 수 있을 거야."라고 바르보 씨가 말했다.

사제트 산파는 이렇게 대답했다.

"나만 믿어. 이 쌍둥이들은 잘 클 거야. 다른 아이들보다 약하지도 않을 거. 내가 산파를 한 지 50년이야. 이 지역 아이들이 태어나고 자라고 죽는 거 다 봤어. 쌍둥이를 받은 것도 당연히 처음이 아니지. 우선 서로 닮은 건 걔들 건강에 아무 관련이 없어. 당신과 나만큼이나 서로 안 닮은 쌍둥이들도 있어. 그럴 때에는 한쪽이 건강하고 한쪽이 약한 경우도 자주 있어. 하지만 당신 애들 좀 봐 봐. 마치 혼자 태어난 애처럼 둘 다 잘생기고 몸도 아주 튼튼해. 엄마 뱃속에서 서로에게 해를 끼치지 않은 거지. 애들은 엄마도 별로 안 괴롭히고, 자기 자신들도 괴롭히지 않은 거지. 아주 예쁜 애들이고 잘 클 거야. 그러니까, 바르보 부인 기운 내요. 이 아이들 크는 걸 보는 게 큰 기쁨이 될 거야. 애들이 이대로 자라면 당신처럼 애들을 매일 보는 사람들 외에는 둘을 거의 구별할 수 없을 거야. 이처럼 닮은 쌍둥이는 본 적이 없어. 한 알에서 나온 두 마리 작은 자고새라고 할 지경이야. 정말 귀엽고 정말 닮아서 어미 새 외에는 구별 못 할걸."

"잘 됐군요! 그런데, 쌍둥이가 너무 사이가 좋아서 서로 떨어져서는 살 수 없다고 들은 적이 있어요. 적어도 한 명은 너무 슬퍼서 죽어 버린다고."라고 바르보 씨는 머리를 긁적이며 말했다.

"그건 사실이야. 산전수전 겪은 이 노파가 말하는 거 잘 들어 두게. 잊어버리면 안 돼. 애들이 커서 당신들 곁을 떠날 나이가 되면, 아마도 나는 이 세상에 없을 거고, 당신들한테 충고해 줄 수도 없을 테니까. 자, 잘 들어. 당신 애들이 서로를 알아보기 시작하면 붙어 다니지 않게 해. 한 아이를 데리고 일하러 가면 다른 아이는 집을 지키게 해. 한 아이가 낚시를 가면 다른 한 아이는 사냥을 보내. 한 아이가 양 떼를 지키면 다른 아이는 목장에서 소를 지키게 해. 한 아이에게 포도주를 마시게 하면 다른 아이에게는 물을 마시게 해. 그다음엔 바꿔서 하고. 동시에 둘을 꾸중하거나 버릇을 가르치려 하지 마. 둘에게 같은 옷을 입히지 말고. 한 아이가 챙 있는 모자를 쓰면 다른 아이는 챙 없는 모자를 쓰게 해. 그리고 특히 두 아이가 같은 파란 색 옷옷을 입지 않도록 해. 그러니까 당신들이 생각해 낼 수 있는 모든 수단 방법을 다해 그 둘이 혼동되는 걸 막고, 서로 다른 옷을 입는 거에 익숙해지도록 하는 거야. 내가 당신들에게 말하는 것들을, 한 귀로 흘려듣지 않을까 심히 걱정되네.

만일 내 말대로 하지 않으면 어느 날 크게 후회하게 될 걸세."라고 산파가 말했다.

산파는 적절한 조언을 해주었고, 바르보 부부는 그 말을 믿었다. 그들은 산파가 말한 대로 하겠다고 약속했고 그녀에게 좋은 선물을 들려서 돌려보냈다. 그리고 쌍둥이들에게 같은 젖을 먹이면 안 된다는 충고를 따라 부부는 급히 유모를 알아보았다.

그러나 마을에서는 유모를 한 명도 찾지 못했다. 바르보 부인은 쌍둥이가 태어나리라고는 생각하지 못했고 다른 애들은 모두 자기 젖으로 애들을 키웠기 때문에 유모를 미리 구하지 않았던 것이다. 바르보 씨가 사방으로 유모를 찾으러 떠나야 했다. 그러는 동안 바르보 부인은 애들을 굶길 수 없어서 둘 모두에게 자신의 젖을 물리게 되었다.

이 지역 사람들은 쉽게 결정을 내리지 않는다. 아무리 돈이 많은 사람도 약간은 흥정을 해야 했다. 바르보 씨네가 꽤 많은 월급을 줄 만한 돈이 있다는 것을 알고 있었고 부인이 더 이상 젊지 않기 때문에 젖먹이 둘을 키우다간 완전히 지쳐 버릴 것이라고 생각했다. 그래서 바르보 씨가 찾아낸 유모들은 모두 한 달에 18리브르를 요구했는데 그 금액은 도시에 사는 사람들에게나 요구할 수 있는 것이었다.

바르보 씨는 12에서 15리브르 정도만 지불할 생각이었다. 그 정도면 시골 농부에게는 충분히 많은 금액이라 생각했다. 사방을 뛰어다니며 말다툼까지 벌였지만 하나도 결정짓지 못했다. 그렇게 급할 것도 없었다. 갓난아이들 둘이 엄마를 그다지 피곤하게 만들지 않았기 때문이다. 그들은 둘 다 건강하고, 조용하고, 무척 얌전해서 집안에서 한 아이를 키우는 정도의 손이 갔다. 한 아이가 자면 다른 아이도 잠을 잤다. 바르보 씨가 요람을 잘 개조했기 때문에 둘이 동시에 울 때에는 요람을 흔들어 동시에 달래 줄 수 있었다.

마침내 바르보 씨는 한 유모와 15리브르에 협상을 마쳤다. 사례금으로 100수를 줄 일만 남았을 때 바르보 부인이 이렇게 말했다.

"아이고, 여보! 왜 1년에 180에서 200리브르나 써야 하는지 모르겠어요. 우리가 무슨 부잣집 나리나 사모님도 아니잖아요. 내가 우리 애들 먹일 젖이 안 나올 나이도 아니고요. 젖이라면 먹이고 남을 정도로 나와요. 보세요. 우리 애들 한 달 되었는데 얼마나 잘 컸는지요. 당신이 애 둘 중 하나를 맡기겠다고 한 메를로드는 나의 절반만큼도 튼튼하지도 건강하지도 않아요. 그녀의 젖은 안 물린 지 18개월이나 된걸요. 갓난아이 먹이기에 적당한 젖이 아니에요. 사제트 산파가 같은 젖으로 우리 애들을 키우지 말라고 한 것은 애 둘이 서로에게 너무 지나친 친밀감을 갖지 않도록 하라는 것이었지요. 그렇게 말한 게 맞아요. 그런데 애 둘을 똑같이 잘 보살펴야 한다고도 하지 않았어요? 결국 쌍둥이는 다른 아이들만큼은 튼튼하지 않다는 거 아니에요? 나는 우리 애들 중 하나를 위해 다른 하나를 희생해야 한다면, 둘이 서로 너무 좋아하는 게 낫겠어요. 더구나 둘 중 누구를 유모 손에 맡기죠? 솔직히 말해 누구를 보내든 괴로울 거예요. 나는 우리 애들 다 좋아했지만 왠지 이번에 낳은 아이들은 지금까지 제가 품었던 애들 중 가장 사랑스럽고 착한 거 같아요. 왜 그런지는 모르겠지만 이 아이들을 잃을 것만 같은 생각이 들어 걱정되어 죽겠어요. 여보, 부탁이에요. 유모 이야기는 없던 일로 합시다. 유모만 빼고 나머지는 사제트 산파가 말한 대로 다 할 거예요. 젖먹이들이 서로에게 지나친 애정을 품는다는 게 있을 수 있는 일일까요? 젖을 뗄 무렵이 되어서야 자기들 손발 구별하지 않겠어요?"

"당신 말도 일리는 있어." 바르보 씨는 아직 젊고 건강한 아내의 얼굴을 바라보았다. 이렇게 젊고 건강한 모습은 흔히 볼 수 없는 것이었다. "하지만 애들이 점점 커가면서 당신 몸이 버티기 힘들어질 텐데."

"걱정 말아요. 15살 처녀 때처럼 식욕이 좋아요. 만일 기운이 없다는 생각이 들면, 당신에게 숨김없이 말한다고 약속할게요. 그때 애 하나를 유모에게 보낸다고 해도 늦지 않을 거예요."라고 바르보 부인이 말했다.

바르보 씨도 쓸데없는 지출은 하고 싶지 않았기 때문에 자기 뜻을 굽혔다. 바르보 부인은 불평하지도 힘들어하지도 않으면서 쌍둥이를 길렀으며, 얼마나 몸이 건강했던지 이 애들이 젖을 뗀 지 2년이 지나서는 나네트라는 이름의 작고 예쁜 딸을 낳기까지 했으며, 그 애도 역시 그녀 자신의 젖을 물려 키웠다. 하지만 이건 조금 무리여서, 만일 첫애를 낳아 키우고 있던 맏딸이 때때로 막내 동생에게 자신의 젖을 물려주지 않았다면 끝까지 키우는 것은 어려웠을지 모른다.

이렇게 바르보 씨 가족은 점점 늘었고, 곧 어린 삼촌, 어린 이모, 어린 조카들이 집안에 바글바글하게 되어서, 누구는 시끄럽고 누구는 얌전하다고 말할 수 없는 상태가 되었다.

2

쌍둥이는 다른 아이들보다 병치레도 많이 하지 않으며 잘 자랐고, 게다가 성질도 온순하고 참을성도 있어서 이갈이를 하거나 키가 자랄 때에도 다른 아이들만큼 고생하지 않았다.

둘은 금발이었고, 커가면서 머리색이 변하지도 않았다. 안색도 좋았고, 커다란 푸른 눈을 갖고 있었고, 어깨는 떡 벌어지진 않았지만 등은 곧게 펴져 있었고, 또래 아이들보다 키도 크고 활발했기 때문에 코스 마을을 지나가는 옆 마을 사람들은 모두 걸음을 멈추고 두 아이의 얼굴을 바라보았다. 그 둘이 닮았다는 사실에 감탄하며 그때마다 이렇게 말하면서 지나갔다. "어쨌든 정말 잘생긴 녀석이 둘이나 있군."

이런 까닭에 쌍둥이는 어려서부터 사람들이 살펴보거나 질문받는 일에 익숙해져 크면서도 전혀 부끄러워하거나 당황하지 않았다. 그들은 낯을 가리지 않고 누구에게도 편하게 대했으며, 또래의 다른 아이들은 모르는 사람을 보면 덤불 뒤에 숨거나 하는데, 먼저 다가가서 언제나 예의 바르게 무슨 질문을 받아도 고개를 숙이거나 우물쭈물하지 않고 잘 대답했다. 처음에는 둘을 구별할 수가 없었다. 마치 계란 하나를 보고 또 계란 하나를 보는 것 같다고 생각했다. 그러나 한 15분 정도 그들을 관찰하면, 랑드리가 아주 약간 키가 더 크고 더 건장하고, 머리숱도 조금 더 많고, 코가 더 크고, 눈이 더 생기가 있다는 것을 알 수 있었다. 그리고 또한 이마도 조금 더 넓고, 단호한 표정을 갖고 있었다. 특히 형은 오른쪽 뺨에 점이 있는 반면 랑드리는 왼쪽에 있었기 때문에 훨씬 더 눈에 잘 띄었다. 그래서 마을 사람들도 둘을 잘 구별할 수 있게 되었다. 하지만 구별하기까지 시간이 좀 걸렸고, 해가 질 무렵이나 조금 떨어진 곳에서는 거의 대부분이 구별하지 못했다. 쌍둥이 형제가 목소리도 같고, 사람들이 착각할 때가 많다는 사실을 잘 알고 있어서 누구의 이름을 불러도 대답했으며, 굳이 틀렸다고 바로잡아 주지 않았기 때문이었다. 바르보 씨조차 가끔 틀렸다. 사제트 산파가 예언한 대로 밤이 아무리 깊어도 아무리 멀리서도 두 사람을 보자마자 목소리를 듣자마자 정확히 누군지 알아보는 사람은 어머니뿐이었다.

사실 둘은 제각기 장점을 가지고 있었다. 랑드리가 형에 비해 조금 더 명랑하고 용감한 성격이라면, 실비네는 붙임성 있고 세심한 성격이어서 둘 다 좋아하지 않을 수 없었다. 가족들은 석 달 동안 둘이 서로 붙어 있지 않게 하려고 했다. 시골에서는 그런 의례적이지 않은 일을 석 달이나 지속했으면 할 만큼 한 것이었다. 하지만 무엇을 해도 효과는 없었다. 또한 사제의 이야기로는 사제트 산파는 허튼소리를 늘어놓는 사람이고 신이 정한 자연의 법칙을 인간의 힘으로는 깨트릴 수 없다는 것이었다. 그래서 가족들은 사제트 산파의 말에 따르겠다고 약속했던 것들을 조금씩 잊어버리게 되었다. 처음으로 둘이 유아복을 벗고 반바지 차림으로 미사에 가게 됐을 때 같은 천으로 된 옷을 입었다. 왜냐하면 어머니의 치마로 옷 두 벌을 만들었기 때문인데, 모양도 똑같았다. 그 마을의 재봉사는 한 가지 모양의 옷밖에 만들 줄 몰랐기 때문이다.

둘은 나이를 먹어감에 따라 색깔에 대한 취향도 같아졌다. 로제트 숙모가 새해 선물로 각자에게 넥타이를 하나 선물하려 했을 때 페르슈* 산 말에 물건을 싣고 집집마다 돌아다니는 행상인에게서 둘은 모두 라일락 색깔의 넥타이를 골랐다. 숙모는 항상 둘이 같은 옷을 입어서 넥타이도 같은 것을 고른 거냐고 물었다. 그러나 쌍둥이는 거기까지는 생각하지 않았다. 실비네는 행상인이 가지고 있는 모든 물건 중에서 가장 색이 예쁘고 무늬도 좋아서라고 대답했다. 랑드리는 다른 넥타이들은 다 별로였다고 바로 대답했다.

"그럼 내 말의 색깔은 어떠니?"라고 행상인이 웃으며 말했다.

"정말 더러워요. 늙어 빠진 까치 같아요."라고 랑드리가 말했다.

"완전 더럽죠. 깃털이 여기저기 빠진 까치라 할 수 있죠."라고 실비네가 말했다.

"이것 보세요. 이 아이들은 보는 눈까지 같네요. 만일 한 애가 빨간 것을 노랗다고 하면 곧 다른 아이가 노란 것을 빨갛다고 말할 거예요. 그러니까 그런 거 방해하면 안 돼요. 쌍둥이가 같은 판으로 찍어 낸 두 장의 그림처럼 생각하는 걸 억지로 못 하게 하면 바보처럼 되어서 자기가 무슨 말을 하는지도 모르게 된다고들 하잖아요." 하고 행상인은 재판관 같은 태도로 숙모에게 말했다.

행상인이 이런 말을 한 것은 염색이 잘 안 된 라일락색 넥타이를 한꺼번에 팔아치우고 싶었기 때문이었다.

그 후에도 모든 일이 그런 식이었다. 쌍둥이는 늘 같은 옷을 입고

* 북프랑스의 옛 지방

다녀서 사람들이 혼동하는 일이 많아졌다. 이것이 아이들의 장난 때문인지, 사제의 말씀대로 인간의 힘으로는 어찌할 수 없다는 자연법칙의 힘 때문인지 사람들은 알 수가 없었다. 하나가 나막신의 앞부분을 깨먹으면 다른 하나도 바로 같은 쪽의 나막신 앞을 깨트렸다. 한 아이의 옷옷이나 모자가 찢어지면 바로 뒤이어 다른 아이가 같은 부분을 찢어서 사람들은 같은 일이 둘에게 일어났다고 생각할 정도였다. 그래서 왜 그렇게 됐냐고 누가 물으면 둘은 웃으며 일부러 아무것도 모르는 척했다.

다행인지 불행인지, 나이가 들어 감에 따라 사이가 더 좋아져 철들기 시작할 무렵에는 둘 중 한쪽이 없으면 다른 아이와 놀아도 재미가 없다고 말하게 되었다. 그래서 바르보 씨가 한 아이를 일하는 데에 데려가 하루 종일 곁에 두고, 다른 한 아이는 엄마와 함께 집을 지키게 해봤는데, 둘 다 너무 슬퍼하며, 얼굴도 창백해지고, 일도 제대로 하지 못해 혹시 아픈 건 아닐까 생각될 정도였다. 그리고 저녁에 둘이 얼굴을 마주하자, 손을 맞잡고 밖으로 뛰쳐나가 좀처럼 돌아오지 않았다. 그만큼 둘은 함께 있는 것이 기뻤고, 자신들에게 이런 고통을 겪게 한 부모님에게 약간 삐쳤기 때문이기도 했다. 가족들은 이런 일을 다시 시도해보지 않았다. 왜냐하면 엄마 아빠뿐만 아니라, 삼촌들, 숙모들, 형제자매들도 조금 지나칠 정도로 응석을 받아 주며 귀여워했기 때문이었다. 그들은 늘 사람들에게 칭찬을 받는 쌍둥이를 자랑스럽게 여겼다. 사실 쌍둥이들은 못생기지도, 바보스럽지도 않았고, 또한 심술궂지도 않았다. 때때로 바르보 씨는 이렇게 함께 있는 것에 익숙해지면 그들이 어른이 되었을 때는 어떻게 될지 약간 걱정이 되기도 했다. 사제트 산파의 말이 떠올라서 둘이 서로 질투심을 느끼도록 일을 꾸며 보기도 했다. 만일 둘이 뭔가 사소한 실수를 저지르면, 예를 들어 그는 실비네의 귀를 잡아당기면서 랑드리에게는 이렇게 말했다. "이번에 너는 봐준다. 평소에 너는 얌전하니까." 그러나 실비네는 자신의 귀가 불붙은 것처럼 아파도 동생이 벌받지 않는 걸 보고 위안을 받았고, 랑드리는 자신이 체벌을 받는 것처럼 울었다. 또 둘 모두가 갖고 싶어 하는 어떤 것을 한 아이에게만 주기도 해봤는데, 만일 그게 맛있는 음식이면 나눠 먹었고, 장난감이나 도구 같은 것이면 공동 소유하거나, 서로 쓰고 빌려주고 해서 내 것 네 것 구별하지 않았다. 한 아이의 행동만 칭찬하며 다른 아이에게는 공평하게 하지 않은 척 해봤는데, 다른 아이는 쌍둥이 형제가 격려받고 귀여움 받는 것을 보고 오히려 기뻐하고 자랑스러워했다. 심지어 자신도 그 아이를 칭찬하고 쓰다듬어 주는 것이었다. 결국 둘의 몸과 마음을 떼어 놓으려 하는 것은 헛된 노력이었다. 그리고 소중한 아이들을 불쾌하게 하는 것은 아무리 아이들을 위한 일이라 할지라도 그다지 하고 싶지 않아서 곧 모든 것을 신의 뜻에 맡기기로 했다. 이런 식으로 형제를 차별해서 약 올리는 일은 장난처럼 되었고, 그 뒤부터 쌍둥이들도 속지 않았다. 때때로 둘은 사람들이 자신들을 건드리지 못하도록 꾀를 내어 서로 싸우거나 때리는 시늉을 했다. 하지만 그저 장난을 치는 것일 뿐이고, 엎치락뒤치락 뒤엉켜 싸워도 조금도 상처가 나지 않도록 조심했다. 둘이 싸우는 것을 보고 놀라 다가오는 멍청이가 있으면 둘은 몸을 숨기고 그 사람을 비웃었고, 한 가지 위에 앉은 두 마리 티티새처럼 지저귀고 노래하는 소리를 냈다.

이렇게 많이 닮았고 사이가 좋은 형제였지만, 하늘에도 땅에도 완전히 똑같은 것은 무엇 하나 만들지 않은 신은 둘이 서로 다른 운명을 갖게 하셨다. 마침내 사람들은 이 두 아이가 신의 뜻으로 분리된 두 인간으로 태어난 것이며, 그렇기 때문에 타고난 기질도 다르다는 것을 알게 되었다.

사람들은 어려운 일을 겪고 나서야 그런 사실을 알게 되었다. 그 시련은 두 사람이 첫영성체를 끝낸 뒤에 닥쳤다. 바르보 씨 가족은 계속해서 아이들을 낳는 두 딸들 덕분에 그 수가 점점 늘어났다. 맏아들 바르탱은 잘생기고 씩씩한 청년이었지만 군대에 가 있었다. 사위들은 일을 열심히 했지만 일거리가 항상 있는 것은 아니었다. 이 지역은 악천후의 피해가 심하고 거래가 잘 이루어지지 않는 등 이런저런 일들로 흉년이 계속되어 서민들 지갑에서 나가는 돈이 들어오는 돈보다도 많았다. 그래서 바르보 씨도 식구들을 모두 먹여 살릴 여유가 안 되어서 쌍둥이를 다른 집에 고용살이를 보낼 생각을 하게 되었다. 프리슈 마을의 카이요 씨가 소 돌봐 줄 아이 하나를 고용하겠다고 했다. 그에게는 경작할 땅이 상당히 많았고 자기 아들들은 그런 일을 하기엔 너무 나이가 많거나 어렸기 때문이었다. 바르보 부인은 남편한테 그 이야기를 듣자 매우 걱정하며 슬퍼했다. 마치 쌍둥이에게 이런 일이 일어나는 것을 한 번도 예견하지 못했던 것같이 보였지만, 사실은 둘이 태어나서 커가는 내내 이런 일이 닥칠 것을 걱정하고 있었다. 그러나 남편의 말에 매우 순종적인 여자였기에 그녀는 아무 말도 할 수 없었다. 바르보 씨는 그 자신도 걱정이 되어 일을 천천히 진행했다. 처음에 쌍둥이는 계속 울었고, 사흘 동안 숲과 들판을 돌아다니며 식사 때 외에는 모습을 드러내지 않았다. 그들은 부모님에게 한 마디도 하지 않았으며, 부모님 말씀에 따를 거냐고 물어도 아무런 대답도 하지 않았다. 그러나 둘만 있을 때는 서로 여러 가지 의견을 주고받았다.

첫날에 둘이는 한탄만 했으며 사람들이 그들을 억지로 갈라놓을까 두려운지 서로 팔을 꼭 붙들고 있었다. 그러나 바르보 씨는 그들을 억지로 떼어 놓을 생각은 없었다. 그는 반은 인내가 나머지 반은 시간이 해결해 줄 거라는 농부의 지혜를 갖고 있었다. 그다음 날에도 아버지는 쌍둥이를 혼내지 않았고 쌍둥이들이 이해해 줄 것으로 기대하는 것 같았다. 형제는 협박이나 벌보다 이런 걸 바라는 아버지가 더 무서웠다.

"역시 아버지가 시키는 대로 할 수밖에 없겠어. 누가 가느냐가 문제야. 우리 마음대로 정하라고 하셨지만. 카이요 씨가 우리 둘 다 고용할 수 없다고 하셨으니까."라고 랑드리가 말했다.

"누가 가든 누가 남든 마찬가지잖아. 우리는 헤어져야 해. 다른 데에서 사는 것은 생각해 본 적도 없어. 너와 함께 갈 수 있다면 집 생각도 안 날 텐데."라고 실비네가 말했다.

"말은 그렇게 할 수 있겠지. 하지만 역시 부모님 곁에 있는 사람은 위안도 받을 수 있고 골치 아픈 일도 적을 거야. 다른 한쪽은 형제도, 아버지, 어머니도, 정원이나 가축들도, 자기가 좋아하던 모든 것들을 볼 수 없게 될 거야."라고 랑드리가 말했다.

랑드리는 결심한 듯이 이렇게 말했다. 그러나 실비네는 다시 울기 시작했다. 왜냐하면 그는 동생만큼 결단력이 없었고, 한 번에 모든 것을 잃고 모두와 헤어져야 한다고 생각하니 너무 슬퍼서 끝없이 눈물이 나왔다.

랑드리도 울었지만 형만큼은 아니었다. 그리고 울음의 의미도 달랐다. 왜냐하면 그는 항상 가장 힘든 일을 자기가 떠맡을 생각이었으니까. 실비네가 얼마만큼 고통을 감당할 수 있을까를 보고, 그 이상은 안 해도 되게 해주고 싶었다. 자신보다는 형이 낯선 곳에 가서 살거나 자기 집이 아닌 곳에 들어가는 것을 더 무서워하고 있었다.

"저기, 형, 우리가 헤어지기로 한다면, 내가 가는 게 좋겠어. 형도 알

다시피 내가 형보다 튼튼하잖아. 우리가 아플 때는 거의 항상 같이 아프긴 하지만 형이 나보다 열이 더 심하게 나잖아. 우리가 헤어지면 죽는다고들 하는데, 나는 죽지 않을 거라고 믿어. 그런데 형에 대해서는 장담할 수가 없어. 그러니까 형은 어머니와 함께 있는 게 좋겠어. 어머니가 위로도 해주실 거고 보살펴 주실 테니까. 사실, 눈에 띌 정도는 아니지만 우리 가족이 둘 중 누군가를 편애했다면 그건 당연히 형이야. 형이 더 귀엽고 더 붙임성도 있다는 거 잘 알아. 그러니까 형은 집에 남아. 내가 갈게. 그렇게 멀리 떨어져 있는 것도 아니야. 카이요 씨의 땅은 우리 집 땅과 이어져 있으니까 매일 만날 수 있어. 나는 고생 따위 아무렇지도 않고 오히려 무료함을 달래 줄 거라 생각해. 그리고 내가 형보다 더 빨리 달리니까 저녁 일을 마치면 곧장 형을 만나러 올게. 형은 특별히 하는 일도 없으니 산책할 겸 내가 일하는 거 보러 와줘. 형이 나가고 내가 집에 남는 것보다 이러는 게 훨씬 걱정이 덜 돼. 그러니까 형은 집에 남아. 부탁이야."라고 랑드리는 실비네에게 말했다.

3

실비네는 이 제안을 받아들이려 하지 않았다. 아버지, 어머니, 어린 여동생 나네트와 헤어지고 싶지 않다는 마음은 랑드리보다 강했지만, 소중한 쌍둥이 동생에게 무거운 짐을 떠넘길 일이 두려웠다.

한참 토론한 끝에, 둘은 지푸라기로 제비뽑기를 했다. 랑드리가 당첨되었다. 실비네는 제비뽑기 결과에 만족할 수 없어서 동전 던지기로 정하자고 했다. 세 번 모두 앞면이 나왔고, 역시 랑드리가 가는 것으로 결정되었다.

사흘째 되는 날, 실비네는 여전히 많이 울었지만, 랑드리는 이제 거의 울지 않았다. 집 떠날 것을 처음 생각했을 때 랑드리는 형보다 더 괴로웠을지도 모른다. 하지만 자기가 용감하다는 것을 알고 있었고, 부모님을 거스를 수 없다는 것을 잘 알고 있었다. 그러나 자신의 불행에 대해 계속 생각한 끝에 그 생각을 빨리 떨쳐 내고 앞으로 어떻게 해야 할지 이성적으로 생각하게 되었다. 반면에 실비네는 너무 가슴 아파한 나머지, 이성적으로 생각할 용기도 나지 않았다. 랑드리가 떠날 결심을 완전히 굳혔음에도 불구하고 실비네는 아직 동생을 떠나보낼 마음의 준비가 되어 있지 않았다.

그리고 랑드리는 형보다 자존심이 더 강했다. 두 사람이 서로 떨어져 살지 않으면 언제까지고 어엿한 어른이 될 수 없다는 말을 수도 없이 들어 왔기 때문에, 이제 열네 살이 되었다는 자부심을 갖기 시작한 랑드리는 모두에게 자신은 어린아이가 아니라는 사실을 보여 주고 싶었다. 예전에 두 사람이 나무 꼭대기에 있던 새 둥지를 가지러 갔던 시절부터 지금에 이르기까지 랑드리는 늘 먼저 형을 설득하고 이끌었다. 따라서 이번에도 형의 마음을 달랬다. 저녁이 되자 집으로 돌아와 아버지에게 형과 자신은 부모님이 시키는 대로 하기로 결심했으며, 둘이서 제비를 뽑은 끝에 자신이 프리슈 마을로 커다란 소를 돌보러 가기로 결정했다는 것을 말씀드렸다.

바르보 씨는 이미 다 큰 쌍둥이 형제를 무릎에 앉히고, 그들에게 다음과 같이 말했다.

"얘들아, 너희들이 철이 들었구나. 내 말을 들어준 걸 보니 알겠다. 정말 기쁘다. 아이가 부모를 기쁘게 하면 하늘에 계신 신도 기뻐해 주시니까 언젠가 반드시 좋은 보답이 있단다. 잘 기억해 두어라. 둘 중 누가 먼저 아버지 말에 따르기로 했는지 묻지 않겠다. 그렇지만 신께서는 알고 계신다. 먼저 말을 꺼낸 아이를 축복해 주실 거야. 그리고 또 다른 아이도 그 말을 잘 들었으니까 축복해 주실 거야."

그러고 나서, 그는 쌍둥이 형제를 아내에게 데리고 가서 두 사람을 칭찬해 주라고 했다. 하지만 바르보 부인은 울음을 참는 것도 너무 힘들어서 아무 말도 하지 못하고 그저 둘을 안아 줄 뿐이었다.

바르보 씨는 사리 분별이 있는 사람이어서 둘 중 누가 용기를 내었는지, 누가 집과 가족에 대한 애착이 더 있는지 알고 있었다. 모처럼 결심한 실비네의 마음이 흔들려서는 안 된다고 생각했다. 스스로에게는 매우 결단력 있는 랑드리지만, 단 한 가지 형이 너무 슬퍼하면 결심이 흔들릴 수도 있을 것 같았다. 그래서 그는 날이 밝기도 전에 나란히 자고 있던 실비네의 몸을 건드리지 않도록 매우 조심하면서 랑드리를 깨웠다.

"애, 랑드리." 바르보 씨는 아주 작은 목소리로 말했다. "엄마가 널 보기 전에 프리슈로 떠나야 해. 엄마가 너무 슬퍼하고 있는 걸 너도 알고 있지? 그러니까 인사는 생략하자꾸나. 내가 새 주인집에 데려다주마. 짐도 들어다 주고."

"형한테도 작별인사 안 해요?"라고 랑드리가 물었다. "아무 말 없이 가면 원망할 거예요."

"형이 일어나서 네가 떠나는 것을 보면 분명 올 거야. 그러면 엄마도 깨우게 될 거고, 엄마는 너희들이 슬퍼하는 모습을 보고 더 심하게 울겠지. 자, 랑드리, 너는 마음이 넓은 아이잖니. 엄마가 아프기를 바라지 않겠지? 우리 아들, 해야 할 일은 완전히 해내는 거다. 아무런 기척도 없이 출발하는 거야. 오늘 밤에라도 형을 너 있는 곳으로 데리고 가마. 내일은 일요일이니까 날 밝는 대로 엄마를 만나러 올 수 있단다."

랑드리는 묵묵히 그 말을 따랐으며, 문을 나선 후에는 뒤도 돌아보지 않았다. 바르보 부인은 마음이 편치 않았기 때문에 그렇게 깊이 잠들어 있지 않아서 바르보 씨가 랑드리에게 하는 말을 전부 들었다. 그러나 이 불쌍한 부인은 남편의 말이 옳다고 생각해서 꼼짝도 하지 않고, 커튼을 약간 열어 랑드리가 나가는 것을 볼 뿐이었다. 랑드리의 뒷모습을 보고 있으니 마음이 너무 아파서 안아 주러 가려고 침대에서 내려왔다. 그러나 쌍둥이 형제의 침대 앞에 이르자 부인은 갑자기 멈춰 섰다. 실비네가 깊이 자고 있었기 때문이었다. 거의 사흘 밤낮으로 울어 몸이 녹초가 되어 있었고, 게다가 열도 제법 나서 잠자리에서 몸을 계속 뒤척였지만 한숨을 깊게 쉬거나 신음하면서도 전혀 눈을 뜨지 못했다.

그때 바르보 부인은 쌍둥이 중 남은 아들을 물끄러미 바라보며 만일 이 아이가 떠나게 되었다면 더욱 괴로웠을 거라는 생각을 떨칠 수가 없었다. 실비네가 둘 중에 더 섬세한 것은 사실이다. 성격이 더 부드러웠고, 사랑이든 우정이든 신께서 두 사람을 서로 아끼게 하셨지만, 항상 실비네가 랑드리보다 더 마음을 쏟도록 정해 놓으셨기 때문이다. 바르보 씨는 랑드리를 조금 더 좋아했다. 다정다감함이나 세심함보다 일솜씨와 용기를 중시했기 때문이다. 그러나 부인은 상냥하고 다정한 실비네를 조금 더 좋아했다.

그랬기 때문에 바르보 부인은 창백하고 수척한 가엾은 아이를 바라보면서, 이 아이를 고용살이로 보냈더라면 굉장히 불쌍했을 것이라 생각했다. 그리고 랑드리는 고통을 견딜 수 있을 만한 자질을 갖추었고, 게다가 쌍둥이 형이나 어머니에게 애착을 갖고 있다 해도 병에 걸릴 정도로 괴로워하지는 않을 것이며, 자신의 의무를 잘 알고 있는 아이라고 생각했다. '하지만 아무리 그렇다 해도 마음이 모질지 않다면 저렇게 망설이지 않고 뒤도 안 돌아보고 눈물 한 방울 흘리지 않고 떠나지는 않았을 텐데. 두 발짝도 못 가서 바닥에 무릎 꿇고 신께 용기를 달라고 기도하지 않고는 견딜 수 없었겠지. 그리고 자는 척하고 있다 해도 침대에 다가와 내 얼굴을 바라보기만이라도, 커튼 끝에 키스하는 것만이라도 했을 텐데. 랑드리는 정말 사내아이야. 생계를 꾸리고, 몸을 움직이고, 일하고, 여기저기 돌아다니면 되지. 반면에 이 아이는 여자아이 같은 마음씨를 갖고 있어. 너무 다정하고 상냥해서 눈에 넣어도 아프지 않을 정도로 사랑스럽지.'

이렇게 마음속으로 계속 생각하며 바르보 부인은 침대로 돌아갔지만 좀처럼 잠이 오지 않았다. 그 무렵 바르보 씨는 랑드리를 데리고 목초지와 목장을 지나 프리슈 마을로 가고 있었다. 나지막한 언덕 위에 다다르자, 이제 내리막길로 가면 코스 마을의 집은 보이지 않게 되기 때문에 랑드리는 멈춰 서서 뒤를 돌아보았다. 가슴이 터질 것 같아서 고사리밭에 주저앉았다. 한 발짝도 뗄 수가 없었다. 아버지는 못 본 척하며 계속해서 걸어갔다. 잠시 후, 그의 이름을 부드러운 목소리로 부른 후 이렇게 말했다.

"랑드리, 자, 날이 밝아 오는구나. 해가 뜨기 전에 도착하려면 서둘러야겠다."

랑드리는 자리에서 일어났다. 아버지 앞에서 절대로 울지 않겠다고 다짐했기 때문에 눈망울에 맺힌 눈물을 삼켰다. 주머니에서 작은 칼이 떨어져서 줍는 척했다. 그리고 프리슈 마을에 도착할 때까지 마음속의 고통을 결코 드러내지 않았다. 그렇지만 그 고통은 결코 적은 게 아니었다.

4

　카이요 씨는 쌍둥이 형제 중에서 더 튼튼하고 일 잘하는 쪽을 데려 온 것을 보고 반갑게 맞아 주었다. 이렇게 결정하기까지 얼마나 힘들었을지 잘 알고 있었다. 카이요 씨는 친절하고 좋은 사람이고 바르보 씨와 매우 사이좋은 친구였기 때문에 랑드리를 칭찬하고 격려하려고 최선을 다했다. 바로 수프와 포도주 단지를 내오게 해서 랑드리의 마음을 위로해 주려 했다. 랑드리가 슬퍼하고 있다는 것은 한눈에 알 수 있었다. 식사를 마친 다음 카이요 씨는 랑드리를 외양간에 데리고 가서 소 다루는 방법을 가르쳐 주었다. 사실 랑드리는 이런 일이 처음은 아니었다. 랑드리의 아버지도 꽤 훌륭한 소를 한 쌍 갖고 있어서 자주 소를 수레에 매달아 끌고 다니는 일을 능숙하게 해내곤 했었다. 카이요 씨가 가진 큰 소들은 이 고장에서 가장 손질이 잘되고, 가장 영양 상태가 좋고, 혈통이 좋은 것이어서 랑드리는 이 소들을 보자마자 이렇게 멋진 소들을 자신이 맡아 돌본다는 생각에 자부심으로 가슴이 벅차올랐다. 그리고 자신이 일에 서투르지도 게으르지도 않으며, 새로 배울 필요가 없다는 사실을 보여 주는 것도 기뻤다. 바르보 씨도 잊지 않고 아들을 칭찬해 주었다. 이윽고 들에 일하러 갈 시간이 되자 카이요 씨의 아들들, 딸들 모두가 큰애, 작은애 할 것 없이 모두 와서 랑드리에게 입맞춤으로 인사를 했다. 막내딸은 랑드리의 모자에 꽃 한 송이를 리본으로 묶어 달아 주었다. 이날은 랑드리가 이 집에서 일하는 첫날이었고, 그를 맞이하는 가족에게는 축제와 같은 날이었다. 바르보 씨는 돌아가기 전에 아들의 새 주인이 된 카이요 씨 앞에서 훈계를 했다. 무슨 일이나 주인 마음에 들 수 있도록 하고, 소를 자기 자신의 것이라 생각하며 돌보라고 지시했다.

랑드리는 최선을 다하겠다고 약속한 뒤 밭일을 하러 갔다. 온종일 차분하게 자기 몫의 일을 했기 때문에 돌아왔을 때는 배가 무척 고팠다. 이렇게 힘들게 일한 것은 이번이 처음이었다. 약간의 피로가 슬픔을 잊게 하는 특효약이었다.

그러나 '쌍둥이네'에 남은 실비네는 이날 하루를 보내기가 참으로 괴로웠다. 여기서 여러분이 아셔야 할 게 있는데, 코스 마을에 있는 바르보 씨의 집과 땅은 쌍둥이 형제가 태어난 이후에 이런 이름으로 불리게 되었다. 그리고 얼마 지나지 않아 이 집에 있던 하녀가 쌍둥이 자매를 낳았기 때문이기도 했다. 하녀의 쌍둥이는 바로 숨을 거두긴 했다. 그런데 농부들은 쓸데없는 소리를 하거나 별명을 붙이거나 하는 것을 좋아해서 이 집과 땅에 쌍둥이네라는 이름이 붙게 된 것이다. 실비네나 랑드리가 모습을 드러내면 아이들은 언제나 그들을 둘러싸고 이렇게 외쳤다. "쌍둥이네 쌍둥이들이다!"

그런데, 그날 바르보 씨의 쌍둥이네에는 무척 슬픈 일이 있었다. 실비네가 눈을 뜨자마자 옆에서 자던 동생이 없어진 것을 보고 무슨 일이 일어난 것인지 짐작은 갔지만 랑드리가 이처럼 작별인사도 하지 않고 떠났다는 사실이 도무지 믿기지 않았다. 그래서 마음이 아픈데도 그에 대해 화가 치밀었다.

"내가 뭘 어쨌다고?" 실비네는 어머니에게 말했다. "뭐가 자기 마음에 안 들었던 거지? 걔가 하라는 대로 다 했는데. 엄마 앞에서는 울지 말라고 해서 울지 않고 참았단 말이에요. 머리가 깨질 것 같았다고요. 내가 기운 낼 수 있도록 격려의 말도 좀 해주고, 평소 우리 둘이 이야기하며 놀던 삼밭이 끝나는 부근에서 아침을 먹고 나서 가기로 약속했는데. 내가 랑드리의 짐을 꾸려 주고 싶었는데. 그리고 랑드리의 주머니칼보다 내 칼이 더 나아서 그것도 줄 생각이었단 말이에요. 그러니까 엄마는 어젯밤에 나한테 아무런 말도 하지 않고 랑드리의 짐을 꾸려 준 거죠? 작별인사도 하지 않고 가버릴 것을 알고 있었던 거죠?"

"나는 아버지가 하자는 대로 했을 뿐이란다."라고 바르보 부인이 대답했다.

그리고 그녀는 생각해 낼 수 있는 모든 말로 실비네를 위로하려 했다. 실비네는 그 어떤 말도 들으려 하지 않았다. 결국 어머니가 울음을 터트리고 말았는데, 그 모습을 보자 실비네도 겨우 정신을 차리고 어머니를 안아 주고는 사과했다. 그렇지 않아도 슬픈 어머니를 더 고통스럽게 했다면서 동생이 없으니까 자기가 대신 곁에 있어 주겠다고 약속했다. 그러나 어머니가 닭을 돌보고 빨래를 하러 자리를 비우자마자 실비네는 프리슈 마을 쪽으로 달리기 시작했다. 어디로 가는 것인지 생각하지도 않고 마치 수컷 비둘기가 방향은 신경 쓰지도 않고 암컷 비둘기의 뒤를 쫓는 것처럼 본능에 이끌려 간 것이었다.

만일 집으로 돌아오던 아버지와 마주치지 않았다면 그는 프리슈 마을까지 갔을지도 모른다. 아버지는 실비네의 팔을 붙잡고 데려오면서 이렇게 타일렀다.

"오늘 저녁때 가보자. 랑드리가 일하고 있는 동안에는 방해해서는 안 돼. 그러면 주인이 좋아하지 않을 테니까. 그리고 집에 있는 네 엄마가 슬픔에 잠겨 계시잖니. 엄마를 위로해 줄 사람은 너뿐이라고 생각한다."

5

집으로 돌아온 실비네는 어린아이처럼 어머니의 치맛자락에 매달려 하루 종일 곁을 떠나지 않았다. 끊임없이 랑드리 얘기만 했으며 둘이서 함께 지냈던 장소들을 지나칠 때면 반드시 랑드리를 떠올렸다. 저녁이 되자 실비네는 프리슈 마을로 갔다. 아버지가 따라가시겠다고 해서 같이 떠났다. 실비네는 동생을 보러 간다는 생각에 제정신이 아니었다. 빨리 출발하고 싶어서 저녁도 제대로 먹지 못했다. 랑드리가 마중 나올 거라고 생각했기 때문에 동생이 달려오는 모습을 계속 상상했다. 그러나 랑드리는 그렇게 하고 싶은 마음은 굴뚝같았지만 꼼짝도 하지 않았다. 쌍둥이 사이의 우정이 마치 병처럼 여겨졌기 때문에 프리슈 마을의 젊은이들이나 아이들로부터 놀림받을까 두려웠기 때문이다. 그래서 실비네가 찾아왔을 때 랑드리는 마치 지금까지 쭉 카이요 씨 집안의 식구였던 것처럼 식탁에 앉아 식사를 하고 있었다.

랑드리는 실비네가 들어오는 것을 본 순간 기쁨에 너무 들떠서 만일 자제하지 않았다면 더 빨리 형을 껴안으려고 달려가다가 테이블과 의자를 다 넘어뜨렸을 것이다. 하지만 그렇게 할 수는 없었다. 주인집 식구들이 랑드리를 호기심에 찬 눈으로 바라보고 있었기 때문이다. 그들은 쌍둥이의 애정에서 뭔가 신기한 것을, 마을 학교 선생님이 말하던 자연현상을 볼 수 있을 거라는 기대에 부풀어 있었다.

그래서 실비네가 자신에게 달려들어 울며 입맞춤하고, 새가 둥지 안에서 몸을 덥히고자 다른 새들과 몸을 서로 비비는 것처럼 힘껏 껴안았을 때, 다른 사람들 시선 때문에 화가 나기도 했다. 그렇지만 그로서도 기뻐하지 않을 수 없었다. 그래도 형보다는 분별 있는 태도를 보이고 싶었다. 그래서 때때로 형에게 좀 자제하라는 신호를 보냈는데 이것이 실비네를 매우 놀라고 화나게 만들었다. 바르보 씨가 카이요 씨와 술을 마시며 이야기를 나누기 시작하자 쌍둥이는 함께 밖으로 나갔다. 랑드리는 남몰래 형에게 애정을 표하고 싶었던 것이다. 하지만 주인집 아들들이 멀리서 둘의 모습을 지켜보고 있었다. 방울새처럼 장난꾸러기인 데다 호기심이 많은 카이요 씨의 막내딸 솔랑주는 개암나무 숲까지 그들을 살금살금 뒤따라왔다. 솔랑주는 쌍둥이에게 들키고도 돌아갈 생각은 하지 않고 겸연쩍은 듯 웃기만 했다. 뭔가 신기한 것을 볼 수 있을 거라고 계속 믿고 있었기 때문이었다. 그러면서도 두 형제간의 우정에 어떤 놀라운 것이 있는지는 알아내지 못했다.

실비네는 동생이 자신을 맞이한 태도가 꽤 침착하여 놀라긴 했지만, 동생과 함께 있다는 사실에 너무도 만족하여 그 일에 대해 불평할 생각은 하지 않았다. 그다음 날 카이요 씨가 아무 일도 안 해도 된다고 허락했기 때문에 랑드리는 홀가분한 기분이 들었다. 아침 일찍 떠나서 형이 아직 자고 있을 때 도착해 깜짝 놀라게 해주리라 생각했다. 그러나 둘 중 잠이 많은 편이었던 실비네지만 랑드리가 과일밭의 울타리를 지나는 순간 눈이 떠졌다. 마치 그의 동생이 다가오고 있다고 무언가가 그에게 말해 주기라도 한 듯 맨발로 뛰쳐나갔다. 이날은 랑드리에게 아주 만족스러운 하루였다. 자신의 가족과 집을 다시 보게 되어 기뻤다.

그곳으로 매일 올 수 없다는 것을 알고 있었고, 집에 온다는 것이 그에게는 상으로 주어지는 것임을 알고 있었기 때문이다. 실비네는 하루의 절반이 지날 때까지 자신의 괴로움을 전부 잊고 있었다. 아침 식사 때에는 점심 식사를 동생과 먹을 수 있다고 마음속으로 말했다. 그러나 점심 식사가 끝나자, 저녁 식사가 마지막 식사가 될 것이라는 생각에 불안해지기 시작해 안절부절못했다. 그는 온 마음을 다해 동생을 보살피고 다정하게 대했다. 빵 껍질과 샐러드의 가운데 부분처럼 더 맛있는 부분을 골라 동생에게 주었다. 그리고 동생이 마치 아주 멀리 떠나야 하는 사람인 것처럼 동생의 옷이나 구두에도 신경을 썼다. 그는 자신이 더 슬퍼하고 있었기 때문에 두 사람 중에서 더 불쌍한 사람은 자신이라는 것을 깨닫지 못하고 있었다.

6

평일에도 마찬가지였다. 실비네는 매일같이 랑드리를 보러 갔고, 랑드리는 쌍둥이네 쪽으로 올 일이 있을 때에는 집에 들러서 실비네와 잠시 이야기를 나눴다. 랑드리는 점점 더 자신의 생활에 익숙해졌지만 실비네는 전혀 그렇지 못했다. 마치 연옥의 고통을 겪고 있는 영혼처럼 날짜와 시간을 세면서 살았다.

실비네를 잘 타일러서 말을 듣게 할 사람은 이 세상에 랑드리밖에 없었다. 그래서 바르보 부인은 랑드리에게 형의 마음을 진정시켜 달라고 부탁했다. 나날이 실비네의 슬픔이 커지고 있었기 때문이다. 더 이상 놀지도 않았고, 시키지 않으면 일도 하지 않았다. 아직 막내 여동생을 산책에 데리고 가기는 했으나, 말을 걸거나 놀아 줄 생각은 안 했으며 넘어지거나 다치지 않도록 보고만 있을 뿐이었다. 사람들이 잠시만 눈을 떼면 실비네는 혼자 어디론가 가버렸는데, 어디로 갔는지 전혀 찾을 수 없을 정도였다. 그는 랑드리와 놀거나 이야기를 나눈 적이 있는 곳이면 도랑이든, 산울타리든, 골짜기든 어디든 다 가보았다. 둘이 함께 앉았던 그루터기에 앉아 보거나, 둘이 새끼 오리처럼 첨벙대던 시냇물에 발을 담가 보기도 했다. 거기서 랑드리가 작은 손도끼로 다듬던 나무토막들, 과녁 맞히기나 부싯돌로 썼던 돌멩이들을 발견하기라도 하면 기뻐했다. 그리고 그런 것들을 주워서 중요한 물건이라도 되는 양 옹이구멍이나 그루터기 밑에 숨겨 두었다. 때때로 찾아와서 만져 보고 들여다볼 생각이었던 것이다. 계속 기억을 더듬으며 머릿속을 샅샅이 뒤져 지난날의 행복했던 아주 작은 추억까지도 전부 끄집어내려 했다. 다른 사람에게는 하찮은 일로 보였겠지만 그에게는 그것이 전부였다. 이처럼 고통을 견뎌 내야 하는 날이 계속된다는 것을 생각해 볼 용기가 없었기 때문에 앞으로의 일은 전혀 신경 쓰지 않았다. 지난날들만 생각 하며 끊임없는 몽상에 빠져 쇠약해지고 있었다.

때때로 실비네는 동생이 보이고 목소리가 들린다고 상상해서 그에 게 대답하려고 혼잣말을 한 적도 있다. 혹은 아무 데서나 잠들어 동생 의 꿈을 꾸곤 했다. 그리고 눈을 뜨면 혼자라는 사실에 눈물을 흘렸는 데, 눈물이 흐르는 대로 놔두고 참으려고도 하지 않았다. 그러면 결국 지쳐서 자신의 슬픔도 가라앉게 된다고 생각했기 때문이다.

어느 날 실비네는 돌아다니다가 샹포 숲의 어린나무들이 있는 곳 까지 갔을 때, 지금은 거의 말라 버렸지만 우기가 되면 숲에서 물이 흘 러나와 개울이 되는 곳에서 작은 물레방아 하나를 발견했다. 이 근방에 사는 아이들이 가느다란 나뭇가지로 만든 작은 물레방아들은 매우 잘 만들어졌기 때문에 물의 흐름에 맞춰 잘 돌아갔다. 다른 아이들이 부수 거나 물이 불어 휩쓸려 가기 전에는 꽤 오랫동안 그대로 남아 있었다. 실비네가 발견한 물레방아는 조금도 부서지지 않았고 두 달 넘게 그곳 에 있었으나 사람이 오지 않는 곳이어서 아무에게도 발견되지 않았고 훼손되지도 않았다. 실비네는 그것이 랑드리가 만든 것이라는 걸 알아 보았다. 그 물레방아를 만들었을 때 둘은 다시 보러 오자고 약속했었 다. 그러나 까맣게 잊어버리고는 여기저기에 물레방아를 몇 개나 만들었던 것이었다.

실비네는 그것을 발견하고는 매우 기뻐했다. 그리고 시냇물이 흐르는 좀 더 낮은 곳으로 가져가서 물레방아가 돌아가는 것을 보고, 랑드리가 물레방아를 처음으로 돌리며 기뻐하던 모습을 떠올렸다. 이번 일요일에는 랑드리와 함께 와서 자신들의 물레방아가 튼튼하게 잘 만들어져 이렇게 오래 남아 있다는 것을 보여 주겠다는 생각에 즐거워하며 물레방아를 그곳에 두고 돌아왔다.

하지만 이튿날이 되자 일요일까지 기다릴 수가 없어 그곳에 혼자 다시 가고 말았다. 그런데 누군가가 그날 아침 어린나무 숲에 소를 방목한 듯 개울가는 물을 마시러 온 소들의 발자국으로 완전히 엉망이었다. 조금 더 다가가 보니 물레방아는 소들이 밟아 파편조차 찾아 보기 힘들 정도로 산산조각이 나 있었다. 순간 실비네는 불길한 예감이 들었다. 그날 쌍둥이 동생에게 뭔가 나쁜 일이 일어날 것만 같았다. 그래서 동생이 무사한지 확인하기 위해 프리슈 마을까지 뛰어갔다. 하지만 낮에 찾아가면 랑드리가 주인 눈에 농땡이 치는 것으로 보일까 봐 별로 좋아하지 않기 때문에 동생이 일하는 모습을 멀리서 바라보기만 했다. 무슨 생각으로 그처럼 급히 왔는지 밝히는 것도 부끄러워 한 마디도 하지 않고 그냥 돌아왔다. 이 일에 대해서는 오랫동안 아무에게도 말하지 않았다.

실비네가 점점 창백해지고, 잠도 잘 못 자고, 거의 먹지도 않았기 때문에 어머니는 몹시 슬펐고, 어떻게 위로를 해주어야 할지 알 수 없었다. 시장에 데리고 가거나, 아버지와 작은아버지들과 함께 가축 시장에 보내 보기도 했다. 그렇지만 실비네는 무엇을 봐도 전혀 관심이 없었고 재미있어하지도 않았다. 그래서 바르보 씨는 실비네에게는 아무 말도 하지 않고, 카이요 씨에게 쌍둥이를 둘 다 고용해 줄 수는 없겠느냐고 설득해 보았다. 하지만 다음과 같은 카이요 씨의 대답을 들어 보니 바르보 씨도 옳다고 생각할 수밖에 없었다.

"잠깐은 둘을 모두 데리고 있다고 치세. 하지만 계속 그렇게 할 수는 없을 걸세. 왜냐하면 우리 같은 처지에 일꾼 하나 필요한 곳에 두 명이나 쓸 수는 없으니까. 1년이 지나면 역시 한 명은 어딘가 다른 집으로 보내야 할 거야. 그리고 말이지, 만약 실비네가 억지로 일해야 되는 곳에 있다면 그렇게 몽상에 잠겨 지낼 수 없을 것이고, 랑드리처럼 자신의 역할을 훌륭하게 해낼 것이라고는 생각되지 않나? 조만간 그렇게 될 걸세. 그리고 아마 자네가 원하는 곳에 보낼 수도 없을 거야. 그러니까 언젠가는 둘이 좀 더 멀리 떨어져서 일주일에 한 번, 한 달에 한 번밖에 볼 수 없게 될 테니 지금부터 둘이 늘 붙어 다니지 않도록 버릇을 들이는 게 좋을 거야. 그러니까 실비네를 나한테 맡기는 것보다 좀 더 이치에 맞게 생각해 보라고. 여보게, 아이의 투정에 그렇게 주의를 기울일 것 없어. 자네 부인과 다른 아이들이 실비네가 해달라는 대로 다 해주면서 너무 응석을 받아 주고 있어. 가장 괴로운 일은 이미 했잖아. 그 나머지는 그 아이도 익숙해질 거야. 자네가 뒤로 물러서지만 않는다면."

바르보 씨는 이 말에 따르기로 했다. 그리고 실비네가 동생을 만나면 만날수록 더욱 만나고 싶어 한다는 것을 알아차렸다. 그래서 돌아오는 성 요한 축제에는 실비네도 고용살이를 보내 보자고 결심했다. 그렇게 하면 랑드리와 만날 기회가 줄어들고 결국에는 다른 아이들처럼 살아가는 습관이 붙어 그리움 때문에 열에 시달리거나 무기력해지는 일도 없어질 거라 생각했던 것이다.

그러나 이런 이야기는 아직 아내에게는 할 수 없었다. 첫 마디에 바로 엉엉 울어 댈 것이기 때문이다. 그렇게 되면 실비네는 죽을지도 모른다는 것이다. 그래서 바르보 씨는 어찌할 바를 몰랐다.

랑드리는 아버지와 주인아저씨 그리고 어머니의 권고를 받아들여서 형을 이성적으로 설득해 보았다. 실비네는 자신의 의견을 전혀 내세우지 않고 무엇이든 하겠다고 약속했다. 그러나 자제하는 것은 할 수 없었다. 즉 실비네의 고통에는 말로 표현하지 않은 다른 무엇인가가 있었다. 말을 하지 않은 것은 어떻게 말해야 좋을지 몰랐기 때문이었다. 실은 마음 깊은 곳에 랑드리에 대한 깊은 질투심의 싹이 자라나기 시작했던 것이었다. 모든 사람들이 랑드리를 존중해 주고, 새로운 주인집 식구도 마치 그 집의 아이인 양 다정하게 대해 주는 것을 보면 실비네도 그 어느 때보다 기뻐했다. 그러나 그런 사실들이 한편으로는 실비네를 기쁘게도 했지만, 랑드리가 새로 알게 된 사람들과 너무 잘 지내는 것을 보면 다른 한편으로는 슬퍼지기도 화가 나기도 했다. 카이요 씨가 아무리 조용한 목소리로 살며시 불러내어도 그의 한마디면 랑드리는 아버지 어머니도 형도 내버려 두고 주인을 위해 달려가 버린다는 것을 참을 수가 없었다. 애정보다도 자신의 의무를 소홀히 할까 봐 걱정하며 지체 없이 주인의 말에 따르다니, 진심으로 사랑하는 상대와 조금 더 함께 있고 싶은 경우라면 자기는 절대로 할 수 없는 일이라고 실비네는 생각했다.

그래서 실비네는 그전에는 몰랐던 어떤 슬픔을 가슴에 품게 되었다. 그것은 자기 혼자서 랑드리를 사랑하고 있을 뿐, 랑드리는 그다지 자신을 사랑하고 있지 않다는 것이다. 전부터 계속 그랬는데 자신이 눈치채지 못한 것인지, 아니면 랑드리가 다른 곳에서 더 뜻이 잘 맞고 더 마음에 드는 사람들을 알게 되었기 때문에 얼마 전부터 자신에 대한 마음이 식어 버린 것인지 모르겠다고 생각했다.

7

　랑드리는 형의 이런 질투심을 알아차리지 못했다. 선천적으로 질투심이 없는 그는 지금까지 살면서 그 무엇에 대해서도 질투해 본 적이 없었다. 실비네가 프리슈 마을에 그를 만나러 오면, 랑드리는 형을 즐겁게 해주려고 데리고 다니며 커다란 황소들, 멋진 젖소들과 양 떼를 보여 주거나 카이요 씨 소작지에서 나오는 많은 수확물을 구경시켜 주었다. 랑드리는 카이요 씨가 가진 것이 부러워서가 아니라 밭일이나 가축을 돌보는 일이 좋았고, 들에 있는 모든 생명의 아름다움과 결실을 좋아하기 때문에 이 모든 것을 존중하고 중요하게 여겼다. 목초지로 데려가는 망아지가 깨끗하고, 살이 잘 올라 있고, 털에 윤이 나는 것을 보는 것이 즐거웠으며, 아무리 하찮은 일이라도 성심껏 하지 않는다는 것은 용납할 수 없는 일이라 생각했다. 신의 선물 중에서 생명이 있고 수확을 할 수 있는 것이라면 무엇이든 방치하거나, 소홀히 하거나, 무시하기가 싫었던 것이다. 실비네는 이 모든 것을 아무런 관심 없이 바라보았으며 자신에게는 아무것도 아닌 일에 동생이 그처럼 마음을 쏟는다는 것에 놀랐다. 이 모든 일 때문에 마음이 상한 실비네는 랑드리에게 이렇게 말했다.

　"넌 이 커다란 황소들한테 반한 모양이구나. 이제 우리 집 송아지들은 생각도 나지 않지? 아주 사나운 녀석이었지만 우리 둘이 가면 아주 얌전하고 귀엽게 굴었지. 줄을 맬 때도 아버지가 할 때보다 네가 할 때 더 얌전하게 있었잖아. 우리 집 젖소 소식은 묻지도 않는군. 여전히 좋은 젖이 나와. 내가 여물을 주러 가면 나를 아주 슬픈 눈으로 봐. 마치 내가 혼자라는 걸 알고 다른 쌍둥이는 어디 있냐고 묻는 것 같아.”

“그 젖소가 훌륭하긴 하지. 하지만 여기 있는 이 젖소들을 좀 봐. 젖 짜는 것을 봐야 해. 한 번에 그렇게 많은 젖이 나오는 건 평생 처음 볼 거야.”라고 랑드리가 말했다.

“그럴 수도 있겠지.” 실비네가 말을 이었다. “하지만 우리 집 ‘브뤼네트’만큼 좋은 우유와 크림을 만들어 내는지 비교해 봐. 절대로 그렇지 않을걸. 쌍둥이네 풀은 이 근처 풀보다 훨씬 좋으니까.”

“천만의 말씀!” 랑드리가 말했다. “강가의 골풀밭 대신에 카이요 씨네 건초더미를 준다고 한다면 우리 아버지는 기꺼이 바꾸려 할걸.”

“말도 안 돼!” 실비네는 어깨를 으쓱하며 말했다. “골풀밭에는 여기 나무를 전부 합친 것보다 더 좋은 나무가 있어. 그리고 건초도 양은 많지 않을지 모르지만 품질이 매우 좋아. 건초를 안으로 들여놓으면 향을 피운 것처럼 좋은 향기가 길 가득 퍼진다니까.”

이처럼 둘은 아무것도 아닌 일로 말다툼을 벌였다. 랑드리는 여기 있는 것보다 더 좋은 것이 없다고 생각하고, 실비네는 자기 것이나 남의 것에 대해서는 전혀 생각지 않고 단지 프리슈 마을의 것들을 경멸했기 때문이다. 이런 헛된 말들의 본질은 어디서든 어떻게든 일을 하며 살아가는 것에 만족해하는 한 아이가 있고, 다른 한편에는 동생이 자신과 떨어져 한순간이라도 편안하고 평온하게 지낸다는 것을 전혀 이해할 수 없는 한 아이가 있다는 것이다.

랑드리는 실비네를 주인집 밭으로 데려가 이야기를 나누다가도 접목한 나무의 죽은 나뭇가지를 자르거나 야채가 자라는 데 방해가 되는 잡초를 뽑기 위해 이야기를 중단했다. 그런 행동들이 실비네를 불쾌하게 했다. 다른 사람을 위해서 일을 잘할 생각만 했지, 자신처럼 동생의 숨결 하나, 말 한 마디 한 마디에 신경을 쓰고 있지 않기 때문이다. 그렇게 쉽게 감정이 상했다고 하는 것은 자신이 생각해도 부끄러웠기 때문에 내색은 전혀 하지 않았다. 그러나 헤어질 때가 되면 자주 이런 말을 했다.

"어때, 오늘 나한테 질리지 않았어? 아마 지겨웠을 거야. 나 만나면 시간이 너무 안 가지?"

랑드리는 형이 왜 이런 원망의 말을 하는지 도무지 이해할 수가 없었다. 이런 말을 들으니 마음이 아파서 왜 이런 말을 하냐고 이번에는 자신이 원망 섞인 말을 했는데 실비네는 그 이유를 설명하려 하지 않았다. 설명할 수가 없었던 것이다.

가엾은 실비네는 랑드리의 마음을 차지한 것이라면 아주 사소한 것이라도 질투를 했는데, 랑드리가 애착을 보이는 사람에 대해서는 더욱 심하게 질투했다. 랑드리가 프리슈 마을의 젊은이들과 친구가 되어 기분 좋게 지내는 모습을 보는 것이 고통스러웠으며, 주인집 막내 솔랑주를 돌봐 주면서 얼러 주거나 즐겁게 해주는 모습을 보면 동생인 나네트를 잊었냐며 책망했다. 그 못생긴 아이보다 나네트가 백 배는 더 귀엽고 깨끗하고 더 사랑스럽다고 말했다. 하지만 질투에 불타오르는 사람은 결코 공정하지 않다. 랑드리가 쌍둥이네에 올 때엔 누이동생에게 지나친 관심을 보인다고 했다. 랑드리가 여동생에게만 신경을 쓰고 자신과 있으면 지루해하고 무관심한 태도를 보인다며 비난했다.

결국 실비네의 애정은 점점 더 까다로워지고, 그의 기분도 너무 우울해져 갔기 때문에 랑드리는 고통스러웠고 둘이 자주 만나는 것이 기쁘지 않게 되었다. 자신은 운명을 받아들여 착실하게 일하고 있을 뿐인데 이렇게 비난을 듣는 것에 지쳐 있었다. 마치 실비네는 동생을 자신처럼 불행하게 만들면 자신이 덜 불행해진다고 생각하는 것 같았다. 랑드리는 애정이라는 게 너무 지나치면 때로는 해가 된다는 것을 알고 있었고 형에게도 이해시키려 했다. 실비네는 결코 그 말을 들으려 하지 않았으며 그런 말을 하는 것이 몰인정한 일이라고까지 생각했다. 때때로 랑드리에게 토라진 모습을 보이고 몇 주나 프리슈 마을에 가지 않았다. 마음속으로는 가고 싶어 죽을 지경이면서도 억지로 참으며 고집을 부릴 필요가 없는 일에 고집을 부리는 것이었다.

말이 서로 오가면서 불만도 쌓여 갔다. 랑드리가 형의 정신을 차리게 하려고 현명하고 정직하게 하는 말을 실비네는 전부 나쁘게만 받아들였다. 가엾은 실비네는 너무 분해서 그렇게 좋아하던 동생을 때로는 미워하기에 이르렀다. 그래서 어느 일요일에는 매주 한 번도 거르지 않고 집에 오는 동생과 지내기 싫어서 집을 나가 버렸다.

이런 어린아이 같은 심술은 랑드리를 매우 슬프게 만들었다. 그는 나날이 더욱 건강해지고 마음에 여유도 생겨서 즐겁고 떠들썩한 분위기를 좋아하게 되었다. 어떤 놀이를 하든 제일 잘했고, 몸도 눈치도 재빨랐다. 따라서 일요일마다 프리슈 마을의 유쾌한 젊은이들을 떠나서 일요일 하루를 쌍둥이네에서 보내기 위해 오는 것은 형을 위한 작은 희생이었다. 집에 와도 실비네에게는 코스 마을의 광장에 놀러 가자든가 여기저기를 산책하자는 말조차 꺼낼 수 없었다. 실비네는 몸도 마음도 동생보다 훨씬 더 어렸으며, 생각하는 것은 랑드리만을 사랑하는 것, 그리고 랑드리로부터 똑같은 사랑을 받는 것, 그것뿐이었다. 그렇기 때문에 실비네는 둘이 재미있게 놀았던 외진 곳이나 숨겨진 장소인 **둘만의** 장소에 랑드리와 가고 싶어 했다. 그곳에서 지금 나이에는 어울리지 않은 예전에 하던 놀이를 하고 싶어 했다. 버드나무 가지로 작은 손수레나 작은 물레방아, 혹은 작은 새 잡는 올가미 만들기, 조약돌을 쌓아 올려 집짓기, 손수건만 한 밭 가꾸기 같은 것들이다. 아이들은 그 밭에서 씨 뿌리고, 밭 갈고, 잡초 뽑고, 수확하는 등 자신들이 본 농사일을 흉내 내서 작은 규모로 해보았다. 이렇게 해서 한 시간 정도 만에 경작에서 수확까지 1년에 걸쳐 이루어지는 모든 일을 배우는 것이었다.

이런 놀이들은 이제 랑드리에게는 조금도 재미있지 않았다. 지금은 그런 일을 큰 규모로 실제로 하거나 곁에서 돕고 있기 때문이다. 잔가지로 만든 작은 수레를 자신이 기르는 개 꼬리에 다는 것보다는 소 여섯 마리가 끄는 큰 짐수레를 모는 것이 더 좋았다. 코스 마을의 힘센 젊은이들과 힘겨루기를 하거나 최근에는 큰 공을 다루는 것에 익숙해져 30보 정도 떨어진 곳에서 굴려도 정확히 맞힐 수 있을 정도였으므로 큰 공 굴리기도 해보고 싶었다. 실비네는 그런 곳에 가는 것에 동의해서 가더라도 놀이에 참여하지는 않고 구석에 앉아 한 마디도 하지 않았다. 그러고는 랑드리가 놀이에 재미있어하거나 열중하는 모습을 보이면 바로 지루해하며 괴로워하는 것이었다.

랑드리는 프리슈 마을에서 춤을 배웠다. 실비네가 도무지 하려고 들지 않았기 때문에 춤을 늦게 배웠지만 지금은 걷기 시작할 무렵부터 춤을 배운 사람들만큼 능숙하게 춤을 출 수 있었다. 프리슈 마을에서 부레춤*의 명수라는 소리까지 듣게 되었다. 춤이 한번 끝날 때마다 상대 여자에게 입맞춤하는 것이 그 마을 풍습이었는데, 랑드리는 여자에게 입맞춤하는 것이 아직 즐겁지 않았지만 겉모습만이라도 어린아이 티를 벗게 되는 것 같아서 만족스러웠다. 그리고 상대 여자들이 남자 어른들에게 하는 것처럼 좀 더 진지하게 해주기를 바라기까지 했다. 그러나 그녀들은 아직은 그렇게 해주지 않았고, 나이 많은 여자들이 웃으며 자신의 목에 팔을 두르면 무척 난처해했다.

실비네는 랑드리가 춤추는 모습을 한번 본 적이 있었는데, 그것이 실비네가 원망하는 가장 큰 이유가 되어 버렸다. 랑드리가 카이요 씨의 딸들 중 한 명에게 입맞춤하는 것을 보고는 너무도 화가 나서 질투심에 울었다. 그런 것은 아주 부적절하고, 기독교인이 해서는 안 될 짓이라고 생각했던 것이다.

늘 이런 식이어서, 랑드리가 형에 대한 애정 때문에 매번 자신의 즐거움을 희생하지만, 한 번도 재미있는 일요일을 보내지 못했다. 그럼에도 불구하고 실비네가 고마워할 거라고 생각했고 형을 기쁘게 해줄 수 있다면 약간의 따분함 정도는 참을 수 있었기 때문에 한 번도 거르지 않고 집에 갔다.

그런데, 카이요 씨 딸과 입맞춤한 것 때문에 일주일 내내 시비를 걸었던 형이 자기와 화해하기 싫어서 아예 집을 나가 버린 것을 알자, 이번에는 랑드리가 너무 슬퍼하며 가족을 떠난 이후 처음으로 눈물을 뚝뚝 흘렸다. 그는 부모님께 슬퍼하는 모습을 보이는 게 여전히 부끄러웠

* 베리Berry 지방의 민속춤

으며 부모님도 괴로워할지 모르는데 거기에 괴로움을 보탤 수는 없다고 생각했기 때문에 숨어서 울어야만 했다.

하지만 누군가가 질투를 느껴야 한다면, 실비네보다 랑드리에게 그럴 권리가 있다고 할 수 있다. 실비네가 어머니에게 더 귀여움을 받았고, 바르보 씨도 속으로는 랑드리를 더 귀여워했지만 실비네에게 더 다정했으며 더 마음을 썼다. 실비네는 랑드리보다 몸이 튼튼하지 못했고, 철이 없었고, 응석받이여서 가족 모두가 실비네의 마음을 상하게 할까봐 두려워했다. 랑드리가 남의 집에 가서 고생하는 대신 실비네는 가족과 살고 있었으니 그가 운이 좋은 것이었다.

마음씨 좋은 랑드리도 이렇게 따져 보니 처음으로 형이 자신을 부당하게 대했다고 생각하게 되었다. 천성적으로 착한 그는 지금까지는 형이 나쁘다고 생각한 적이 없었다. 형을 비난하기보다는 자신이 너무 건강해서 일과 놀이에 너무 열중했고, 형처럼 다정한 말을 하거나 섬세한 배려를 하지 못한 것을 마음속으로 책망하고 있었다. 그러나 이번만큼은 자신의 행동을 뒤돌아보아도 형의 애정을 배반하는 일은 그 무엇도 하지 않았다고 말할 수 있었다. 왜냐하면 그날 집에 오기 위해서 프리슈 마을의 젊은이들과 일주일 내내 계획했던 가재잡이 시합을 포기했기 때문이다. 그들은 자기들과 같이 가면 분명히 재미있을 것이라 말했다. 그런 강한 유혹을 뿌리치고 온다는 것은 그 나이에는 대단히 힘든 일이다. 한참을 울고 난 뒤 그리 멀지 않은 곳에서 누군가가 울면서 계속 혼잣말하는 소리가 들려왔다. 시골 여자들은 슬픈 일을 당할 때면 흔히 그렇게 하곤 했다. 랑드리는 울음을 멈추고 가만히 귀를 기울였다. 우는 사람이 어머니라는 걸 알아차리고는 바로 어머니에게 달려갔다.

"아, 신이시여, 그 아이는 왜 이렇게 제 속을 썩이는지요? 그 아이 때문에 진짜 죽을 것 같아요."라고 그녀는 흐느끼며 말했다.

"어머니, 저 때문에 걱정하시는 거예요?" 랑드리가 어머니의 목에 매달리며 말했다. "만일 저 때문이라면, 벌을 주세요. 그리고 울지 마세요. 무엇 때문에 어머니가 속상하신지 모르지만 어쨌든 용서해 주세요."

이 순간 어머니는 자신이 늘 생각하고 있던 것처럼 랑드리가 냉정한 아이가 아니라는 것을 알았다. 어머니는 아들을 힘껏 끌어안으며 너무나 슬픈 나머지 자신이 무슨 말을 하고 있는지 모른 채 말했다. 자신이 속상한 것은 실비네 때문이지 그 때문이 아니며, 그에 대해 때때로 잘못 생각하고 있었으나 앞으로는 그런 생각을 고쳐야겠다고 말했다. 하지만 실비네가 실성한 것 같아 보였고, 날도 밝기 전에 아무것도 먹지 않고 밖으로 나가 버렸기 때문에 너무 걱정이 된다고 말했다. 해가 벌써 지려 하고 있는데 실비네는 돌아오지 않았다. 정오 무렵 강가에서 실비네를 보았다는 사람이 있었기 때문에 마침내 바르보 부인은 실비네가 죽으려고 강에 몸을 던진 것은 아닐까 걱정되기 시작했다.

8

실비네가 목숨을 끊으려 할지도 모른다는 생각은 어머니의 머릿속에서 랑드리의 머릿속으로 거미줄에 파리가 걸리듯이 아주 간단하게 옮겨 갔다. 랑드리는 바로 형을 찾으러 나섰다. 달려 나가면서도 슬픔에 잠겨 혼잣말로 중얼거렸다. "어머니가 전에 나보고 인정이 없다고 야단치신 건 맞는 말일지도 몰라. 하지만 가엾은 엄마와 나에게 고통을 안겨 주다니 형이야말로 마음이 비뚤어진 게 틀림없어."

백방으로 뛰어다녔지만 형은 찾을 수 없었고, 불러 보아도 대답이 없었다. 만나는 사람마다 형의 행방을 물어도 누구 하나 아는 사람이 없었다. 결국에는 골풀밭 바로 앞까지 오게 되었다. 그 근방에 실비네가 좋아하는 장소가 있다는 것이 생각나 풀숲 속으로 들어갔다. 오리나무 두세 그루가 목초지 안으로 들어온 강물 때문에 뿌리째 뽑혀 뿌리를 흙 위에 드러낸 채 강물 가운데 쓰러져서 생긴 '갈림목'이 바로 그곳이었다. 바르보 씨는 이 쓰러진 나무들을 치우려 하지 않았다. 그 나무가 뿌리에 얽힌 큰 흙덩어리를 꽉 누른 채 쓰러져 있었기 때문이다. 그렇게 된 게 다행이었다. 지금까지는 겨울만 되면 강물이 골풀밭으로 범람해 해마다 조금씩 초지를 침식해 갔기 때문이다.

랑드리는 갈림목 쪽으로 다가갔다. 둘은 골풀밭의 이 장소를 그렇게 부르고 있었다. 한쪽 구석에 형과 둘이서 작은 돌과 **뿌리**—땅 위로 삐져나와 새순이 나고 있는 굵은 나무의 뿌리—위에 잔디 흙덩어리를 깔아서 작은 계단을 만든 곳이 있었는데, 그곳까지 갈 여유는 없었다. 랑드리는 갈림목의 안쪽에 빨리 도달하기 위해서 가능한 한 가장 높은 곳에서 뛰어내렸다. 강가에는 부러진 나뭇가지들과 랑드리의 키보다 큰 풀들이 무성하기 때문에 실비네가 거기에 있다 할지라도 안으로 들어가지 않고는 찾을 수 없기 때문이다. 랑드리는 무척 불안한 마음으로 갈림목으로 들어갔다. 실비네가 자살할지도 모른다는 어머니의 말이 계속 머릿속에 맴돌았기 때문이다. 나뭇잎이 무성한 곳을 왔다 갔다 하고, 수풀이 우거진 곳을 헤치고 다니며 실비네의 이름을 불렀고, 틀림없이 형을 따라갔을 개를 휘파람으로 불러 보았다. 주인인 실비네와 마찬가지로 개도 하루 종일 집에 없었던 것이다.

하지만 아무리 불러 보아도 아무리 찾아 보아도 소용이 없었다. 갈림목에는 랑드리 혼자뿐이었다. 언제나 일 처리를 잘하고, 자신이 해야할 일이 무엇인지 금방 깨닫는 아이여서, 강가를 샅샅이 돌아다니며 발자국은 없는지, 평소와 다르게 흙이 무너진 곳은 없는지 살펴보았다. 그렇게 수색하는 것은 매우 슬프고 난처한 일이었다. 랑드리가 아무리 손바닥을 들여다보듯이 잘 아는 장소라도 거의 한 달 동안 이곳에 와본 적이 없어서 그동안에 조금도 변한 것이 없다고는 말할 수 없기 때문이었다. 오른쪽 강기슭은 전부 잔디가 덮고 있었고, 갈림목 안쪽 모래땅에는 골풀과 쇠뜨기가 빽빽하게 우거져 있어서 형의 발자국을 찾으려해도 발 디딜 틈이 없을 지경이었다. 그래도 몇 번이고 그 주위를 돌아다니다가 안쪽에서 개의 발자국을 찾아낼 수 있었다. '피노'인지 비슷한 크기의 다른 개인지는 모르지만 그곳에서 몸을 웅크리고 잔 것같이 풀이 눌린 곳도 찾았다.

　이 흔적을 보고 랑드리는 곰곰이 생각했다. 그러고는 한 번 더 물가를 살펴보러 갔다. 마치 사람이 물에 뛰어들거나 미끄러져 떨어졌을 때 생긴 것 같은, 새로 흙이 무너져 내린 곳을 찾게 되지 않을까 상상했다. 그런 곳은 강가에 사는 쥐가 휘젓거나 파헤치거나 갉아먹은 것일 수도 있어서 꼭 그렇다고는 할 수가 없는데도 랑드리는 너무나 걱정이 된 나머지 다리 힘이 빠져서 무릎을 꿇게 되었다. 그래서 마치 신의 가호를 비는 듯한 자세가 되어 버렸다.

　이렇게 자신을 괴롭히고 있는 이 일을 누군가에게 말하러 갈 기력도 용기도 없어서 한동안 그대로 앉아, 형을 어떻게 했냐고 강에게 묻기라도 하는 듯이 눈물이 그렁그렁한 눈으로 강을 바라보고 있었다.

　그러는 동안에도 양쪽 기슭에서 늘어져 물에 잠겨 있는 나뭇가지에 강물이 부딪혀 물보라를 일으키고 마치 비웃는 것 같은 작은 소리를 내며 흘러갔다.

　가엾은 랑드리는 불길한 생각에 사로잡혀 제정신을 잃고 말았다. 아무런 징조도 되지 않는 것을 보고서 이 세상에 신은 없다고 생각했다.

　'나한테 한 마디도 안 하는 이 심술궂은 강은 1년 정도는 나를 울리면서 형을 돌려주지 않겠지. 바로 여기가 가장 깊은 곳이야. 목초지가 침식되면서 많은 나무뿌리들이 잠기게 되었으니 한번 빠지면 나오기란 불가능해. 형은 저기, 여기서 두 걸음 정도 떨어진 물속에 있을지도 몰라. 하지만 내가 물속에 들어가 본다 해도 찾을 수 없을 거야. 나뭇가지들이나 갈대 때문에 보이지도 않을 테니까.'

　이런 생각이 들자 랑드리는 형을 떠올리며 울기 시작했다. 그는 형을 원망하기도 했다. 태어나서 이렇게 슬픈 적은 없었다.

마침내 파데 할머니라 불리는 과부를 찾아가 물어봐야겠다는 생각이 들었다. 그녀는 골풀밭의 끝에 있는 여울로 내려가는 길목에 살고 있었다. 이 여자는 조그만 채소밭과 조그만 집 외에는 땅도 재산도 없었지만 먹고사는 데 어려움을 겪지는 않았다. 이 세상의 다양한 병이나 재난에 대해 굉장히 잘 알고 있었기 때문에 사방에서 물어보려고 사람들이 찾아오기 때문이었다. 이 할머니는 **비밀스러운** 치료를 했다. 즉 **비법**을 사용해서 다양한 상처나 삔 곳 외에도 타박상 등을 치료했다. 그녀는 약간의 속임수도 썼다. 예를 들면 할머니는 위가 원래 자리에서 이탈했다든가 복막이 쳐졌다든가 하면서 들어 본 적도 없는 병까지 고쳐 주었다. 나*로서는 그런 것들을 곧이곧대로 믿지도 않았고, 그 할머니에 대한 사람들의 소문, 즉 아무리 늙어 빠지고 마른 젖소라도 할머니에게 데려가면 좋은 젖소의 질좋은 우유가 나오게 만든다는 이야기들도 신용할 수 없었다.

그러나 **냉혈**이라 불리는 냉증에 파데 할머니가 사용하는 좋은 약이나 베인 곳, 화상 등에 아주 잘 듣는 고약이나 열이 있을 때 조제해 주는 물약 등이 좋은 벌이가 되는 것만은 의심할 여지가 없으며 의사에게만 맡겨 두었다면 죽어 버렸을지도 모를 사람을 여럿 고쳐 준 것도 틀림없는 사실이다. 적어도 본인은 그렇게 말하고 있으며, 그녀 덕분에 목숨을 구한 사람들도 파데 할머니를 신용하는 편이 자신을 위험에 처하게 하는 것보다 낫다고 생각했다.

---

* 작가 조르주 상드를 의미하는데, 가끔 화자로 등장한다.

시골에서는 아는 것이 많은 사람은 모두 마법사로 여겨졌다. 사람들은 파데 할머니도 다른 사람에게는 숨기고 있지만 실은 더 많은 것을 알고 있으며, 없어진 물건뿐 아니라 사람까지 찾아내는 방법도 알고 있다고 생각했다. 할머니는 머리도 좋고 논리적이어서 사람의 힘으로 가능한 일이면 온갖 어려움에서 벗어날 수 있게 도와주므로 사람의 힘으로 가능하지 않은 일도 해결할 수 있다고 믿게 된 것이었다.

아이들은 모든 종류의 이야기에 기꺼이 귀를 기울인다. 랑드리도 프리슈 마을에서 사람들이 하는 말을 들었는데, 코스 마을 사람들보다 무엇이든 쉽게 믿는 단순한 이 마을 사람들 말로는 파데 할머니가 주문을 외우면서 어떤 곡식 알갱이를 물에 던지는 방법으로 물에 빠진 사람의 시체를 찾아낸다고 했다. 그 알갱이가 떠올라서 물을 따라 흘러가다가 어떤 장소에 멈추는데, 반드시 거기서 가엾은 시체가 나온다는 것이다. 성찬식 빵에도 같은 효능이 있다고 생각하는 사람들이 많았다. 그 목적을 위해 성찬식 빵을 따로 보관해 두지 않는 물레방앗간은 거의 없었다. 랑드리는 그런 게 없었지만 파데 할머니가 골풀밭 바로 옆에 살고 있었기 때문에 가봐야겠다고 생각했다. 너무 슬퍼서 분별력을 잃은 것이었다.

마침내 그는 파데 할머니가 살고 있는 곳까지 달려가 자신의 고민을 털어놓은 뒤 갈림목까지 함께 가서 할머니의 비법으로 죽었든 살았든 형을 찾아 봐 달라고 부탁했다.

그러나 파데 할머니는 자신의 평판에 손상이 갈 수도 있는 일을 좋아하지 않았고 공짜로 자신의 재능을 보여 줄 생각도 없었기 때문에 그를 비웃으며 매몰차게 돌려보냈다. 또한 예전에 쌍둥이네 여자들이 출산할 때 자기 대신에 사제트 산파에게 부탁한 것을 불만스럽게 생각하고 있기 때문이기도 했다.

　선천적으로 자존심이 강한 랑드리는 다른 때 같았으면 불평하거나 화를 냈겠지만, 지금은 너무나도 슬픔에 빠져 있어 한 마디도 하지 않고 갈림목 쪽으로 발걸음을 돌렸다. 그는 아직 잠수도 수영도 할 줄은 모르지만 물속에 들어가 봐야겠다고 결심했다. 그런데 힘없이 고개를 떨구고 땅만 바라보며 걷고 있는데 누군가가 자신의 어깨를 쳤다. 뒤돌아보니 파데 할머니의 손녀로, 마을 사람들이 파데트라고 부르는 소녀였다. 파데라는 성 때문이기도 했지만, 이 아이도 약간 마법사 같은 데가 있다는 의미이기도 했다. 다른 지방에서는 폴레(도깨비불)라고도 부르기도 하는 이 파데나 파르파데라는 것은 아시다시피 귀엽기는 하지만 조금은 장난꾸러기 같은 꼬마 도깨비를 말하는 것이다. 또 요정을 파드라고 부르기도 하는데, 이 근방에서는 그 존재를 믿는 사람은 거의 없다. 작은 요정이라는 의미든, 꼬마여자 도깨비라는 의미든 누구나 이 아이를 보면 도깨비불을 본 듯한 느낌이 들었다. 이 소녀가 자그마하고 마르고 머리카락은 헝클어져 있고 대담했기에 그럴 것이다. 굉장히 수다스럽고 약 올리기를 아주 좋아하는 아이로, 나비처럼 활발히 움직였고, 울새처럼 호기심 많았고, 귀뚜라미처럼 피부가 검었다.

　내*가 파데트를 귀뚜라미에 비유한 것은, 그녀가 예쁜 것은 아니라고 말하기 위해서다. 들에 사는 이 작고 불쌍한 **귀뚜라미**는 집 굴뚝에 사는 귀뚜라미보다 훨씬 못생겼기 때문이다. 하지만 어렸을 때 귀뚜라미를 나막신 속에 가두어 약 올리고 울게 하면서 놀았던 일을 회상해

---

* 화자인 조르주 상드

보면 귀뚜라미는 바보스러운 얼굴을 하고 있지 않으며 그 얼굴을 보면
화를 내기보다는 웃고 싶어진다는 것을 알 수 있을 것이다. 다른 아이
들만큼은 똑똑한 코스 마을 아이들도 닮은 점을 관찰하고 둘을 비교해
서 파데트를 **귀뚜라미**라고 불렀다. 약을 올리고 싶을 때도 있었지만 때
로는 일종의 친밀감으로 그렇게 부르기도 했다. 그녀의 짓궂은 장난에
대해서는 조금 두려워하면서도 그녀를 싫어하는 것은 아니었다. 그녀
가 온갖 재미있는 이야기들을 들려주었고 그녀가 고안해 낸 새로운 놀
이들을 계속 가르쳐 주었기 때문이다.

하지만 그녀의 이런 호칭과 별명만 부르고 있다가 그녀의 세례명을
내가 잊어버릴 수도 있고, 여러분이 나중에 알고 싶을 수도 있어서 말
하는데 그녀의 이름은 프랑수아즈였다. 이름을 바꿔 부르는 것을 싫어
하는 파데 할머니는 손녀를 항상 팡숑이라 불렀다.

쌍둥이네 사람들과 파데 할머니 사이에는 오래전부터 불화가 있었
다. 쌍둥이 형제는 파데트와 별로 말을 하지 않았고 그녀에 대해서 거
리감 같은 것이 있어서 자발적으로 그녀와 놀았던 적은 없었고 그의 동
생 **메뚜기**와도 마찬가지였다. 그는 누나보다 더 무뚝뚝하고 더 짓궂었
고 언제나 누나 옆에 붙어 있었다. 파데트가 그를 기다려주지 않고 달
려가면 화를 냈고 놀려 주면 마구 돌을 던지려 했고 하찮은 일에도 몹
시 화를 냈기 때문에, 명랑한 성격에 무엇이든지 웃음거리로 삼으려 하
는 파데트까지도 화를 내곤 했다. 파데 어머니에 관한 소문도 있고 해
서 어떤 사람들 특히 바르보 씨 댁의 사람들은 **귀뚜라미**와 **메뚜기** 남매
와 사이좋게 지내면 나쁜 일이 일어날 것이라고 생각하고 있었다. 그래
도 두 아이는 수치심이라고는 없었기 때문에 개의치 않고 쌍둥이 형제
에게 말을 걸었고 특히 파데트는 아무리 멀리서라도 **쌍둥이네 쌍둥이**가

오는 것을 보면 옆으로 다가와서 온갖 종류의 장난을 치고 헛소리를 해댔다.

9

랑드리는 누군가가 어깨를 두드려서 조금 귀찮아하며 뒤돌아보니 파데트였고, 그 뒤에 '메뚜기 자네'가 다리를 절룩거리며 따라오고 있었다. 자네는 태어날 때부터 절름발이였다.

처음에 랑드리는 상대하기 싫어서 그냥 가려고 했다. 장난을 칠 기분이 아니었기 때문이다. 그런데 파데트가 다른 쪽 어깨를 두드리며 말했다.

"늑대에게 잡아먹혀라! 늑대에게! 몹쓸 쌍둥이 녀석, 반쪽을 잃어버린 반쪽짜리 녀석!"

랑드리는 더 이상 모욕이나 괴롭힘을 당하고 있을 수가 없어 돌아서며 파데트에게 주먹을 날렸다. 그녀가 용케 피하지 못했다면 상당히 아팠을 것이다. 랑드리는 곧 열다섯 살이 되며 불구의 손을 가진 것도 아니었다. 파데트는 곧 열네 살이 되지만 열두 살로도 보이지 않을 정도로 작고 호리호리해서 조금만 건드려도 몸이 부서질 것 같았다.

그러나 빈틈없고 기민한 파데트는 주먹이 올 때까지 기다리지 않았다. 힘에서 밀린 부분을 민첩함과 술수로 보완해 그를 제압했다. 어찌나 재빨리 옆으로 비켜섰던지 하마터면 랑드리는 둘 사이에 있던 큰 나무에 주먹과 코를 부딪칠 뻔했다.

"못된 귀뚜라미!" 랑드리가 화를 내며 소리쳤다. "나같이 슬픔에 빠진 사람을 약 올리다니 너는 인정이라곤 없구나. 오래전부터 날 반쪽이라고 놀리면서 괴롭혔지? 내가 오늘 너하고 못된 메뚜기 녀석을 네 동강 내서 너희 둘 합쳐도 제대로 된 사람의 사 분의 일밖에 안 된다는 것을 보여 주겠어."

"그럴 수 있을까? 쌍둥이네 잘생긴 쌍둥이님, 강가의 골풀밭 주인님." 파데트는 여전히 비웃으며 대답했다. "나하고 싸우려 들다니 바보 아니야? 네 형에 대해서 알려 주려 온 건데. 어디로 가면 찾을 수 있는지 가르쳐 주려고."

"그래? 그렇다면 이야기가 다르지."라고 랑드리가 바로 화를 누그러뜨리며 말했다. "파데트, 네가 알고 있다면 말해 줘. 그렇게 해주면 정말 좋겠어."

"이제 와서 너 하자는 대로 할 파데트나 귀뚜라미는 없어."라고 파데트는 다시 한번 맞받아쳤다. "나에게 욕도 하고 때리려고도 했잖아. 네가 둔하고 서툴러서 맞진 않았지만. 정신 나간 너의 쌍둥이 형, 너 혼자 찾아 보셔. 넌 아는 게 많으니까 찾을 수 있겠지."

"네 말을 들은 내가 바보지. 심술궂은 계집애." 랑드리는 등을 돌리고 다시 걷기 시작했다. "형이 어디 있는지 나보다 아는 것도 없으면서. 너네 할머니보다 네가 더 잘 알 리 없잖아. 네 할머니도 늙은 거짓말쟁이에 별거 아니잖아."

그러나 파데트는 자신의 재투성이 치마에 매달려 간신히 쫓아오던 메뚜기의 손을 잡아끌며 랑드리를 뒤쫓아 왔고 계속 비웃으면서 자기가 없으면 쌍둥이 형은 찾을 수 없을 것이라고 말했다. 랑드리는 파데트를 쫓아 버릴 수가 없었다. 파데 할머니나 파데트가 마법을 부리거나 강가의 도깨비불을 시켜서 실비네 찾는 것을 방해할지도 모른다는 생각이 들어서 골풀밭 밖으로 발길을 돌려 집으로 돌아갈 결심을 했다.

파데트는 목초지의 울타리까지 따라왔다. 랑드리가 울타리를 넘어가자 그녀는 까치처럼 울타리 위에 걸터앉아 외쳤다.

"그럼 잘 가, 얼굴만 잘생긴 냉정한 쌍둥이. 형을 버려두고 가다니…아무리 기다려도 저녁을 먹으러 오지 않을걸. 오늘 못 보면 내일도 못 보는 거야. 지금 있는 곳에서 돌처럼 움직이지 않고 있으니까. 게다가 폭풍도 오고 있어. 오늘 밤에 나무가 몇 그루나 강에 빠지겠지. 실비네는 강물에 떠내려가겠지. 네가 다시는 못 찾을 만큼 멀리."

랑드리는 이 불길한 말들을 듣지 않으려고 해도 들을 수밖에 없었다. 그 말을 들으니 온몸에 식은땀이 흘렀다. 그녀의 말을 그대로 믿는 것은 아니었지만 파데 가족이 악마와 소통한다는 소문이 있었기 때문에 사실이 아니라고 단언할 수도 없었다.

"자, 팡숑" 랑드리는 발걸음을 멈추고 말했다. "날 내버려 두든지, 아니면 정말 우리 형에 대해 아는 게 있다면 가르쳐 주든지. 어떻게 할래?"

"그럼 뭘 줄 건데? 비가 오기 전에 형을 찾게 해주면?"

파데트는 울타리 위에 올라서서 마치 날아오르려는 듯 두 팔을 파닥이며 말했다.

랑드리는 그녀에게 무엇을 해주겠다고 약속해야 할지 몰랐다. 그녀가 자신을 속여 돈을 좀 뜯어내려는 것이 아닐까 하는 생각도 들기 시작했다. 하지만 나무들이 바람에 흔들리고 천둥소리가 울리기 시작하자 커다란 공포에 휩싸였다. 폭풍우를 무서워해서가 아니라 폭풍우가 너무 갑자기 시작되어서 초자연적인 현상처럼 보였기 때문이었다. 랑드리는 너무 고통스러웠기 때문에 폭풍우가 강가의 나무들 뒤로 다가왔다는 것을 못 보았고 두 시간이나 계곡 밑바닥에 있었고 위로 올라올 때까지 하늘을 쳐다보지 못했던 것이다. 사실 파데트가 알려 줄 때까지 폭풍우가 온다는 것을 알아차리지 못했다. 마침 그 순간 그녀의 치마가 바람에 휘날렸다. 그녀가 늘 헐겁게 매고 다니는 머리 두건에서 검고 더러운 머리카락이 삐져나와 한쪽 귀를 덮더니 갈기처럼 바람에 뻗쳐 올랐다. 메뚜기는 휘몰아치는 바람에 모자를 날려 버렸다. 랑드리도 날아갈 뻔한 모자를 간신히 붙잡았다.

하늘은 순식간에 캄캄해졌다. 울타리 위에 서 있던 파데트는 평소보다 두 배는 크게 보였다, 랑드리는 겁이 났던 것이다.

"팡숑, 형만 찾아 주면 너한테 항복할게. 형을 본 거 맞지? 어디 있는지 아는 거지? 착한 아이가 되어 봐. 날 괴롭히면 뭐가 그렇게 재미있겠니? 너의 착한 마음을 보여 줘. 그러면 네가 말과 행동보다 훨씬 착한 아이라고 생각할게."

"왜 내가 너 때문에 착한 아이가 되어야 하지?"라고 파데트가 말했다. "내가 너한테 나쁜 짓 한 적도 없는데 나쁜 애 취급했잖아. 왜 쌍둥이 형제에게 친절을 베풀어야 하지? 둘 다 수탉처럼 거드름 피우며 나한테 다정하게 대해 준 적도 없는데."

"이봐, 파데트" 하고 랑드리가 말을 이었다. "뭔가 주겠다는 약속을 하라는 거지? 갖고 싶은 걸 빨리 말해 봐. 너한테 줄게. 새 주머니칼 줄까?"

"보여 줘 봐." 파데트는 이렇게 말하고 랑드리 옆으로 개구리처럼 폴짝 뛰어내렸다.

주머니칼을 보니 랑드리의 대부가 최근에 장터에서 10수나 주고

사 온 것이어서 꽤 좋아 보였고 순간 마음이 끌렸다. 그러나 곧 그것으로는 어림없다고 생각하고 랑드리 집에 있는 비둘기만 한 크기에 발끝까지 털이 나 있는 암탉을 줄 수 있냐고 물었다.

"그 흰 암탉을 주겠다고 약속은 못 해. 그건 엄마 거니까." 랑드리가 대답했다. "그렇지만 부탁해 볼게. 틀림없이 엄마가 싫다고는 안 하실 거야. 실비네만 찾는다면 너무 기뻐서 보상으로 무엇이라도 기꺼이 주실 거야."

"그래? 그럼 검은 코 염소를 달라고 하면 그것도 주실까?" 파데트가 말했다.

"저런 저런! 팡숑, 왜 이렇게 결정하는 데 오래 걸려? 잘 들어. 한마디만 할게. 형이 위험에 처해 있는데 네가 지금 당장 나를 형한테 데려다준다면 우리 아버지 어머니는 집에 있는 암탉이든 병아리든 염소든 새끼 염소든 답례로 너에게 뭐든지 주실 거야. 틀림없어."

"그럼, 두고 보지." 파데트는 작고 수척한 손을 쌍둥이에게 내밀어 합의의 표시로 악수를 하려 했다. 랑드리는 그 손을 잡을 때 저도 모르게 몸이 약간 떨렸다. 그 순간 파데트의 눈빛이 너무나 강렬해서 마치 꼬마악마의 화신처럼 보였기 때문이다. "뭘 받고 싶은지 지금은 말하지 않을래. 아직 확실하게 모르겠어. 하지만 지금 나한테 한 약속은 잘 기억해야 해. 만일 약속을 어기면 쌍둥이 랑드리가 하는 말은 신용할 수 없다고 소문낼 거야. 나는 여기서 돌아갈게. 뭘 받을지 정하면 그때 널 찾아갈게. 넌 내가 갖고 싶다는 걸 지체 없이 미련 없이 줘야 해. 잊으면 안 돼."

"좋아! 그럼 약속한 거야, 파데트. 이야기는 끝난 거다." 랑드리는 파데트의 손바닥을 가볍게 치며 말했다.

"좋아!" 파데트는 무척 만족스럽고 기쁜 듯이 말했다. "지금 바로 강가로 돌아가. 양 울음소리가 들릴 때까지 강을 따라 내려가. 갈색 어린 양이 있을 거야. 그 옆에 네 형이 있어. 내 말이 틀리면 약속은 없던 걸로 해줄게."

이렇게 말한 뒤 귀뚜라미는 메뚜기를 옆구리에 끼고 수풀 속으로 뛰어가 버렸다. 메뚜기는 그게 마음에 들지 않아서 뱀장어처럼 꿈틀댔지만 귀뚜라미는 아랑곳하지 않았다. 그들의 모습도 보이지 않고, 목소리도 들려오지 않게 되자 랑드리는 꿈을 꾼 게 아닐까 하는 생각이 들었다. 그러나 파데트가 자신을 놀린 게 아닐까 생각하며 시간을 낭비할 수는 없었다. 그는 골풀밭 아래쪽까지 단숨에 달려갔다. 그는 갈림목까지 갔지만 그 밑으로는 내려가지 않고 그냥 지나치려 했다. 왜냐하면 그곳은 이미 충분히 찾아 봐서 실비네가 거기 없다고 확신했기 때문이었다. 그런데 그곳을 떠나려는 순간, 새끼 양의 울음소리가 들려왔다.

"와, 진짜네." 랑드리는 생각했다. "그 아이가 알려준 대로야. 새끼 양 울음소리가 들려왔으니 우리 형도 거기 있겠지. 하지만 죽었는지 살았는지는 모르겠어."

랑드리는 갈림목 안으로 뛰어들어 덤불 속으로 들어갔다. 거기에 형은 없었다. 새끼 양의 울음소리를 들으면서 강물을 따라 열 걸음 정도 가보니 맞은편 기슭에 형이 앉아 있는 모습이 보였다. 조그만 새끼 양을 자신의 윗도리 속에 품고 앉아 있었는데 정말 그 양은 코끝에서 꼬리 끝까지 갈색이었다.

실비네는 분명히 살아 있을 뿐 아니라 다치거나 옷이 찢어진 데도 없었다. 랑드리는 너무나 기뻐서 마음속으로 신께 감사를 드리기 시작했다. 하지만 이 행복을 얻기 위해 악마의 지혜를 빌린 데 대해 사죄할 생각은 하지 못했다. 그가 실비네를 부르러 갔을 때 실비네는 아직 랑드리를 보지 못했다. 강물이 조약돌에 부딪혀 나는 소리가 시끄러운 곳이기 때문에 랑드리의 발소리도 듣지 못한 듯했다. 랑드리는 실비네를 쳐다보고는 깜짝 놀라 멈춰 섰다. 파데트가 예언한 그대로의 모습이었기 때문이었다. 바람이 세차게 불어 마구 흔들리는 나무들 한가운데에 돌처럼 꼼짝도 안 하고 앉아 있었던 것이다.

누구나 다 아는 일이지만 바람이 심하게 불 때 강가에 있는 것은 위험한 일이다. 모든 강기슭은 아래쪽이 깎여 가고 있기 때문에 바람이 많이 불면 오리나무 몇 그루가 뿌리째 쓰러지곤 했다. 오리나무는 아주 크고 오래된 것이 아닌 한 뿌리가 깊지 않기 때문에 폭풍우가 오면 예고 없이 사람 위로 쓰러지는 일도 있었다. 실비네는 다른 사람보다 어리숙하지도 무모하지도 않은데 위험하다는 것을 전혀 깨닫지 못하는 것 같았다. 마치 튼튼한 곳간 안에 안전하게 피신해 있다고 생각하는 것처럼 보였다. 온종일 이리저리 헤매고 다녔기 때문에 지쳐 있었고 다행스럽게 강에 빠지지는 않았지만 그 대신 자신의 슬픔과 원통함에 빠져 있었다고 말할 수 있을 것이다. 그는 그루터기처럼 그곳에서 꼼짝하지 않은 채 시선은 흐르는 강물을 향하고 있었다. 연꽃처럼 얼굴은 파르스름했고, 입은 햇빛을 향해 입을 뻐끔대는 작은 물고기처럼 반쯤 벌리고, 머리카락은 바람에 헝클어져 있었다. 그가 안고 있는 작은 새끼 양에도 전혀 관심이 없는 것 같았다. 목초지 안을 헤매고 있던 새끼 양이 가엾다는 생각이 들어 양 우리에 데려다주려고 윗도리 안에 넣어 품었는데 도중에 양을 잃어버린 집이 어디인지 물어보는 걸 깜빡 잊어버린 것이다. 실비네는 양을 무릎 위에 올려놓았는데 그 울음소리가 귀에 들리지 않는 듯 울게 내버려 두었다. 가엾은 새끼 양은 크고 맑은 눈으로 주위를 둘러보며 슬프게 울었다. 다른 양이 대답하는 소리가 들려오지 않았기 때문에 놀란 것 같았다. 자기가 있던 목초지도, 엄마 양도, 축사도 보이지 않는 데다가 이 캄캄하고 풀이 무성한 곳에 강물이 흐르는 소리는 너무나 거칠게 들려서 아마 몹시 두려웠을 것이다.

10

랑드리와 실비네 사이에 이 강이 없었다면 틀림없이 랑드리는 더 생각할 것도 없이 뛰어가 형의 목을 끌어안았을 것이다. 이 강의 폭은 상류나 하류 모두 4~5미터(요즘의 새로운 기준으로 하자면)*정도였는데, 군데군데 강의 폭만큼 수심이 깊은 곳이 있었다. 실비네는 랑드리를 보지 않고 있었으므로 랑드리에게는 어떻게 형을 몽상에서 깨워 설득해서 집에 데려가야 할지 생각할 시간적 여유가 생겼다. 형이 많이 토라져 있어서 스스로 집으로 돌아갈 마음을 먹지 않으면 또 다른 곳으로 가버릴 수도 있다. 그렇게 되면 랑드리가 따라잡으려 해도 강을 건널 만한 수심이 얕은 곳이나 다리를 금방 찾아낼 수도 없을 것이다.

랑드리는 잠시 궁리한 끝에, 네 사람 몫의 분별력과 신중함을 가진 아버지라면 이럴 때 어떻게 했을까 생각해 보았다. 아버지라면 아무것도 모르는 체하며 조용히 말을 걸어서 실비네가 얼마나 걱정을 끼쳤는지 눈치채지 못하게 할 거라고 생각했다. 이 방법은 실비네가 지나치게 후회하지 않게 하고, 언젠가 또다시 분한 생각이 들었을 때 같은 방법을

---

* 미터를 기준으로 하는 도량형은 1801년 11월 2일 법령으로 제정되었고, 1840년 1월 1일 의무 규정이 되었다.

쓰지 못하게 하기 위해서라는 생각도 들었다.

랑드리는 해 질 무렵 덤불 옆을 지나는 양치기들이 하듯이 티티새를 불러들이는 휘파람을 불기 시작했다. 이 휘파람 소리에 실비네는 고개를 들었다. 동생을 보자 부끄럽다는 생각이 들어 아직 동생이 자기를 못 본 줄 알고 황급히 일어났다. 랑드리는 그제야 알아차린 척하며 너무 크지 않은 목소리로 말했다. 강물 흐르는 소리는 서로의 목소리가 들리지 않을 만큼 크지는 않았다.

"어, 실비네 형, 거기 있었어? 아침 내내 기다렸어. 아무리 기다려도 오지 않아서 저녁 먹을 때까지 이쪽으로 산책하러 나왔어. 저녁 식사 때에는 형이 집으로 돌아오겠지 싶어서. 여기서 만났네. 함께 돌아가자. 각자 자신이 있는 쪽 기슭을 따라 내려가다 '조약돌 여울목'에서 만나기로 해. (이것은 파데 할머니 집 옆에 있는 여울목이다.)

"그래 가자." 실비네는 새끼 양을 안아 올리며 말했다. 새끼 양은 아직 낯설어 제 발로 따라오려 하지 않았기 때문이었다. 둘은 서로의 얼굴을 쳐다볼 용기를 내지 못한 채 강을 따라 내려갔다. 화가 났을 때의 고통과 다시 만나서 느끼는 기쁨을 서로에게 보일까 봐 두려웠다. 랑드리는 형이 화가 나 있다는 것을 모르는 척 걸어가면서 가끔 한두 마디 말을 걸었다. 우선 어디서 그 작은 갈색 새끼 양을 데려왔는지 물었다. 실비네는 제대로 대답할 수가 없었다. 자신이 꽤 먼 곳까지 갔으며, 그가 돌아다녔던 곳의 이름조차 모른다는 것을 사실대로 말하기가 싫었다. 그때 랑드리는 형이 난처해하는 것을 보고 이렇게 말했다.

"그 이야기는 나중에 해줘. 바람이 심하게 부는데 강가 나무들 밑에 있는 건 안 좋아. 아, 다행히 비가 내리기 시작하네. 바람도 곧 잦아들겠다."

그렇게 말하고 마음속으로는 이렇게 생각했다. '그런데 귀뚜라미가 비 오기 전에 형을 찾을 거라 했는데, 사실이었네. 확실히 이런 건 그 애가 우리보다 훨씬 잘 알고 있네.'

자기가 파데 할머니에게 부탁하고 할머니는 거절하며 15분 정도 이야기를 나눴기 때문에, 그가 그 집을 나온 뒤에야 만난 파데트가 그동안에 실비네를 봤을 수도 있다. 나중에야 그런 생각이 들었다. 하지만 그녀가 말을 걸려고 다가왔을 때 그가 무슨 일로 걱정하고 있는지 어떻게 알았을까? 할머니와 이야기를 나눌 때 집에 있지도 않았는데. 자신이 골풀밭으로 오는 도중에 만난 여러 사람에게 형을 못 봤냐고 물어봤으니 누군가가 파데트 앞에서 그것에 대해 말했을 수도 있고, 호기심을 만족시킬 수 있는 일이라면 무엇이든 알고 싶어 해서 숨어서 남의 말을 엿듣는 아이니까 할머니와 나눈 대화의 끝부분을 들었을 수도 있다는 생각은 하지 못했다.

실비네는 실비네대로 동생과 어머니에게 자신의 나쁜 행동에 대해 어떻게 설명해야 할지에 대해 생각하고 있었다. 랑드리가 모르는 척하리라고는 생각지도 못했으며, 지금까지 거짓말을 한 적도, 동생에게 그 무엇도 숨긴 적이 없었기 때문에 어떻게 이야기를 꾸며 내야 할지 몰랐다.

그래서 여울을 건널 때에는 마음이 편치 못했다. 거기까지 오면서 이 곤경에서 벗어나게 해줄 이야기를 하나도 생각해 내지 못했기 때문이었다.

실비네가 이쪽 강기슭에 올라오자 랑드리가 형을 끌어안았다. 그렇게 하지 않으려 했지만 랑드리는 평소보다 훨씬 더 마음을 담아 끌어안고 말았다. 하지만 질문은 될 수 있으면 하지 않았다. 형이 어떻게 대답해야 좋을지 모른다는 것을 알고 있었기 때문이다. 그리고 집으로 데리고 가면서 둘의 마음을 차지하고 있는 것과는 다른 것들에 대해서만 이야기했다. 파데 할머니 집 앞을 지나면서 랑드리는 파데트를 볼 수 있을까 싶어 둘러보았다. 고맙다는 인사를 하고 싶다는 생각이 들었기 때문이다. 그러나 문은 닫혀 있었으며, 할머니에게 매를 맞아 울고 있는 메뚜기의 울음소리밖에 들리지 않았다. 메뚜기가 나쁜 짓을 했든 하지 않았든 매일 밤 일어나는 일이었다.

장난꾸러기 소년이 우는 소리를 듣고 실비네는 마음이 아파서 동생에게 말했다.

"이 집은 언제나 우는 소리나 때리는 소리가 들려 끔찍해. 메뚜기만큼 불량하고 변덕스러운 녀석은 없다는 건 잘 알고 있어. 귀뚜라미는 한 푼어치의 가치도 없는 애야. 하지만 그 애들은 가엾은 아이들이야. 아버지 어머니도 없이 저런 마법사 할머니 밑에서 자라고 있으니까. 그 할머니는 심술궂어서 무엇 하나 그냥 넘어가지 않으니 말이야."

"우리 집에선 그렇지 않은데." 랑드리가 대답했다. "우리는 아버지 어머니한테 매 맞아 본 적이 없잖아. 철없는 장난을 쳤을 때도 조용히 부드럽게 타일러 주셔서 이웃집에 전혀 들리지 않았지. 이처럼 너무나 행복한 아이들이 있는 반면 파데트같이 세상에서 가장 불행하고 구박당해도 늘 웃으며 아무런 불평도 하지 않는 아이도 있어."

실비네는 자신을 두고 말하는 것이라는 걸 깨닫고, 자신의 잘못을 뉘우쳤다. 실은 그날 아침부터 계속 후회하며 몇 번이고 집에 돌아가려고 했지만 부끄러워 그러지 못했다. 그때 실비네는 가슴이 벅차올라 말없이 눈물을 흘렸다. 랑드리는 형의 손을 잡으면서 이렇게 말했다.

"형, 비가 많이 쏟아지겠어. 집에 뛰어가자."

그들은 뛰기 시작했다. 랑드리는 형을 웃게 만들려 애썼고, 실비네는 동생을 기쁘게 해주려고 억지로 웃었다.

하지만 집에 들어가려는 순간 실비네는 곳간에 숨고 싶은 심정이었다. 아버지에게 야단맞을 것이 두려웠기 때문이다. 그러나 바르보 씨는 아내처럼 그 일을 심각하게 생각하고 있지 않았기 때문에 실비네를 놀리는 것으로 그쳤다. 바르보 부인도 남편으로부터 어떻게 처신해야 현명한지 배웠기 때문에 자신이 얼마나 고통스러웠는지 숨기려고 애썼다. 부인이 따뜻한 불 앞에서 쌍둥이들의 몸을 말리게 하고 저녁 식사를 차려 주는 동안 실비네는 어머니가 울었다는 것을 알게 되었고, 때때로 걱정과 슬픔이 섞인 눈으로 자신을 바라본다는 것을 깨달았다. 어머니와 둘만 있었다면 용서를 빌었을 것이며 어머니의 마음이 달래질 때까지 위로도 했을 것이다. 하지만 아버지가 그런 일들을 좋아하지 않았다. 실비네는 저녁을 먹고 나서 피로가 몰려왔기 때문에 아무 말 없이 곧바로 자러 가야만 했다. 하루 종일 아무것도 먹지 못했기 때문에, 배가 너무 고파 허겁지겁 저녁을 다 먹어 치우자 꼭 술에 취한 듯이 동생 옷 벗기고 재워 주는 대로 몸을 내맡기게 되었다. 동생은 형의 침대 가장자리에 앉아 형의 손을 잡아 주었다.

실비네가 잠든 것을 보고 랑드리는 부모님에게 작별인사를 했는데, 어머니가 예전보다 더욱 애정을 담아 안아 준 것은 전혀 알아채지 못했다. 랑드리는 여전히 어머니가 자신을 형만큼 사랑해 줄 리가 없다고 여기고 있었다. 그 점에 대해서는 조금도 질투하지 않았다. 자기가 덜 사랑스럽기 때문에 자신이 받을 만한 몫의 사랑을 받는 것이라 생각했다. 그렇게 순응했던 것은 어머니에 대한 존경심만큼이나 쌍둥이 형에 대한 사랑 때문이었으며, 형이 자신보다 애정과 위로가 더 필요하다고 생각했다.

다음 날 실비네는 어머니가 일어나기도 전에 어머니 침대로 달려
가서 속마음을 털어놓고 후회하고 부끄러워하고 있다고 고백했다. 그
는 얼마 전부터 자기가 몹시 불행했으며, 그것도 랑드리와 떨어져 있기
때문이 아니라 랑드리가 자기를 전혀 좋아하지 않는다고 생각했기 때
문이라는 것도 이야기했다. 어머니가 어째서 그렇게 엉뚱한 생각을 했
냐고 물었지만 근거를 대지 못했다. 그것은 실비네의 마음속에 있는 병
과 같은 것이어서 자신도 어찌할 수가 없었기 때문이었다. 어머니는 내
색하진 않았지만 그 기분을 잘 알고 있었다. 여자의 마음은 이런 괴로
움에 쉽사리 사로잡히기 때문이다. 그녀 자신도 랑드리가 대담하고 활
기 있게 그리고 너무나도 평온하게 일하는 것을 보면서 쓸쓸한 느낌이
든 적이 있었다. 그러나 이번 일로 그녀는 질투라는 것이 모든 종류의
사랑에 있어서 나쁜 것이며, 신이 우리에게 명하시는 사랑에서조차 가
장 나쁜 것임을 알게 되었기 때문에 실비네의 질투심을 부추기지 않도
록 조심했다. 그녀는 실비네가 동생에게 얼마나 걱정을 끼쳤는지, 불평
도 하지 않고 화도 내지 않는 동생이 얼마나 착한 아이인지 반복해서
언급했다. 실비네도 그것을 알고 있다고 했고 동생이 자기보다 더 훌륭
한 기독교인이라는 것을 인정했다. 그는 마음을 고쳐먹겠다고 결심했
고 어머니께 약속했다. 진심으로 그렇게 할 생각이었다.

실비네는 위로와 만족을 얻은 것처럼 보였다. 어머니는 실비네의
눈물을 닦아 주고 그의 하소연에 이치를 잘 설명하며 격려해 주었다.
실비네는 랑드리를 솔직하고 공정하게 대하기 위해 할 수 있는 모든 노
력을 다했다. 그럼에도 불구하고, 그러지 않으려 했지만 실비네의 마음
속에는 쓰라린 감정의 싹이 남아 있었다. 실비네의 마음속에서는 자꾸

만 이런 생각이 떠올랐다. '우리 둘 중에서 랑드리가 더 기독교인답고 더 올바른 사람이야. 어머니도 그렇게 말씀하시고, 그건 사실이지. 하지만 내가 랑드리를 사랑하고 있는 것만큼 랑드리가 나를 사랑하고 있다면 그렇게 아무렇지 않을 수 없을 거야.' 그러면서 강가에서 실비네를 발견했을 때 랑드리가 보여 줬던 침착하고 거의 무관심한 듯했던 모습을 떠올렸다. 랑드리가 자신을 찾아다니면서 티티새를 부르는 휘파람을 불고 있었던 것도 생각났다. 그 순간 자신은 정말 강물에 뛰어들까 생각하고 있었다. 집을 나설 때에는 이런 생각이 아니었지만 생전 처음으로 동생에게 토라져서 피해 버린 자신을 동생은 결코 용서하지 않을 것이라는 생각이 들자 몇 번이고 죽고 싶은 생각이 들었기 때문이다. '만약 나에게 이런 수치심을 준 게 내 동생이었다면, 내 마음은 결코 달래지지 않았을 거야. 랑드리가 용서해 준 것은 정말 기쁘지만 이렇게 간단히 용서해 주리라고는 생각지 못했어.'라고 실비네는 생각했다. 그러고 나서 이 불행한 소년은 자신의 마음과 싸우면서 한숨을 쉬었고, 한숨을 쉬면서 자신의 마음과 싸웠다.

신께서는 신의 뜻을 거스르지 않겠다는 마음만 가지고 있으면 언제나 보상해 주시고 도와주신다. 실비네도 그해의 나머지 기간에는 정신을 차렸다. 동생과 싸우거나 토라지는 일도 하지 않았고 더 평온하게 동생을 사랑하게 되었으며, 괴로움 때문에 약해졌던 건강도 회복되어 몸도 튼튼해졌다. 아버지는 자기 몸을 너무 아끼는 것이 건강에 좋지 않다는 사실을 깨닫고 실비네에게 전보다 일을 더 시켰다. 그러나 부모 밑에서 하는 일은 남의 집에서 하는 일에 비하면 결코 고되지 않다. 따라서 몸을 아끼지 않고 일하는 랑드리는 그해 쌍둥이 형보다 힘도 더 세지고 몸집도 더 커졌다. 이전부터 둘 사이에는 근소한 차이가 있었는데 이제는 그 차이가 둘의 정신력에서부터 외모에까지 두드러지게 나타났다. 열다섯 살이 되자 랑드리는 건장한 청년이 되었지만, 실비네는 호리호리하고 햇볕에 덜 그을린 얼굴을 한 귀여운 소년 그대로였다. 이제 두 아이를 혼동하는 사람은 없었다. 둘은 여전히 형제처럼 닮긴 했지만 얼른 봐서는 쌍둥이 같지 않았다. 그들을 처음 보는 사람들에게는 실비네보다 한 시간 늦게 태어나 동생이 된 랑드리가 한두 살 많은 형으로 보였다. 바르보 씨는 참으로 시골 사람답게 무엇보다도 힘과 체구를 높게 평가하기 때문에 랑드리를 더욱 좋아하게 되었다.

11

파데트와 그 일이 있고 나서 처음 얼마간 랑드리는 자신이 한 약속이 맘에 걸렸다. 파데트가 자기를 걱정거리에서 구해 줬던 그 당시에는 아버지 어머니에게 말해서 쌍둥이네에 있는 가장 좋은 것을 줄 생각이었다. 하지만 바르보 씨는 실비네가 토라진 일을 대수롭지 않게 여기고, 전혀 걱정도 하지 않았기 때문에 랑드리는 파데트가 사례를 받으러 왔을 때 아버지가 그녀의 멋진 마법이나 자기가 그녀에게 했던 약속 따위는 아랑곳하지 않으며 내쫓지 않을까 걱정되었다.

이런 두려움이 랑드리를 부끄럽게 만들었다. 그리고 괴로움이 사라져 감에 따라 그때 일어났던 일이 마법의 힘이라고 믿은 건 자신이 너무 어리숙했기 때문이라는 생각도 들었다. 파데트에게 속았다고 단정 짓지는 않았지만 의심의 여지는 있다고 느꼈다. 게다가 이런 엄청난 결과를 가져올 약속을 한 것이 옳은 일이었다고 아버지를 납득시킬 만한 그럴듯한 이유가 떠오르지도 않았다. 또 한편으로는 신께 맹세하며 자신의 영혼과 양심을 걸고 한 약속을 어떻게 깰 수 있을지 알 수 없었다.

그런데 놀랍게도 그 일이 있은 다음 날에도, 또 그다음 달에도, 계절이 바뀌어도 파데트에 대한 이야기는 쌍둥이네에서도 프리슈 마을에서도 들려오지 않았다. 그녀는 랑드리와 할 말이 있다면서 카이요 씨

댁에 찾아오지 않았고, 뭔가를 요구하러 바르보 씨 댁에 오지도 않았다. 그리고 들판에서 랑드리가 멀리 있는 파데트를 보게 되어도 그녀는 그 옆으로는 다가오려고도 하지 않았으며, 그를 신경조차 쓰지 않는 것 같았다. 이것은 평소의 모습과는 정반대였다. 그녀는 호기심 때문에 쳐다보기 위해서, 혹은 기분이 좋은 사람들과는 함께 웃고 놀며 장난치기 위해서, 기분이 좋지 않은 사람들은 놀리고 조롱하기 위해서 모든 사람들을 따라다녔던 것이다.

그러나 파데 할머니의 집은 프리슈 마을과 코스 마을 어느 쪽과도 가까워서 언젠가는 길에서 랑드리와 파데트가 마주치게 되어 있었다. 그리고 길이 넓지 않기 때문에 지나가면서 어깨를 두드리거나 말을 건넬 수밖에 없게 되어 있었다.

어느 날 저녁 파데트는 여느 때처럼 메뚜기를 데리고 거위 떼를 집 안으로 들이고 있었고, 랑드리는 목초지에 암말들을 찾으러 가서 프리슈 마을로 조용히 데리고 오던 중이었다. 두 사람은 산의 사거리에서 조약돌 여울목으로 내려오는 오솔길에서 딱 마주치게 되었다. 이 길은 양옆이 절벽이어서 서로 피할 수가 없었다. 랑드리는 약속을 지키라고 독촉할까 봐 두려워 얼굴이 새빨개졌으며 파데트에게 약점을 보여서는 안 되겠다고 생각해 멀리서 그녀를 보자 말에 올라타 빨리 달리라고 말의 옆구리를 찼다. 그러나 말들은 모두 발목에 족쇄를 차고 있었으며 그 때문에 랑드리가 올라탄 말도 특별히 빨리 달릴 수 없었다. 파데트와 가까워지자 랑드리는 얼굴을 마주할 용기가 나지 않아 망아지들이 잘 따라오는지 보는 척하며 뒤를 돌아보았다. 그러다가 다시 앞을 보았을 때에는 파데트는 그에게 아무 말도 걸지 않고 이미 지나가 버린 뒤였다. 자기를 본 것인지 자기에게 인사를 재촉하듯 눈인사하거나 미소를 지어 보였는지 알 수 없었다. 보이는 건 메뚜기 자네뿐이었다. 여전히 장난치기 좋아하고 심술궂은 그는 돌을 주워 랑드리가 타고 있는 암말의 다리를 향해 던졌다. 랑드리는 채찍으로 한번 때려 주고 싶었지만 말을 멈추면 그 누나와 말다툼을 하게 될까 무서웠다. 그래서 눈치채지 못한 척 뒤도 돌아보지 않고 지나쳐 버렸다.

그 뒤로도 랑드리가 파데트와 만날 때마다 거의 같은 식이었다. 랑드리는 점점 대담해져서 그녀의 얼굴을 쳐다볼 수 있게 되었다. 왜냐하면 나이가 들고 분별력이 생김에 따라 그런 사소한 일로는 걱정하지 않게 되었기 때문이다. 그녀에게 무슨 말을 들어도 상관없다는 듯이 용기를 내서 파데트를 가만히 바라보았을 때 랑드리는 그녀가 일부러 다른 쪽으로 고개를 돌리는 것을 보고 놀랐다. 전에 그가 그녀를 두려워했던 것처럼 그녀도 그를 두려워하는 것 같았다. 그 모습을 본 랑드리는 완전히 자신감을 갖게 되었다. 그러나 그는 성품이 바른 사람이었기 때문에 그게 마법이었든 우연이었든 그녀가 가져다준 기쁨에 대해서 사례를 하지 않는 것은 자신의 잘못이 아닌가 하는 생각이 들었다. 그래서 다음에 만났을 때에는 먼저 말을 걸겠다고 결심했다. 그런 기회가 오자 인사하고 이야기를 나누려고 그는 적어도 열 발짝 정도는 앞으로 다가갔다.

그런데 랑드리가 다가가자 파데트는 거만한 태도를 보였으며 거의 화가 난 것 같았다. 결국에 파데트는 랑드리의 얼굴을 볼 결심을 하고서 몹시 경멸하는 눈빛으로 쳐다보았다. 랑드리는 너무나 당황해서 말을 걸어 볼 용기가 나지 않았다.

그해에 랑드리가 그녀를 가까이서 만난 것은 이것이 마지막이었다. 그날 이후로 파데트는 무슨 변덕에서인지 그를 피했기 때문이었다. 멀리서 랑드리의 모습이 보이기만 하면 옆길로 피하거나, 남의 땅으로 들어가거나, 멀리 돌아갔던 것이다. 랑드리는 자신이 그녀에게 도움을 받았으면서 모른 척하고 있었기 때문에 화가 난 것이라고 생각했다. 그러나 그녀를 싫어하는 마음이 너무나 강했기 때문에 자신의 잘못을 바로잡으려는 생각은 하지 않았다. 파데트는 다른 아이와는 달랐다. 천성이 어두운 편은 아니었다. 오히려 지나치게 밝다고 할 지경이었다. 남에게 욕먹거나 놀림받는 일을 일부러 하길 좋아했는데, 언제나 신랄한 말로 대꾸해서 상대방을 꼼짝 못 하게 하고 더 신랄한 말을 퍼부을 수 있기 때문이었다. 사람들은 그녀가 뾰로통해 있는 모습은 본 적이 없었다. 사람들은 이제 열다섯이 다 되어 가니 뭔가를 느낄 때도 됐을 텐데 그 나이의 소녀가 가져야 할 자존심도 없다고 그녀를 욕했다. 그러나 파데트는 언제나 사내아이처럼 행동했다. 특히 실비네를 자주 괴롭혔는데 가끔 멍하니 생각에 잠긴 실비네를 발견하면 방해해서 화나게 만들기를 좋아했다. 길에서 만나면 끝까지 따라가 "쌍둥이 쌍둥이" 하며 놀리거나 "랑드리는 널 전혀 좋아하지 않아."라며 그의 마음을 괴롭히고, 그가 슬퍼하는 모습을 보고는 놀렸다. 가엾은 실비네는 랑드리 이상으로 파데트를 마녀라고 생각하고 있었고 그녀가 자신의 생각을 알아맞히자 몹시 놀라 진심으로 그녀를 싫어하게 되었다. 파데트도 그녀의 가족도 경멸하게 된 실비네는 그녀가 랑드리를 피하는 것처럼 이 심술궂은 귀뚜라미를 피해 다녔다. 실비네는 조만간 귀뚜라미가 행실 나쁜 짓을 하다 마침내 남편을 버리고 군인들을 따라간 어머니처럼 될 거라고 했다. 그녀의 어머니는 메뚜기가 태어나고 얼마 되지 않아 종군 술집 여주인이 되어 마을을 떠났는데 그 뒤로 아무런 소식이 없었다. 남편은 슬픔과 수치심으로 병에 걸려 죽고 말았고, 그래서 나이 든 파데 할머니가 아이 둘을 떠맡게 된 것이었다. 파데 할머니는 아이들을 제대로 돌봐 주지 못했다. 인색한 탓도 있었으나 나이가 들어서 그들을 잘 돌보거나 깨끗하게 씻기고 입히고 할 수 없었던 것이다.

이런 여러 가지 이유로 랑드리는 실비네만큼 오만한 건 아니었지만 파데트에게 혐오감을 느끼고 있었으며 파데트와 어떤 관계를 만든 것을 후회하고 있어서 아무에게도 그 사실을 알리지 않으려고 조심했다. 그 일로 품고 있던 걱정 근심을 털어놓고 싶지 않아서 실비네에게도 그 일을 숨겼다. 실비네는 실비네대로 자신에 대한 파데트의 온갖 심술궂은 언행을 숨기고 있었다. 그녀가 자신의 질투심을 간파했다는 것을 말하는 게 부끄러웠던 것이다.

하지만 시간은 흘러갔다. 쌍둥이 정도의 나이에는 몇 주가 몇 달에 해당하고 몇 달이 몇 년에 해당할 만큼 육체적으로도 정신적으로도 변화가 크다. 얼마 뒤 랑드리는 그 사건을 잊게 되었으며 파데트에 대한 생각으로 얼마간은 괴로워했지만 마치 꿈이라도 꾸었던 것처럼 더 이상 생각하지 않게 되었다.

랑드리가 프리슈 마을에 온 지도 벌써 열 달 정도가 흘렀다. 카이요 씨와의 계약 기간 만료일인 성 요한 축일이 다가오고 있었다. 사람 좋은 카이요 씨는 랑드리가 아주 마음에 들었기 때문에 그를 내보내기보다는 봉급을 올려 줘야겠다고 결심하고 있었다. 랑드리도 가족 가까이에 있을 수 있고 마음이 잘 맞는 프리슈 마을의 친구들과도 계속 사귈 수 있기 때문에 더 바랄 것이 없었다. 게다가 카이요 씨의 조카딸에게 관심이 있었다. 이름이 마들롱인 아주 늘씬한 아가씨였다. 랑드리보다 한 살 위인 그녀는 랑드리를 다소 어린아이 취급했지만 그런 태도도 나날이 줄어들어 연초에는 랑드리가 놀이를 하거나 춤을 출 때 입맞춤하는 것을 부끄러워한다며 놀려댔지만 연말에는 놀리는 대신에 얼굴을 붉혔으며 외양간이나 건초 창고에서는 단둘이만 있으려 하지 않게 되었다. 마들롱은 가정이 유복했기 때문에 시간이 흐르면 두 사람의 결혼은 성사될 수 있을 것 같았다. 양가 모두 이 지역에서는 평판이 좋고 존경받고 있었다. 카이요 씨도 두 사람이 가까워지고 싶어 하면서도 두려워하고 있는 걸 보고 바르보 씨에게 두 사람이 좋은 부부가 될 것 같으니 두 사람에게 시간을 두고 제대로 된 교제를 시키는 것도 결코 나쁘지 않을 거라고 말했다.

이처럼 성 요한 축일 일주일 전에 랑드리는 프리슈 마을에, 실비네는 부모님 집에 계속 있기로 결정되었다. 실비네도 이 무렵에는 철이 많이 들어서 바르보 씨가 몸에 열이 나거나 할 때에는 아주 큰 도움이 될 정도로 밭일을 잘하게 되었다. 실비네는 멀리 일하러 가는 것을 몹시 두려워하고 있었으므로 이 두려움이 그로 하여금 일을 잘하게 만들었다. 차츰차츰 실비네도 랑드리에 대한 과도한 애정을 억제하려고 노력했으며, 아니면 적어도 겉으로 너무 드러내지 않으려고 애썼다. 쌍둥이들이 일주일에 한두 번밖에 만나지 않게 되었는데도 쌍둥이네에 평화와 만족이 다시 찾아왔다. 성 요한 축일은 둘에게 행복한 하루였다. 함께 시내로 가서 인력 시장과 광장에서 열리는 축제 행사를 봤다. 랑드리는 예쁜 마들롱과 몇 번이나 부레춤을 추었다. 실비네도 랑드리를 기쁘게 해주려고 춤을 추어 보았지만 그다지 잘 추지는 못했다. 하지만 마들롱이 실비네에게 경의를 표하는 뜻에서 마주 보고 손을 잡으면서 스텝 밟는 법을 가르쳐 주었다. 이렇게 해서 동생과 함께 지내게 된 실비네는 지금까지는 랑드리를 방해했지만 앞으로는 춤을 제대로 배워서 함께 즐기도록 하겠다고 약속했다.

실비네는 마들롱에 대해서는 그다지 질투를 느끼지 않았다. 그것은 랑드리가 마들롱에게 아직 거리를 두고 있었기 때문이었다. 게다가 마들롱은 실비네의 비위도 맞추고 용기를 북돋아 주기도 했다. 마들롱은 실비네와 스스럼없이 지냈다. 사정을 잘 모르는 사람이라면 쌍둥이 중에서 그녀가 더 좋아하는 사람은 실비네라고 생각할 것이다. 랑드리가 천성적으로 질투와 거리가 먼 사람이 아니었다면 아마도 질투했을 것이다. 그리고 랑드리가 아무리 순진하다 해도, 마들롱이 이렇게 하는 것은 자기를 기쁘게 해주고, 더 자주 만날 기회를 만들기 위한 것임을 왠지 알 것 같았다.

이렇게 해서 성 앙도슈 축일까지 석 달은 모든 일들이 순조롭게 흘러갔다. 코스 마을의 수호성인을 기리는 성 앙도슈 축제는 9월 하순에 있었다.

이 축일에는 마을의 커다란 호두나무 밑에서 추는 춤을 비롯하여 다양한 놀이를 하기 때문에 언제나 쌍둥이 형제에게는 이것이 가장 성대하고 즐거운 축제였다. 그러나 그날 둘에게 생각지도 못한 새로운 걱정거리가 생겼다.

카이요 씨는 랑드리가 아침부터 축제를 즐길 수 있도록 그 전날 밤 쌍둥이네에 가서 자는 것을 허락해 주었다. 랑드리는 저녁 식사 전에 출발했다. 다음 날에나 자기를 볼 수 있을 것이라 기대하고 있을 실비네를 놀라게 해줄 수 있다며 기뻐했다. 때는 날이 짧아지기 시작하고 어둠이 빨리 오는 계절이었다. 랑드리는 낮에는 아무것도 두려울 것이 없었다. 그러나 이 지역에 사는 젊은이라면 혼자서 밤길을 걸으려 하지 않았을 것이다. 가을에는 특히 더 그렇다. 마법사나 도깨비불이 안개 속에 숨어서 장난이나 마법을 부리며 활개 치기 시작하는 계절이기 때문이다. 랑드리는 소들을 몰고 나가거나 데려오기 위해 어떤 때고 혼자 다니는 일에 익숙하기 때문에 이날 밤이라고 해서 크게 걱정하지는 않았다. 그래도 빠른 걸음으로 걸었고 캄캄한 밤길에서는 누구나 그러는 것처럼 큰 목소리로 노래를 불렀다. 왜냐하면 인간의 노랫소리는 나쁜 짐승이나 나쁜 사람들을 혼란스럽게 하고 쫓아 버린다는 것을 알고 있었기 때문이다.

둥근 조약돌이 다량으로 있어서 조약돌 여울목이라는 이름이 붙은 곳까지 왔을 때, 랑드리는 바지의 밑 부분을 조금 접어 올렸다. 물이 발목 위까지 찰 것 같았기 때문이다. 무턱대고 발을 내딛지 않으려고 조심했다. 비스듬히 이어지는 이 여울에는 군데군데 수심이 깊은 곳이 있기 때문이다. 그는 이 여울에 대해 매우 잘 알고 있었기에 실수할 일은 거의 없을 것이다. 게다가 잎이 반 이상 떨어져 버린 나무들 사이로 파데 할머니 집에서 새어 나오는 희미한 불빛이 보였다. 이 불빛을 보면서 그 방향으로 걸어가기만 하면 길을 잘못 들 염려는 전혀 없었다.

그래도 나무들 밑은 너무나도 어두웠기 때문에, 랑드리는 들어가기 전에 여울을 막대기로 훑어 보았다. 평소보다 물이 불어 있어서 깜짝 놀랐다. 게다가 꽤 오래전부터 열어 놓은 수문에서 물소리가 들려왔기 때문에 더욱 놀랐다. 하지만 파데트네 십자형 창문의 불빛이 아주 잘 보였기 때문에 과감하게 물 안으로 들어갔다. 두 발짝 정도 들어가자 물이 무릎 위로 차올랐다. 건너는 곳을 착각했다고 생각해 다시 강기슭으로 나왔다. 조금 더 위쪽으로도 조금 더 아래쪽으로도 자리를 옮겨 여울로 들어가 보았지만, 양쪽 모두 수심이 훨씬 더 깊었다. 비도 내리지 않는데도 수문에서는 여전히 물소리가 들려왔다. 이것은 정말 놀라운 일이었다.

12

'틀림없이 짐수레 길로 잘못 들었어. 왼편에 보여야 할 파데트네 불빛이 오른편에 보이는 걸 보니.'라고 랑드리는 생각했다.

랑드리는 '토끼 교차로'까지 길을 거슬러 올라갔다. 방향을 다시 잡기 위해 그 주위를 눈을 감고 천천히 돌아보았다. 주위의 나무들과 덤불숲을 잘 확인할 수 있게 됐을 때 길을 정확히 찾아 강가로 다시 갔다. 여울은 안전해 보였지만 세 발짝도 앞으로 나가지 못했다. 정면에 보여야 할 파데트네 불빛이 갑자기 거의 뒤에서 보였기 때문이다. 다시 강기슭으로 올라가니 불빛이 본디 있어야 할 곳에서 보였다. 다른 방향으로 비스듬히 여울로 들어가 보았더니, 이번에는 물이 거의 허리띠까지 차올랐다. 그래도 이미 깊은 곳에 들어왔으니 불빛을 향해 걸어가면 나갈 수 있을 거라 생각해 계속 나아갔다.

결국 멈춰 서고 말았는데 수심이 계속 깊어져서 어깨까지 물이 차올랐기 때문이었다. 물도 너무 차가워 랑드리는 돌아갈지 말지 한동안 고민했다. 불빛의 위치가 또다시 변한 것처럼 보였다. 그런데 그것은 움직이고, 달리고, 뛰어오르고, 이쪽 기슭에서 저쪽 기슭으로 건너다니고, 심지어는 물에 비쳐서 두 개로 보이고, 날개를 펼치고 중심을 잡는 새처럼 있다가, 송진 불이 타는 소리를 내기도 했다.

이번에는 랑드리도 겁이 나서 미칠 것만 같았다. 도깨비불만큼 사람을 홀리는 것도 심술궂은 것도 없다는 소리를 들은 적이 있었다. 사람들을 홀려서 길을 헤매게 만들고, 물의 가장 깊은 곳으로 끌어들여 계속 기묘한 웃음소리를 내며 걸려든 사람이 괴로워하는 것을 놀리면서 재미있어한다는 것이다.

랑드리는 그 불을 보지 않으려고 눈을 감고 재빨리 돌아서서 온갖 위험을 무릅쓰고 물구덩이를 빠져나와 다시 강가로 올라왔다. 그리고 풀밭에 몸을 던진 채 계속 춤추며 웃고 있는 도깨비불을 바라보았다. 이것은 정말 보기만 해도 소름 끼치는 것이었다. 어떤 때에는 물총새처럼 날아가다가 어떤 때에는 완전히 사라져 버렸다. 또 소머리처럼 커졌다가 바로 고양이의 눈처럼 작아지기도 했다. 그러고는 랑드리 근처로 달려오더니 그의 주위를 아주 빨리 돌았기 때문에 눈이 너무나 부셨다. 결국 랑드리가 따라오지 않는 걸 보고 그 불은 갈대밭으로 돌아가 파닥거렸는데 마치 랑드리에게 화내고 욕하는 것처럼 보였다.

랑드리는 움직일 엄두가 나지 않았다. 되돌아간다고 해도 도깨비불로부터 도망칠 수 없을 것이기 때문이었다. 누구나 알다시피 도깨비불은 달리는 사람의 뒤를 끈질기게 쫓아와서 길을 가로막아 결국에는 사람을 미치게 만들고 나쁜 곳으로 떨어지게 만든다. 랑드리가 공포와 추위로 떨고 있을 때 뒤에서 매우 부드러운 노랫소리가 희미하게 들려왔다.

도깨비님, 도깨비님, 작은 도깨비님,
양초를 들고 나팔도 불어 봐.
나는 망토에 두건도 썼지.

도깨비 아이에게는 도깨비불이 있지.

갑자기 파데트가 나타났다. 그녀는 도깨비불을 무서워하지도 놀라지도 않고 즐겁게 강을 건너려고 하다가 어둠 속에서 땅바닥에 앉아 있던 랑드리와 부딪쳤다. 그러자 뒤로 물러나면서 마치 사내아이처럼, 그것도 가장 입이 거친 사내아이처럼 욕을 해댔다.

"나야, 팡송. 무서워하지 마. 난 네 적이 아니야." 랑드리는 일어나면서 말했다.

랑드리가 이렇게 말한 것은 도깨비불만큼 파데트가 무서웠기 때문이다. 그녀의 노래도 들었고 그녀가 도깨비불에게 주문을 걸고 있는 것을 보기도 했다. 그녀 앞에서 춤추고 미친 듯이 몸을 흔드는 도깨비불은 마치 파데트를 만나서 기뻐하는 것처럼 보였다.

잠시 생각한 뒤 파데트는 말했다. "잘 알고 있어. 잘생긴 쌍둥이. 그렇게 다정하게 말하는 건 무서워서 죽을 것 같기 때문이지? 목소리가 떨리고 있어. 우리 할머니 목소리 같아. 이 겁쟁이. 밤에는 낮처럼 잘난 척 안 하네. 내가 없으면 강도 못 건널 텐데."

"그래 맞아. 지금 막 강에서 나왔어." 랑드리는 말했다. "나는 하마터면 물에 빠질 뻔했어. 파데트, 넌 모험을 해볼 생각이야? 여울에 빠질까 봐 걱정되지 않아?"

"뭐? 내가 왜 빠져? 네가 뭘 걱정하는지는 잘 알지." 파데트는 웃으면서 대답했다. "자, 손을 줘 봐, 겁쟁이. 도깨비불은 네가 생각하는 것처럼 그렇게 심술궂지 않아. 무서워하는 사람에게만 장난을 치지. 난 도깨비불 자주 만나. 서로 잘 알고 지내."

그렇게 말하고 랑드리가 상상도 못 했던 센 힘으로 팔을 잡아당겨 여울로 뛰어들어 가면서 노래했다.

나는 망토에 두건도 썼지.
도깨비 아이에게는 도깨비불이 있지.

랑드리는 도깨비불보다 이 작은 마법사와 함께 있는 것이 더 편한
것도 아니었다. 하지만 어차피 악마를 만날 바에는 그렇게 그 불처럼
음험하고 쉽게 사라지는 것보다는 자신과 같은 사람의 모습을 한 것이
낫다고 생각했기 때문에 아무런 저항도 하지 않았다. 랑드리는 파데트
가 잘 안내해서 발이 많이 젖지 않고 조약돌 여울을 건너고 있다는 사
실을 깨닫고는 금방 마음이 놓였다. 하지만 둘 다 빠른 걸음으로 걸어
도깨비불에게 공기의 흐름을 만들어 주었기 때문에 여전히 이 대기 현
상이 그들을 따라다녔다. 도깨비불이 대기 현상이라는 것은 학교 선생
님이 붙인 이름이다. 이런 것에 대해 잘 알고 계시는 선생님은 도깨비
불은 조금도 무서워할 게 못 된다고 단언했다.

13

아마 파데 할머니도 그것에 대해서 알고 있어서 이와 같이 밤에 나타나는 불은 조금도 두려워할 게 없다고 손녀에게 가르쳐 줬을 것이다. 아니면 조약돌 여울목 주변에는 도깨비불이 자주 나타나므로 랑드리가 지금까지 그것을 가까이서 보지 못했던 것은 우연에 지나지 않으며, 이 소녀는 자주 봐왔기 때문에 이 불을 일으키는 정령이 전혀 심술궂지 않으며 그녀에게 친절하게 대해 주려고 할 뿐이라는 생각을 갖게 된 것일 수도 있다. 도깨비불이 가까이 다가오자 랑드리는 온몸을 덜덜 떨었다.

"순진하긴. 이 불은 타고 있는 게 아니야. 만일 네가 그것을 재빨리 잡아 보면 화상 같은 건 남지 않는다는 걸 알 수 있을 거야."라고 파데트가 랑드리에게 말했다.

'그건 더 나쁜데.' 랑드리는 생각했다. '타지 않는 불, 그런 게 어떤 건지 알아. 신께서 주신 것일 리 없지. 선한 신의 불은 데우고 태우기 위한 거야.'

그러나 랑드리는 자기 생각을 파데트에게 말하지 않았다. 강기슭에 무사히 오르고 나니 거기에 파데트를 버려두고 쌍둥이네로 도망치고 싶었다. 그러나 그럴 만큼 은혜를 모르는 사람이 아니었기 때문에 감사

인사도 하지 않고 떠날 생각은 없었다.

"나를 도와준 게 이걸로 두 번째네. 팡숑 파데" 랑드리는 말했다. "이 은혜는 평생 잊지 않겠다고 말하지 않으면 난 사람도 아니겠지. 네가 아까 날 발견했을 때 난 완전히 제정신이 아니었어. 도깨비불에 홀려서 녹초가 되었지. 강은 결코 건너지 못했을 것이야. 아니면 강에 빠져 죽었겠지."

"아마도 어렵지도 위험하지도 않게 건널 수 있었을 거야. 네가 그렇게 바보 같지 않다면. 열일곱 살이나 되어 곧 턱에 수염도 날 커다란 사내아이가 그런 걸 무서워하다니. 그런 꼴을 보게 되다니 기분이 좋아."

"팡숑 파데, 왜 기분이 좋은 건데?"

"네가 싫으니까." 무시하는 어조로 파데트가 말했다.

"왜 내가 싫은데?"

"널 형편없다고 생각하기 때문이지. 너도, 네 쌍둥이 형도, 네 아버지, 어머니도 다 마찬가지야. 다들 부자라고 거만하지. 다른 사람이 도움을 주면 당연하게 생각해. 랑드리, 너도 그걸 보고 자라 은혜를 모르는 사람이 된 거지. 그건 남자에게 있어서 심각한 결점이야. 겁쟁이인 거 다음으로 말이지."

랑드리는 이 작은 소녀에게 비난을 들으니 수치스러웠다. 완전히 틀린 말도 아니라고 생각하면서 그녀에게 대답했다.

"내가 잘못했을 때에는 나한테만 책임이 있어. 우리 형, 아버지, 어머니, 그 누구도 지난번에 네가 날 도와줬다는 거 몰라. 하지만 이번에는 모두에게 말해서 네가 원하는 것을 사례로 받을 수 있게 할게."

"뭐야, 또 잘난 척이군." 파데트가 받아쳤다. "선물을 주면 그걸로 빚 다 갚은 거다, 이거지? 너 내가 우리 할머니처럼 돈 좀 쥐어 주면 사람들의 무례함도 불손함도 다 참아줄 거라 생각하지? 흥, 나는 말이야, 네 선물 같은 거 필요하지도 갖고 싶지도 않아. 네가 주는 거라면 뭐든지 경멸할 거야. 아주 커다란 고통에서 구해 준 지 1년이 다 되어 가는데, 넌 감사의 말 한마디, 다정한 말 한마디 할 줄 모르는 사람이니까."

"내가 잘못했어. 인정할게."라고 랑드리는 말했다. 그는 파데트가 논리적으로 말하는 것을 처음 들었기 때문에 놀라지 않을 수 없었다. "하지만 너에게도 잘못이 있어. 형을 찾게 해준 건 마법이 아니었잖아. 내가 네 할머니에게 설명하고 있는 동안 형을 본 게 틀림없어. 그리고 넌 내가 전혀 착하지 않다고 비난하지만, 만일 네가 착한 마음씨를 가졌다면 나를 고생시키거나 애타게 기다리게 하지 않고, 그리고 나로 하여금 그런 무리한 약속을 하게 만들지 말고, 바로 말해 줬어야 했잖아. '목초지를 내려가면 강가에 형이 있을 거야.'라고. 그런다고 손해를 보는 것도 아닌데 걱정하고 있는 나를 놀렸잖아. 그래서 네가 도와준 일의 가치가 떨어진 거야."

평소의 파데트라면 재빨리 맞받아쳤겠지만 이번에는 한동안 생각에 잠겨 있었다. 이윽고 입을 열었다.

"알겠어. 어쨌든 고맙게 생각하지 않는다는 거네. 내게 사례하겠다고 약속했으니, 넌 나한테 빚진 게 없다는 거지? 한 번 더 말해두겠는데 넌 냉정하고 못됐어. 내가 너한테 아무것도 달라고 하지 않았고 네가 배은망덕해도 비난조차 하지 않았다는 거 몰랐다니 말이야."

"그건 사실이야, 팡숑." 랑드리가 진심으로 대답했다. "내가 잘못했어. 그건 나도 알고 있고 부끄럽게 생각하고 있어. 너에게 감사의 말을 했어야 했는데… 그럴 생각이었는데 네가 너무 화난 얼굴을 하고 있어서 어떻게 말을 걸어야 할지 몰랐어."

"만일 네가 그 일이 있었던 그다음 날에 찾아와서 우정 어린 말 한 마디만 했으면 내가 그렇게 화가 난 얼굴을 하지 않았을 거고, 또 내가 보답 따위 바라고 있지도 않다는 걸 금방 알았을 거야. 그러면 우리는 친구가 될 수 있었겠지. 하지만 이제는 틀렸어. 너를 좋지 않게 생각하고 있으니까. 네가 알아서 도깨비불을 해결하게 내버려 둘걸. 잘 가, 쌍둥이네 랑드리. 가서 옷이나 말려. 그리고 가서 부모님께 말씀드려. 그 누더기 귀뚜라미가 아니었으면, 오늘 밤에 정말, 강에서 물 실컷 먹을 뻔했다고."

이렇게 말한 파데트는 랑드리에게 등을 돌린 뒤, 노래를 부르며 집 쪽으로 걷기 시작했다.

교훈을 얻어라 바보야.
쌍둥이 랑드리 바르보야.

이번에는 랑드리도 정말 잘못했다고 진심으로 후회했다. 착하기보다는 영악해 보이는 이 소녀에게 우정 같은 걸 느낀 건 아니었다. 그녀의 영악한 행동을 재미있어하는 사람들조차도 그녀를 좋아하진 않았다. 하지만 랑드리는 곧은 마음을 가진 사람이어서 양심에 가책이 되는 일을 그대로 내버려 두고 싶지 않았다. 그래서 파데트의 뒤를 쫓아가 그녀의 망토를 잡아끌었다.

"이봐, 팡숑 파데트. 이번 일은 둘이서 합의하고 끝내야만 해. 네가 나를 못마땅하게 생각하지만 나도 나 자신이 못마땅해. 네가 원하는 걸 말해 줘. 늦어도 내일까지는 가져다줄게." 랑드리가 그녀에게 말했다.

"내가 바라는 건 널 다시는 안 보는 거야." 파데트가 아주 매정하게 말했다. "네가 나에게 뭘 가져오든 간에 네 얼굴에 던져 줄 테니까. 그렇게 알아 둬."

"보답을 하겠다는 사람한테 너무 심한 말 아니야? 만일 선물을 원하지 않는다면, 뭔가 너에게 도움이 되는 일을 해줄 수도 있어. 그렇게 해서 너에게 이득이 되는 일을 하려는 거야. 손해가 되는 일은 안 해. 자, 말해 봐. 내가 무엇을 해야 만족하겠어?"

"그럼 나에게 용서를 빌고 친구가 되어 달라고 할 마음은 없구나?" 파데트가 멈춰 서서 말했다.

"용서를 비는 거, 그건 너무 지나친 요구야." 랑드리가 이렇게 대답한 것은 자기 나이에 맞는 대접도 못 받고 그 나이에 갖춰야 할 분별력도 없는 소녀에게 자존심을 꺾을 수는 없었기 때문이다. "너와 친구가 된다고 해도 너는 성격이 이상해서 신용할 수가 없어. 그러니까 네게 당장 줄 수 있는 것, 다시 돌려 달라고 할 수 없는 것을 말해 봐."

"그렇다면…" 또렷하고 무뚝뚝한 목소리로 말했다. "네가 바라는 대로 될 거야, 쌍둥이 랑드리. 나는 용서를 빌라고 했더니 넌 그건 싫다고 했지. 이제 네가 약속했던 것을 지켜 줘야겠어. 내가 원하는 날에 내 명령에 따르는 거지. 그날이 바로 내일 성 앙도슈 축일이야. 내가 바라는 건 나랑 부레춤을 추는 거야. 미사 후에 세 번, 저녁 기도를 마친 뒤에 두 번, 삼종 기도 뒤에 두 번, 전부 일곱 번. 그리고 하루 종일, 일어나서 잠들 때까지, 아가씨건 결혼한 여자건 나 이외의 다른 사람과는 부레춤을 추지 말 것. 만약 그렇게 하지 않는다면 난 네게 세 가지 나쁜 점이 있다는 걸 알게 되는 거야. 배은망덕하고, 겁쟁이고, 약속을 지키지 않는다. 그럼 잘 가. 내일 춤이 시작될 무렵에 성당 입구에서 기다리고 있을게."

이렇게 말한 뒤 파데트가 빗장을 풀고 집으로 들어간 다음 어찌나 재빨리 문을 닫고 빗장을 질렀는지 그녀의 집까지 따라온 랑드리는 한 마디 대꾸도 할 수 없었다.

14

 랑드리는 처음에는 파데트의 생각이 너무나 어이가 없어서 화가 난다기보다는 웃음이 나왔다. 랑드리는 생각했다. '저 아이는 심술궂은 게 아니라 미친 것 같아. 생각했던 것보다 욕심이 없네. 저 애한테 돈으로 보상해도 집이 파산할 일은 없겠다.' 그러나 생각해 보니 그런 식으로 빚을 갚는 것이 더 어렵다는 것을 깨닫게 되었다. 파데트는 춤을 매우 잘 춘다. 들판이나 길가에서 목동들과 춤추는 모습을 본 적이 있는데, 마치 작은 악마처럼 너무 힘차게 날뛰어서 박자를 따라가기가 힘들 정도였다. 그러나 그녀가 못생긴 데다 일요일에조차 옷을 제대로 차려 입지 않았기 때문에 랑드리 또래의 젊은이들은 누구도 춤 상대를 하려 하지 않았고, 특히 사람들이 보는 앞에서는 더욱 그랬다. 기껏해야 돼지치기들이나 아직 첫영성체도 받지 않은 소년들이나 그녀에게 춤을 청했다. 시골의 예쁜 처녀들은 파데트와 같이 춤추는 것을 꺼렸다. 따라서 랑드리는 그런 상대와 춤추기로 되어 있다는 것이 너무 창피했다. 게다가 예쁜 마들롱과 부레춤을 적어도 세 번은 함께 추겠다고 약속했다는 것이 생각났을 때에는 자기가 춤을 청하지 않아서 주게 될 모욕을 그녀가 어떻게 받아들일지 걱정스러웠다.

 춥고 배고프고 게다가 도깨비불이 또 따라올까 무서워서 더 이상 생각하지 않고 뒤도 돌아보지 않고 빠르게 걸었다. 집에 돌아오자 바로 옷을 말렸고 어두워서 여울이 잘 보이지 않아 물에서 나오는 데 고생했다고 말했다. 하지만 무서웠다는 것은 말하기가 부끄러워 도깨비불 얘기도 파데트 얘기도 하지 않았다. 랑드리는 바로 잠자리에 들었다. 그다음 날은 아주 일찍 일어나야 하니 파데트를 재수 없이 마주쳐서 생긴 일에 괴로워할 수는 없다고 생각했다. 하지만 아무리 애를 써도 잠을 푹 잘 수가 없었다. 수도 없이 많은 꿈을 꾸었다. 꿈속에서 파데트는 도깨비불 위에 말을 타듯 걸터앉아 있었다. 그 도깨비불은 커다란 붉은 수탉 모습을 하고 있었다. 한쪽 발로 뿔로 만든 초롱을 들고 있었고 그 안에는 초가 들어 있어 그 빛이 골풀밭을 환하게 비추었다. 그때 파데트는 염소만 한 크기의 귀뚜라미로 변하더니 귀뚜라미 소리로 노래를 불렀는데 랑드리는 그 노래를 알아들을 수가 없었다. 단지 귀뚜라미, 요정, 뿔, 망토, 도깨비불, 쌍둥이, 실비네*처럼 같은 어미로 끝나는 단어들만 계속해서 들렸다. 그는 머리가 깨질 것만 같았고 도깨비불의 빛이 너무 강렬하고 재빠르게 움직여서 그가 잠에서 깨어났을 때에도 눈앞에 뭔가가 어른거렸다. 해나 달을 한참 쳐다본 뒤에 눈을 감아도 검정, 빨강, 파랑의 작은 공들이 보이는 현상 같은 것이었다.

밤새 제대로 못 잔 랑드리는 너무나 피곤했기 때문에 미사가 진행되는 내내 잠을 잤다. 앙도슈 성인의 덕행과 성품을 더할 나위 없이 훌륭하게 칭송하고 찬양한 주임 신부의 설교가 한 마디도 들리지 않을 정도였다. 성당을 나오면서 랑드리는 너무나 지쳐서 파데트 일은 잊고 있

---

* 원어로는 grelet, fadet, cornet, capet, follet, bessonet, Sylvinet. 모두 et로 끝나는 단어들이다.

었다. 그렇지만 파데트는 성당 입구에 서 있었는데 마들롱 바로 옆이었다. 마들롱은 첫 번째 춤 상대는 자신일 것이라 확신하고 있었다. 랑드리가 마들롱에게 말을 걸려고 다가섰을 때 귀뚜라미를 보지 않을 수 없었다. 그녀는 한 발짝 앞으로 나서며 여태까지 본 적이 없는 뻔뻔스러운 태도로 크게 말했다.

"자, 랑드리, 어젯밤에 첫 번째 춤은 나하고 추자고 했지? 약속을 깨는 건 아니겠지?"

랑드리의 얼굴이 새빨갛게 되었다. 뜻밖의 일에 너무나 놀라고 분해서 얼굴이 붉어진 마들롱을 보고서 랑드리는 파데트에게 반격할 용기를 내었다.

"귀뚜라미, 너와 함께 춤을 추겠다고 약속하긴 했어. 그런데 먼저 약속한 사람이 있어. 네 차례는 처음 한 약속을 지킨 뒤야."

"그렇지 않아." 파데트가 자신 있게 대꾸했다. "너 기억력이 나쁘구나. 랑드리, 나보다 먼저 약속한 사람은 없어. 나랑 약속한 건 작년이었고, 어젯밤에는 약속을 한 번 더 했을 뿐이지. 마들롱이 오늘 너와 춤을 추고 싶다고 한다면, 저기 너랑 비슷한 쌍둥이 형 있잖아. 너 대신 추면 되겠네. 둘이 똑같잖아."

"귀뚜라미 말이 맞아." 마들롱이 실비네의 손을 잡으며 도도하게 말했다. "랑드리, 그렇게 오래된 약속이라면 지켜야 해. 나는 네 형하고 추어도 상관없어."

"그래, 그래, 마찬가지야." 실비네가 순진하게 말했다. "우리 넷이서 춤추자."

사람들의 주목을 끌지 않으려면 그렇게 하는 수밖에 없었다. 귀뚜라미는 뽐내며 날렵하게 뛰어오르기 시작했는데, 부레춤이 그토록 강

94

렬하고 훌륭했던 적이 없었다. 만일 파데트가 맵시 있고 상냥했다면 보기에 훨씬 즐거웠을 것이다. 그녀는 너무나도 훌륭하게 춤을 췄다. 그녀처럼 경쾌하고 대담하게 춤추기를 원하지 않는 처녀는 없었다. 하지만 가엾은 귀뚜라미는 너무 형편없는 옷을 입고 있어서 평소보다 열 배는 더 추하게 보였다. 랑드리는 이제 마들롱을 쳐다볼 용기가 없었다. 그녀를 마주하면 괴롭기도 창피하기도 해서 자신의 춤 상대를 바라보았다. 파데트는 평소의 누더기 차림보다 훨씬 더 보기 흉했다. 자기로서는 예쁘게 보일 거라고 생각했겠지만 그 옷은 웃음이 나올 정도였다.

그녀가 쓰고 있는 두건은 오랫동안 장롱에 넣어 두어서 누렇게 변색되어 있었다. 이 지역에서 요즘 유행하는 두건은 작고 뒤쪽을 예쁘게 접은 것이었는데 파데트의 것은 양쪽에 넓고 납작한 귀 덮개가 붙어 있었고 뒤편의 장식 리본은 목까지 내려와 그녀를 마치 파데트 할머니처럼 보이게 만들었다. 나무통처럼 커다란 머리가 막대기처럼 가느다란 목 위에 얹혀 있는 모습이었다. 그해 그녀의 키가 부쩍 커버려서 싸구려 모직으로 된 치마는 두 뼘 정도 길이가 짧았으며 햇볕에 새까맣게 탄 가느다란 팔이 마치 두 개의 거미다리처럼 소매 밖으로 나와 있었다. 그래도 앞치마는 새빨간 것을 갖고 있었는데 파데트가 자랑스럽게 여기는 것이었다. 그것은 어머니가 입던 것으로 10년도 더 전부터 젊은 아가씨들은 더 이상 달지 않는 가슴 장식을 떼어야 한다는 것을 파데트는 생각지도 못했다. 그녀는 멋을 많이 부리는 아가씨들 부류는 전혀 아니었다. 제법 멋을 부리는 부류에도 속하지 못했다. 가난한 아가씨는 겉모습에는 신경 쓰지 않고 놀이와 장난에만 열을 올리며 사내아이처럼 지냈다. 파데트의 모습은 할머니가 나들이옷을 차려입은 것으로 보였다. 사람들은 가난 때문이 아니라 그녀 할머니가 인색하고 그 손녀의 취향이 나빠서 그렇게 보기 싫은 옷차림을 한 거라고 그녀를 업신여겼다.

15

실비네는 랑드리가 왜 파데트 같은 아이를 상대로 고를 마음이 들었는지 이상했다. 자신은 랑드리보다 더 그 아가씨를 싫어했던 것이다. 랑드리는 이 일을 어떻게 설명해야 좋을지 몰라 땅속으로 숨고 싶은 심정이었다. 마들롱은 기분이 매우 나빴다. 파데트의 열정이 이끄는 대로 발을 움직이고는 있었지만 그들은 악마를 땅에 묻기라도 한 것*처럼 너무나도 슬픈 얼굴을 하고 있었다.

첫 번째 춤이 끝나자 곧장 랑드리는 그곳을 빠져나와 자기 집 과일밭으로 가서 숨었다. 그러나 잠시 후 파데트가 메뚜기를 데리고 랑드리를 찾으러 왔다. 메뚜기는 모자에 공작새 깃털과 가짜 금술을 달고서 평소보다 더 화를 내며 고함치고 있었다. 파데트는 자신보다 나이 어린 여자아이들을 잔뜩 데리고 왔다. 또래 여자아이들은 파데트를 상대하지 않기 때문이다. 랑드리가 거절할 경우 증인으로 삼을 생각으로 한 무리의 여자아이들을 데려온 것이었다. 랑드리는 포기하고 파데트를 호두나무 밑으로 데리고 갔다. 거기에서 남의 눈에 띄지 않고 그녀와

---

* 마녀 입장에서 한 말로 친한 악마가 죽어 땅에 매장하고 나서 슬픔을 느끼는 상태를 말함.

춤출 수 있는 구석진 곳을 찾으려고 했다. 다행히도 거기에는 마들롱도 실비네도 없었고 마을 사람들도 없었다. 랑드리는 이 기회를 이용해 세 번째 부레춤까지 파데트와 춰서 자신의 임무를 다하려 했다. 주위에는 다른 마을 사람들만 있었는데 그 사람들은 이들에게 별다른 관심을 보이지 않았다.

춤이 끝나자마자 랑드리는 달려가 마들롱을 찾아내어 나무 그늘에 있는 간이식당에서 우유과자를 먹자고 청했다. 하지만 그녀는 다른 남자들과 이미 춤을 추었고 그들이 사주기로 했다면서 약간 거만한 태도로 거절했다. 랑드리는 구석에서 두 눈에 눈물을 글썽이고 있었다. 토라져 도도해진 마들롱의 모습이 여느 때보다 더 예뻐 보였고, 모든 사람들이 그걸 눈치챈 것 같았기 때문이다. 그 모습을 본 마들롱은 서둘러 식사를 마친 뒤 테이블에서 일어서며 큰 소리로 말했다. "어머, 저녁 기도 종이 울리고 있네. 기도 후에는 누구와 춤출까?" 마들롱은 랑드리가 재빨리 "나랑!"이라고 대답할 것이라 기대하면서 그쪽을 돌아보았다. 그러나 랑드리가 입을 열기도 전에 다른 남자들이 춤 상대로 나섰다. 마들롱은 랑드리에게 비난이나 동정의 눈빛조차 보내 주지 않은 채 새로운 추종자들과 함께 저녁 기도를 하러 가버렸다.

저녁 기도 찬송이 끝나자마자 마들롱은 피에르 오바르도와 함께 나왔다. 장 알라드니즈, 에티엔느 알라필립이 뒤이어 나왔다. 셋은 번갈아 가면서 마들롱과 춤을 추었다. 마들롱은 예쁘기도 하고 유복한 집안의 아가씨여서 춤 상대는 얼마든지 있었다. 랑드리는 그 모습을 곁눈질하고 있었다. 파데트는 다른 사람들이 나간 후에도 성당에 남아 오랫동안 기도를 올리고 있었다. 매주 일요일마다 그랬기 때문에 어떤 사람은 그녀가 신앙심이 깊어서라고 말하고, 또 다른 사람들은 악마와의 교류를 잘 숨기기 위해서라고 했다.

랑드리는 마들롱이 자기에 대해서 전혀 관심을 보이지 않는 걸 보니 너무나 마음이 아팠다. 그녀는 기쁨으로 딸기처럼 얼굴이 빨개졌고 랑드리가 어쩔 수 없이 주게 된 수치로부터 마음이 충분히 달래진 듯이 보였다. 지금까지는 한 번도 생각해 본 적이 없었던 일이었지만 마들롱은 남자에게 교태를 부리고 싶은 게 아닐까, 그리고 어쨌든 자기 없이 저렇게 즐겁게 노는 걸 보니 자기에게는 그다지 마음이 없었던 게 아닐까 하는 생각이 문득 들었다.

적어도 겉으로 보기에 랑드리가 잘못했다는 것은 사실이다. 그러나 마들롱도 랑드리가 나무 그늘 아래에서 매우 슬퍼하고 있는 모습을 봤으니 랑드리가 뭔가 사정이 있고, 그걸 설명하고 싶어 한다는 것을 알아차릴 만도 했다. 그러나 마들롱은 그것에 대해서는 조금도 관심을 갖지 않았다. 자기 가슴은 슬픔으로 터질 것 같은데, 그녀는 혼자서 새끼 염소처럼 즐거워하고 있었다.

마들롱이 세 명의 춤 상대를 만족시키고 나자 랑드리는 그녀에게 다가갔다. 비밀리에 이야기해서 최선을 다해 결백함을 증명해 볼 생각이었다. 어떻게 해야 그녀를 데려갈 수 있을지 알 수 없었다. 아직 여자들에게 대담한 행동을 할 만한 나이가 아니었던 것이다. 적당한 말도 떠오르지 않아서 그녀의 손을 잡아끌고 따라오게 하려 했다. 그랬더니 그녀는 반은 분노, 반은 용서의 태도를 보이며 말했다.

"어머, 랑드리, 드디어 나랑 춤추러 왔구나?"

"아니, 춤추려는 건 아니야."라고 랑드리가 대답했다. 그는 거짓말 할 줄도 몰랐으며 약속을 깰 마음도 없었다. "하지만 네가 꼭 들어 줘야 할 이야기가 있어."

"랑드리, 내게 말해야 할 비밀이 있다면 다음에 해." 마들롱은 그에게서 손을 빼면서 말했다. "오늘은 춤추고 즐기는 날이야. 난 아직 다리 힘이 남아 있어. 더 출 거야. 귀뚜라미랑 춤추느라 다리 힘 다 썼으면, 집에 가서 자면 되잖아. 난 더 있을 거야."

그렇게 말하고 그녀는 춤을 청하러 온 제르맹 오두의 제안을 받아들였다. 그녀가 등을 돌린 순간 제르맹 오두가 자신에 대해 마들롱에게 말하는 것을 들었다.

"저 녀석, 이번 부레춤은 자기랑 출 거라 생각했나 봐?"

"그런 거 같아."라고 마들롱은 머리를 끄덕이며 말했다. "하지만 아직은 저 사람 차례가 아니야."

랑드리는 이 말에 깜짝 놀라서 춤추는 곳 근처에 남아서 마들롱의 거동을 하나하나 유심히 관찰했다. 상스럽지는 않았으나 매우 거만하고 경멸하는 태도여서 랑드리는 분한 생각이 들었다. 그래서 그녀가 랑드리 쪽으로 왔을 때 랑드리는 그녀를 아랑곳하지 않는 듯한 시선으로 바라보았다. 그녀도 그에게 허세를 부리며 말했다.

"아니, 랑드리, 오늘 춤출 상대를 한 명도 못 구한 거야? 귀뚜라미한테 돌아갈 수밖에 없겠네."

"그녀한테 갈 거야. 기꺼이. 이 축제에서 가장 예쁜 여자는 아니지만, 춤은 제일 잘 추니까."

그렇게 말하고 랑드리는 성당 근처로 파데트를 찾아 춤추는 곳으로 데리고 왔다. 마들롱 바로 앞에서 자리를 바꾸지 않고 연달아 두 번 부레춤을 추었다. 귀뚜라미가 얼마나 자랑스러워하고 기뻐했는지 볼 만했다. 그녀는 기쁨을 전혀 감추려 하지 않았고 심술기 가득한 검은 눈을 반짝이면서 마치 벼슬이 달린 암탉처럼 커다란 두건을 쓴 자신의 작은 머리를 쳐들었다.

하지만 불행하게도 그녀의 의기양양함은 대여섯 꼬맹이들의 분노를 유발했다. 그들은 평소에 그녀와 춤을 추었는데, 이제 자신들이 다가갈 수 없게 된 것이다. 파데트 앞에서 거드름을 피워 본 적도 없고 그녀가 춤을 잘 춘다고 높이 평가하던 아이들이 그녀를 트집 잡고 잘난 척하고 있다고 비난하고 그녀 주위에서 속삭이기 시작했다. "저것 좀 봐. 귀뚜라미는 랑드리 바르보가 자기한테 반했다고 생각하나 봐! 귀뚜라미, 바보 같은 계집애, 귀신 들린 계집애, 도둑고양이, 말라깽이, 천식 환자… 그밖에도 이 지역 사람들이 쓰는 여러 가지 욕을 퍼부었다.

16

파데트가 그들 곁을 지나가려고 하자 그들은 옷소매를 잡아당기거나 발을 내밀어 그녀가 걸려 넘어지게 하려 했다. 그중에 더 어리고 버릇없는 아이들이 있었는데 그들은 "왕 두건! 파데 할멈의 왕 두건!" 하고 외치면서 파데트의 두건에 달린 귀마개를 쳐서 두건이 돌아가게 만들었다.

가엾은 귀뚜라미는 좌우로 주먹을 대여섯 번 휘둘렀는데 그것은 사람들의 주목을 끄는 결과가 되었을 뿐이었다. 그래서 마을 사람들은 수군대기 시작했다. "귀뚜라미 좀 봐 봐, 오늘 운 좀 트였네. 랑드리 바르보가 끊임없이 춤을 춰 주잖아. 춤을 잘 추는 건 사실이야. 근데 예쁜 척하면서 까치처럼 뻐기기는." 그리고 랑드리에게 이렇게 말하는 사람도 있었다. "불쌍한 랑드리, 귀뚜라미가 너한테 주문이라도 건 거야? 저 아이만 눈에 들어오다니. 아니면 너 마법사가 되고 싶은 거야? 그러다가 곧 늑대들을 밭으로 끌고 다니겠군."

랑드리는 모욕감을 느꼈다. 실비네는 동생만큼 훌륭하고 존경받을 만한 사람이 없다고 생각하기 때문에 랑드리가 이렇게 많은 사람들의 웃음거리가 된 것을 보고 랑드리 이상으로 모욕감을 느꼈다. 다른 마을 사람들도 끼어들기 시작해 이것저것 물어보고, 이런저런 말들을 했다.

"매우 잘생긴 청년이군. 그런데 여기 모인 여자들 중 가장 못생긴 여자에게 푹 빠지다니, 머리가 어디 이상한 거 아니야?" 마들롱도 의기양양하게 와서 사람들의 비웃는 소리를 듣고 나더니 무자비하게도 여기에 합세했다.

"할 수 없죠. 랑드리는 아직 어린아이인걸요. 저 나이 때에는 말 상대만 있으면 되죠. 그게 염소 머리이든 기독교인의 얼굴이든 상관 안 하죠."

그러자 실비네는 랑드리의 팔을 잡고 작은 목소리로 말했다.

"랑드리, 저리로 가자. 여기 있으면 화만 날 거야. 사람들이 놀리잖아. 파데트가 욕을 먹으면 그게 너한테도 돌아오니까. 저 아이와 네다섯 번이나 연속해서 춤을 추다니 너 오늘 대체 어떻게 된 거야? 일부러 사람들한테 웃음거리가 되고 싶어서 그러는 것 같잖아. 제발 그런 장난은 그만해. 파데트는 천대받거나 모욕당해도 괜찮을 거야. 그녀가 자초하잖아. 그건 그 애 취미야. 하지만 우린 그렇지 않아. 가자. **삼종 기도**가 끝나면 다시 오자. 그리고 훌륭한 아가씨 마들롱과 춤을 추는 거야. 내가 늘 하는 말이지만, 너는 춤을 너무 좋아해. 그래서 이런 무분별한 일을 저지른 거야."

랑드리는 실비네를 따라 두세 발짝 걸어가다가 와자지껄한 소리가 들리자 뒤를 돌아보았다. 마들롱과 다른 아가씨들이 자신들을 추종하는 젊은이들을 부추겨서 파데트를 놀리고 있었다. 그리고 사람들이 그걸 보고 웃자 분위기에 휩쓸린 꼬맹이들은 파데트의 두건을 쳐서 벗겨버렸다. 파데트는 검고 숱 많은 머리카락을 등까지 늘어뜨린 채 분노와 슬픔에 몸부림치고 있었다. 이번에는 이렇게 심한 짓을 당할 만한 말을 전혀 하지 않았기 때문이다. 심술궂은 꼬마 녀석 하나가 두건을 막대기

끝에 걸고 가져가 버렸다. 두건을 되찾지 못한 파데트는 너무도 분해서 울고 있었다.

랑드리는 이런 일은 옳지 못하다고 생각했다. 착한 심성을 가진 그는 이런 불의에 대항하여 들고 일어섰다. 그 꼬마를 붙잡아 두건과 막대기를 빼앗고 그 막대기로는 힘껏 엉덩이를 때려 주고는 다른 녀석들이 있는 쪽으로 다가왔다. 모두들 랑드리의 모습만 보고도 도망쳐 버렸다. 랑드리는 가엾은 귀뚜라미의 손을 잡아 두건을 돌려주었다.

구경꾼들은 랑드리의 민첩함과 아이들이 무서워하는 모습을 보고 크게 웃었다. 그들은 랑드리에게 박수를 보냈다. 하지만 마들롱이 랑드리에 반대하는 입장을 보이자 랑드리 또래의 소년들과 청년들은 랑드리를 비웃는 태도를 보였다.

랑드리는 이제 부끄러움도 잊어버렸다. 자신이 용감하고 강하다고 느꼈다. 뭔지는 모르겠지만 한 남자로서 자신이 만인이 보는 앞에서 춤 상대로 고른 여자가 못생기건 예쁘건, 어리건 나이가 있건 간에 괴롭힘을 당하도록 내버려 두지 않았다는 것으로 자기의 의무는 다했다고 느꼈다. 마들롱과 그 무리가 자신을 어떤 시선으로 보고 있는지 알아차린 랑드리는 알라드니즈와 알라필립 앞으로 다가가서 말했다.

"뭐야, 너희들, 뭐 할 말 있어? 내가 이 애한테 신경을 쓰는 건 내가 좋아서 하는 일인데 그게 너희들 마음에 안 들어? 그리고 마음에 안 들면 안 들었지 왜 뒤돌아서 수군거리는데? 내가 이렇게 눈앞에 있잖아. 안 보이진 않겠지? 날 보고 아직 어린아이라고 했지? 여기 어른이든 아이든 내 얼굴에 대고 그렇게 말한 녀석은 없지? 기다려 줄 테니 어디 한번 말해 봐. 이 어린아이가 춤 상대로 고른 아가씨를 괴롭힐 수 있을지 없을지 한번 보자고."

실비네는 동생 곁을 떠나지 않았다. 이렇게 싸움을 거는 것에 찬성할 수는 없지만 동생을 지원할 만반의 준비가 되어 있었다. 거기에는 쌍둥이들보다 머리 하나가 더 큰 젊은이가 네다섯이나 있었다. 그러나 쌍둥이가 그토록 단호한 태도를 보이자, 사실 이런 사소한 일로 싸움을 해야 하는 건지 좀 생각해 봐야 할 일이었으므로 한 마디도 하지 않고 서로의 얼굴만 바라보았다. 마치 랑드리와 맞서 싸울 생각이 있는지를 서로 묻고 있는 것 같았다. 아무도 나서는 사람이 없었다. 그때까지 계속 파데트의 손을 놓지 않고 있던 랑드리는 그녀에게 말했다.

"팡숑, 빨리 머리 손질해. 춤추자. 두건 빼앗으러 오는지 보게."

파데트가 눈물을 닦으며 말했다. "됐어. 오늘은 맘껏 췄어. 남은 약속은 지킨 걸로 해줄게."

"안 돼, 안 돼, 더 춰야 해." 용기와 자부심으로 불타오른 랑드리가 말했다. "나와 춤춘다 해도 너를 무시하지 못하도록 하는 거야."

랑드리는 파데트와 다시 춤을 추었다. 아무도 그에게 말 한마디 하지 않으며 이상한 눈으로 쳐다보지 않았다. 마들롱과 그녀를 따르던 무리들은 다른 곳으로 가서 춤을 추었다. 이번 부레춤이 끝나자, 파데트가 랑드리에게 아주 조그만 목소리로 말했다.

"이젠 정말 됐어, 랑드리. 네가 그렇게 해줘서 정말 기뻐. 약속은 취소할게. 난 집에 갈래. 오늘 밤엔 네가 원하는 사람과 추도록 해."

그리고는 다른 아이들과 싸우고 있던 동생을 데리고 너무나 재빨리 가버려 랑드리는 그녀가 어느 쪽으로 돌아갔는지조차 알지 못했다.

17

랑드리는 형과 함께 저녁을 먹으러 집으로 갔다. 그리고 실비네가 오늘 일어난 일에 대해 너무 걱정하고 있어서 어젯밤에 도깨비불 때문에 얼마나 어려움을 겪었는지, 파데트가 용기를 낸 건지 마법을 쓴 건지는 알 수 없지만 자신을 구해 주었으며, 그 보답으로 성 앙도슈 축일에 일곱 번 춤을 추어 달라고 요구했다는 일을 모두 이야기했다. 그 나머지에 대해서는 한 마디도 하지 않았다. 작년에 실비네가 물에 빠져 죽지 않았을까 얼마나 두려웠는지는 절대로 말하고 싶지 않았던 것이다. 그것은 아주 현명한 생각이었다. 왜냐하면 어린아이가 품게 된 나쁜 생각들은 때때로 주위 사람들이 신경을 쓰거나 그것에 관한 이야기를 하면 바로 머릿속에 되살아나기 때문이다.

실비네는 동생이 약속을 지킨 것을 칭찬했고, 그것 때문에 귀찮은 일을 당한 만큼 랑드리를 더욱 대단하다고 생각하게 되었다. 그러나 랑드리가 강에서 겪은 위험에 대해서는 굉장한 공포심을 느꼈으면서도 파데트에게 고맙다는 마음은 들지 않았다. 실비네는 파데트에 대해 깊은 반감을 갖고 있었기 때문에 그녀가 우연히 그곳에서 랑드리를 발견했다는 것도, 선한 마음에서 랑드리를 구해 주었다고도 믿지 않았다.

"그 아이야. 그 아이가 도깨비불과 짜고 네 혼을 빼서 물에 빠지게 만들었던 거야. 하지만 신께서 그걸 허락하지 않으셨던 거지. 너는 그때나 그전에나 결코 죽을죄를 지은 적이 없으니까. 그런데 그 심술궂은 귀뚜라미는 너의 선한 마음과 감사하는 마음을 이용해 그런 약속을 하게 한 거야. 너에게는 무척 난처하고 불리한 약속인 줄 알면서도 말이지. 그 아이는 아주 나빠. 마법사는 모두 나쁜 짓을 좋아해. 착한 마법사는 한 명도 없어. 마들롱이나 너의 친한 친구들과 사이가 틀어지리라는 걸 잘 알고 있었어. 게다가 네가 싸우게까지 했던 거야. 그리고 만일 신께서 그 아이로부터 너를 지켜 주시지 않았다면 오늘 두 번째 말다툼을 벌이다가 화를 당했을 거야."

랑드리는 보통 형과 생각하는 방식이 같기 때문에 실비네의 말이 아마도 옳을 것이라고 생각했다. 그래서 형을 거스르면서 파데트를 변호하지는 않았다. 둘은 도깨비불에 관해 이야기를 주고받았다. 실비네는 도깨비불을 한 번도 본 적이 없어서 호기심으로 이야기를 들었지만 보고 싶은 생각은 없었다. 하지만 어머니에게는 도깨비불 이야기를 감히 하지 못했다. 어머니는 생각만 해도 겁을 내기 때문이다. 아버지에게도 이야기하지 않았다. 아버지는 도깨비불 따위는 개의치 않았다. 이미 스무 번 이상 봐서 아무렇지 않게 여기기 때문이다.

춤은 한밤중까지 계속될 예정이었다. 하지만 랑드리는 마들롱에 대해 정말 화가 났기 때문에 마음이 무거워서 파데트가 자유를 주었음에도 춤을 출 기분이 아니었다. 그래서 형을 도와 목장에 풀어놓은 소들을 데리러 갔다. 그러다 보니 프리슈 마을로 가는 길 중간까지 와버렸고 머리도 아팠기 때문에 골풀밭으로 접어드는 곳에서 형에게 작별인사를 했다. 실비네는 도깨비불이나 파데트가 또 무슨 나쁜 장난을 할까 봐 겁이 났기 때문에 조약돌 여울목에서 건너지 못하게 했다. 멀리 길을 돌아서 물레방앗간 옆 나무판자 다리를 건너갈 것을 랑드리에게 다짐받았다.

랑드리는 형의 말대로 골풀밭을 통과하지 않고 쇼무아 언덕을 따라 나 있는 오솔길로 내려갔다. 축제 때문에 이 부근까지 시끄러운 소리가 들려왔기 때문에 전혀 무섭지 않았다. 성 앙도슈 축제의 백파이프 소리와 춤추는 사람들이 외치는 소리들이 희미하게 들려왔다. 그는 정령들이 마을 사람들이 모두 잠든 뒤에만 짓궂은 장난을 한다는 것을 잘 알고 있었다.

그가 언덕을 내려와 채석장 바로 앞에 왔을 때 신음하듯 흐느끼는 소리가 들려왔다. 처음에는 도요새가 우는 소리라고 생각했는데, 가까이 다가갈수록 사람의 신음 소리 같았다. 랑드리는 상대가 사람이고, 사람을 도와줘야 하는 경우라면 언제나 용기를 내기 때문에 과감하게 채석장 가장 깊숙한 곳까지 들어갔다.

울고 있던 사람은 랑드리가 다가오는 소리를 듣고 울음을 그쳤다.

"거기, 누구 울고 있나요?" 랑드리는 단호한 목소리로 물었다.

대답이 없었다.

"누구 아픈 사람 있어요?" 랑드리는 다시 한번 물었다.

아무런 대답도 없었기 때문에 그대로 가버릴까 생각했다. 그러나 가기 전에 돌과 엉겅퀴로 뒤덮여 있는 그곳의 한가운데를 살펴보고 싶은 생각이 들었다. 달이 떠오르기 시작한 무렵이었는데 그 달빛에 한 사람이 땅바닥에 길게 누워 있는 모습이 보였다. 하늘을 바라보고 있는 자세로 누워 있었는데, 죽은 듯이 꼼짝도 하지 않았다. 다 죽어 가고 있었던 건지, 크게 낙담하여 사람들의 눈에 띄고 싶지 않아서 그곳에 누워 있는 건지, 그 사람은 조금도 움직이지 않았다.

랑드리는 여태까지 죽은 사람을 본 적도 만져 본 적도 없었다. 어쩌면 죽은 사람일지도 모른다는 생각이 들자 마음이 심하게 요동쳤다. 하지만 도움이 필요한 사람은 도와줘야 한다고 생각했기에 겨우 마음을 진정시켰다. 그는 결심을 단단히 하고 누워 있는 사람의 손을 만져 보려고 다가갔다. 그러자 누워 있던 사람이 자신의 모습이 들켰다는 걸 깨닫고 상반신을 일으켰다. 그때 랑드리는 그 사람이 파데트인 것을 알았다.

18

랑드리는 왜 늘 도중에 파데트를 만나야 하는 건지 우선 화가 났다. 하지만 파데트가 슬퍼하고 있는 것 같았기 때문에 불쌍하다는 생각이 들었다. 둘은 함께 이런 이야기를 나눴다.

"뭐야, 귀뚜라미, 울고 있던 게 너였어? 누가 때렸어? 아니면 또 널 쫓아다녔어? 왜 숨어서 울고 있어?"

"그런 게 아니야, 랑드리. 네가 그렇게 용감하게 날 감싸준 뒤로는 누구도 날 괴롭히지 않았어. 게다가 나는 아무도 무섭지 않아. 그냥 울고 싶어서 숨은 거야. 그것뿐이야. 슬퍼하는 모습을 남에게 보이는 것만큼 멍청한 일은 없으니까."

"그런데 왜 그렇게 슬퍼하고 있는 거야? 오늘 안 좋은 일을 당해서 그래? 거기에는 네 탓도 좀 있어. 그렇게 생각하고 마음을 달래. 더 이상 그 일은 생각하지 마."

"랑드리, 왜 내 탓이라고 하는 거야? 너랑 춤추고 싶다고 한 게 잘못이야? 다른 처녀들처럼 즐겁게 놀 권리를 나는 가질 수 없는 거야?"

"그게 아니야, 파데트. 나와 춤추고 싶어 했다는 걸 비난하는 게 아니야. 나는 네가 원했던 일을 했고, 너한테 해줘야 할 일을 했을 뿐이야. 네 잘못은 오늘 했던 일에 있다기보다 그전에 했던 일에 있어. 그리고 잘못은 나한테가 아니라 너 자신한테 했지. 너도 잘 알고 있을 텐데."

"아니야, 랑드리. 나는 내 잘못이 뭔지 모르겠어. 그건 내가 신을 사랑하고 있는 것만큼이나 확실해. 나 자신에 관해서 생각해 본 적도 없어. 내가 마음의 가책을 느끼는 것이 있다면, 그건 네게 불쾌한 일을 겪게 했다는 것뿐이야. 그럴 의도는 없었지만."

"내 얘기는 그만두자, 파데트. 조금도 원망하고 있지 않아. 네 이야기를 하자. 네가 자신의 나쁜 점에 대해서 전혀 모른다니까 내가 친구로서 말해 줘도 돼?"

"그래, 랑드리, 가르쳐 줘. 내가 좋은 일을 했는지 나쁜 일을 했는지 모르지만 네가 나에게 줄 수 있는 가장 좋은 보상이나 벌이라고 생각할게."

"자 그럼, 팡숑 파데, 네가 이렇게 이성적으로 말하니까 그리고 생전 처음 온순하고 얌전해졌으니까, 네가 왜 열여섯 살 아가씨가 받을 만한 대우를 못 받고 있는지 말해 줄게. 그건 네 외모나 행동이 조금도 소녀답지 못하고 사내아이 같기 때문이고, 네 용모를 가꾸는 일에 정성을 들이지 않기 때문이야. 우선 청결하고 신경 쓴 것처럼 보이지 않아. 너의 옷과 말투 때문에 더 미워 보여. 아이들이 귀뚜라미보다 훨씬 더 불쾌한 별명으로 널 부르는 거 너도 잘 알지? **선머슴**이라고 부르잖아. 어때, 열여섯 살이 되었는데, 여자답지 못하다는 게 정상이라 생각해? 다람쥐처럼 나무를 타고, 고삐도 안장도 없는 말을 타고는 마치 악마가 탄 것처럼 말을 빨리 달리게 하잖아. 힘이 세고 재빠르다는 건 좋은 일이야. 아무것도 무서워하지 않는 것도 또한 좋은 일이지. 근데 그건 남자가 갖고 있으면 장점이 되는 일이야. 여자가 그런 걸 너무 잘하는 건 오히려 좋지 않아. 너는 남의 눈에 띄는 것을 좋아하는 것 같아.

그래서 사람들이 널 주목하고 괴롭히는 거야. 늑대를 쫓듯 너를 쫓아내는 거야. 너는 재치가 있어서 누가 널 놀리면 짓궂은 말로 응수해서 사람들을 웃게 만들지. 널 놀린 사람만 빼놓고 말이야. 다른 사람보다 더 재치가 있다는 것 또한 좋은 일이야. 하지만 그걸 너무 드러내면 적이 생기게 되는 법이야. 너는 호기심이 강해서 여러 사람들의 비밀을 알아냈다가 그들이 마음에 안 드는 일이 생기면 그걸 그 사람들 면전에서 매정하게 폭로해 버려. 그래서 사람들이 너를 두려워하는 거야. 사람들은 두려워하는 것을 미워하는 법이야. 당한 것보다 더 나쁜 짓을 해서 되갚지. 네가 마법사인지 아닌지 모르겠지만 어쨌든 많은 것을 알고 있다고 생각해. 설마 악마에게 네 영혼을 판 건 아니지? 그런데 너를 괴롭히는 사람들을 겁주려고 그렇게 보이고 싶어 하지. 그러면 언제나 몹쓸 평판이 돌아. 네가 자초한 일이야. 자 이게 너의 잘못들이야. 팡숑 파데, 사람들이 네게 나쁜 짓을 하는 것은 이런 잘못들 때문이야. 잘 생각해 봐. 네가 조금만 더 다른 사람들처럼 행동한다면 네가 머리가 더 좋다는 점도 사람들이 기쁘게 생각할 거라는 걸 알게 될테니."

쌍둥이의 말을 주의 깊게 듣고 있던 파데트는 매우 진지한 얼굴로 대답했다.

"고마워, 랑드리. 네가 말한 건 사람들한테 늘 듣는 비난과 비슷해. 그렇지만 너는 훨씬 진심으로 다정하게 말해 줬어. 다른 사람들은 그런 식으로 말하지 않는데. 이제 내가 대답할게. 잠시만 내 옆에 앉아 볼래?"

"장소가 별로 좋지 않은데." 랑드리는 이렇게 말했다. 파데트와 오래 머물고 싶은 생각이 전혀 없었고, 방심하면 나쁜 마법에 걸린다는 소문이 계속 머리에서 떠나지 않았기 때문이다.

"장소가 별로 좋지 않다니?" 파데트가 말했다. "너희 부자들은 너무 까다로워서 그래. 밖에 앉을 때에는 깨끗한 잔디가 필요하지. 너희들의 목초지나 정원에는 아주 좋은 자리나 나무 그늘이 얼마든지 있지. 그렇지만 가진 것이 하나도 없는 사람들은 신에게 그렇게 많이 바라지 않아. 길에서 아무 돌이나 베개 삼아 잠을 자. 가시나무에 두 발을 찔려도 아파하지 않고 서서 하늘과 땅에 있는 모든 멋진 것들을 지켜봐. 신께서 창조하신 만물의 좋은 점을 알고 있는 사람에게 나쁜 장소란 없는 법이야, 랑드리. 나는 마법사는 아니지만 네가 밟고 있는 아주 하찮은 풀이라도 무엇에 소용될지 알고 있어. 풀의 효능을 알고 있으면 그것을 바라보게 되고 냄새나 모양을 무시하지 않게 돼. 이런 말을 하는 건 나중에 네게 정원의 꽃들이나 채석장에 있는 가시덤불뿐만 아니라 기독교인에게도 관련된 어떤 것을 가르쳐 주려는 거야. 사람들이 겉모양이 좋지 않은 것들을 무시하는 경우가 많아서 실은 건강에 도움이 될 만한 것들을 놓쳐 버린다는 거지."

"네가 무슨 말을 하는 건지 잘 이해가 안 돼." 랑드리가 파데트 옆에 앉으면서 말했다.

그리고 둘은 한동안 아무 말도 하지 않았다. 파데트의 생각이 랑드리로서는 전혀 알 수 없는 쪽으로 흘러가 버렸기 때문이었다. 랑드리는 머릿속이 조금 혼란스러웠지만 이 소녀의 말을 듣는 즐거움을 마다할 수 없었다. 이렇게 듣기 좋은 목소리는 들은 적이 없고, 이렇게 이야기를 잘하는 사람도 본 적이 없기 때문이었다.

"들어봐, 랑드리." 파데트가 입을 열었다. "나는 비난받기보다는 동정받아야 해. 내가 나 자신에 관해선 잘못했을지 모르지만 적어도 다른 사람에게 나쁜 짓을 한 적은 결코 없어. 그러니까 만일 세상 사람들이 공평하고 합리적이라면, 못생긴 얼굴이나 볼품없는 옷보다는 나의 착한 마음에 주목할 거야. 세상에 태어난 이후 내 운명이 어땠는지 한번 생각해 봐. 모른다면 알려 줄게. 난 모두가 비난하고 욕하는 불쌍한 우리 엄마의 불행에 대해서 말하지 않겠어. 엄마가 이곳에 없으니까 자신을 변호할 수 없잖아. 내가 변호할 수도 없지. 엄마가 어떤 나쁜 짓을 했는지, 왜 그런 짓을 저지르게 된 건지 모르니까. 아, 사람들은 정말 너무해. 엄마가 나를 버리고 떠났을 무렵, 사라진 엄마 때문에 너무나 슬퍼하고 있었어. 그런데도 다른 아이들은 나한테 조금이라도 화가 나면, 장난으로 혹은 자기들끼리는 서로 눈감아주는 아무것도 아닌 일에도 우리 엄마 잘못을 비난하고 내가 엄마를 부끄럽게 여기게 만들었어. 네가 말한 것 같은 분별 있는 여자애였다면 입 다물고 가만히 있었겠지. 엄마 편을 들지 말고 욕을 먹게 내버려 두는 것이 자신을 보호할 수 있다는 생각에서 말이야. 하지만 난 말이지, 그럴 수가 없었어. 나로서는 어쩔 수가 없었어. 엄마는 어디까지나 엄마야. 엄마가 사람들이 말하는 그런 사람이든, 엄마를 다시 만날 수 있든, 두 번 다시 소식을 듣지 못하든, 나는 내 온 마음을 다해 엄마를 언제까지나 사랑할 거야. 그래서 바람나서 도망간 여자의 아이, 떠돌이 술장수의 아이라는 말을 들으면 화가 나. 나 때문에 화가 나는 건 아니야. 그것이 나를 욕하는 게 아니라는 건 잘 알고 있어. 나는 아무것도 나쁜 짓을 한 게 없으니까. 내가 지켜야 할 나의 가엾은, 그리고 소중한 엄마를 위해서 화를 내는 거야. 그런데 지킬 수도 없고, 지키는 방법도 몰라서 사람들에게 그들의 진실을 폭로하는 것으로 보복하지. 엄마에게 돌을 던진 그들 자신도 우리 엄마보다 나을 게 없다는 걸 보여 주는 거지. 내가 호기심 많고 무례하며 그들의 비밀을 캐내서 퍼뜨리고 다닌다는 소리를 듣는 건 그 때문이야. 신께서 나를 호기심 많은 아이로 만든 건 사실이야. 만약 숨겨져 있는 사실을 알고 싶어 하는 게 호기심 많은 것이라면 말이지. 그러나 만일 사람들이 나에게 친절하고 인간답게 대해 줬다면 나도 남에게 피해를 주면서까지 나의 호기심을 만족시키려 하지 않았을 거야. 할머니께서 가르쳐 주시는 인간의 육체를 치료하는 비법을 배우는 것만으로도 즐거워했겠지. 꽃, 풀, 돌, 파리 등 자연의 모든 비밀들이 내 마음을 사로잡고 있어서 나를 기분전환시키기에 충분했거든. 나는 여기저기 떠돌아다니거나 샅샅이 뒤지고 다니는 것을 좋아하니까. 늘 혼자 있어도 따분함을 몰랐을 거야. 나의 가장 큰 즐거움은 다른 사람들이 드나들지 않은 곳에 가서, 자신이 현명하고 신중하다고 생각하는 사람들로부터 한 번도 들어본 적이 없는 오만가지 일을 상상하는 거야. 만일 내가 세상 사람들과 교류한다면 내가 알고 있는 여러 가지 지식으로 도움을 주고 싶기 때문이야. 그 지식들은 내가 우연히 습득한 것인데 할머니까지도 아무 말 없이 내 지식을 유용하기도 했지. 그런데 말이지, 내가 또래 아이들이 다치거나 병에 걸렸을 때 그걸 고쳐 줘도 고맙다는 인사를 못 받았고, 사례도 요구하지 않고 치료법을 가르쳐 준 사람에게는 마법사 취급을 받았지. 내가 필요할 때에는 찾아와서 온갖 감언이설로 부탁하던 사람들도 나중에는 기회가 닿는 대로 내 욕을 하곤 해.

그럴 때에는 정말 화가 나. 그들에게 해코지를 할 수도 있었어. 몸을 좋게 만들기 위한 것들을 알고 있지만 해를 끼치는 것들도 알고 있으니까. 하지만 나는 그걸 사용해 본 적은 절대 없었어. 나는 원한 같은 게 없어. 내가 말로 보복을 하는 건 목구멍까지 올라온 말을 바로 내뱉고 나면 마음이 후련해지기 때문이야. 그 뒤로는 더 이상 생각하지 않고 신이 명하신 대로 용서해. 외모나 행동에 신경을 쓰지 않는다고 했는데 그건 나 자신이 예쁘다고 생각할 정도로 어리석지 않다는 것을 보여 주는 것이지. 아무도 쳐다보려 하지 않을 만큼 못생겼다는 것을 잘 알고 있으니까. 사람들이 하도 자주 말해서 나도 잘 알아. 신의 은총을 덜 받은 사람들에 대해 사람들이 얼마나 혹독하게 대하고 경멸하는지를 알고는 나는 그들을 불쾌하게 만드는 것을 낙으로 삼았어. 신이나 수호천사는 못생긴 내 얼굴을 싫어하지 않으실 것이고 나 자신이 내 얼굴에 대해 불평하지 않는 한 그분들도 나를 책망할 리가 없다는 생각으로 날 위로해 왔어. 그러니까 나는 "여기 송충이가 있다! 더러운 녀석. 아, 정말 흉해! 이런 놈은 죽여 버려야 해!"라고 말하는 사람과는 달라. 나는 신께서 만드신 가엾은 생물을 밟아 죽이진 않아. 만일 송충이가 물에 떨어지면 나뭇잎으로 떠서 구해 주지. 그걸 보고 사람들은 내가 나쁜 벌레를 좋아한다고 해. 개구리를 괴롭히고, 말벌의 다리를 떼어 내고, 박쥐를 산 채로 나무에 못 박는 걸 좋아하지 않는다고 내가 마법사라고들 해. 가엾은 벌레에게 나는 이렇게 말해. "못생긴 건 전부 죽여야 한다면, 나도 너와 마찬가지로 살아갈 권리는 없을 거야."라고.

19

랑드리는 왠지 모르겠지만 파데트가 자신의 못생긴 외모에 관해 겸 허하고 침착하게 말하는 태도에 감동을 받았다. 채석장의 어둠 때문에 파데트의 얼굴이 잘 보이지 않아서 그녀의 얼굴을 머릿속에 떠올리며 다음과 같이 말했다. 아첨할 생각은 아니었다.

"하지만, 파데트, 너는 네가 생각하는 만큼 그렇게 못생기지 않았 어. 너도 그냥 해본 소리일지도 모르겠지만. 너보다 훨씬 못생겼지만 싫은 소리 듣지 않는 사람들도 있으니까."

"랑드리, 내가 여기서 조금 더 나아진들 더 못해진들 어차피 예쁜 아가씨라고는 말할 수 없잖아. 나 위로하려고 애쓰지 마. 그것 때문에 슬픈 거 아니니까."

"천만에! 다른 여자애들처럼 옷 차려입고 머리 손질하면 어떻게 될 지 모르잖아? 코가 그렇게 낮지 않고, 입이 그렇게 크지 않고, 얼굴색이 그렇게 검지 않으면 너는 아주 예뻤을 거라고 모두들 말하잖아. 그리고 이런 말들도 하지. 이 근방에서 네 눈처럼 아름다운 눈도 없다고. 만일 그렇게 대담하고 조롱하는 듯한 눈빛만 하지 않는다면 모두들 그 눈으 로 자신들을 바라봐 주길 바랄 거야."

랑드리는 이런 식으로 자기가 하는 말에 대해 그렇게 깊이 생각하지 않고 말했다. 그는 파데트의 단점과 장점을 생각해 내는 중이었다. 처음으로 그런 일에 주의를 기울이고 흥미를 갖게 되었는데, 조금 전까지만 해도 가능할 것이라 생각지 못한 일이었다. 파데트는 그 사실을 알아차렸지만 내색하지는 않았다. 지나치게 영리한 아이라 진지하게 받아들이지 않은 것이다.

"내 눈은 좋은 건 좋게 보고 그렇지 않은 건 불쌍히 여겨. 그리고 내 마음에 들지 않는 사람에겐 불쾌감을 주는 것으로 스스로 위안을 받아. 사람들이 비위를 맞춰 주며 떠받드는 예쁜 아가씨들이 왜 모든 사람에게 애교를 부리는지 모르겠어. 마치 모두가 자기 마음에 든다는 태도잖아. 만약 내가 미인이었다면 마음에 드는 사람에게만 예쁘게 보일 거고 상냥하게 대할 거야."라고 파데트는 말했다.

랑드리는 마들롱을 생각했다. 그러나 파데트는 그가 그런 생각을 하게 내버려 두지 않았다. 그녀는 다음과 같이 말을 이어 나갔다.

"자, 랑드리. 다른 사람들한테 내가 저지른 잘못은 이게 전부야. 내가 못생긴 것에 대해 남들의 동정이나 관대함을 구하지 않았다는 것이지. 못생긴 걸 숨기기 위한 치장도 하지 않고 그들 앞에 나선다는 거지. 이 사실이 그들에게 불쾌감을 주어서 내가 좋은 일을 한 적은 있어도 해를 끼친 적은 결코 없다는 사실을 잊고 마는 거야. 게다가 내가 몸단장에 신경을 쓰고 싶다고 해도, 허세를 부릴 만한 돈은 어디서 나지? 내가 무일푼이라고 해서 동냥한 적 있어? 할머니가 잠자리와 먹을 것 외에 다른 걸 조금이라도 주는 줄 알아? 엄마가 남겨 준 헌 옷이 있지만 그것을 솜씨 좋게 고치지 못하는 게 내 잘못이야? 그런 건 아무도 가르쳐 주지 않았잖아. 열 살 때부터 그 누구의 사랑도 자비도 받지 못하고 버림받은 상태로 지냈어. 지금 너는 나를 불쌍하게 여겨서 말하지 않았지만 모두가 나를 비난하는 게 무엇인지 잘 알아. 파데트는 이제 열여섯 살로 고용살이를 가도 좋을 나이다. 그렇게 되면 급료도 받을 수 있고 생계를 유지할 수 있을 것이다. 그런데 게으르고 여기저기 나 다니는 걸 좋아하니까 언제까지고 할머니 곁을 떠나지 않는다. 사실 할머니는 나를 별로 좋아하지도 않고 하녀를 둘 수 있을 만큼의 돈도 있다. 이거지?"

"근데 파데트, 그게 맞는 말 아닐까? 사람들은 네가 일하기 싫어하는 걸 비난하는 거야. 네 할머니도 사람들이 물어보면 너 대신에 하녀를 고용하는 게 이득이라고 말한다던데."라고 랑드리가 말했다.

"할머니가 그런 말을 하는 건 투덜거리거나 불평하기를 좋아하기 때문이야. 그러면서도 내가 집을 나간다고 하면 말린단 말이야. 할머니가 말은 안 해도 내가 쓸모가 있다는 걸 알고 있기 때문이야. 할머니는 물약이나 가루약을 만들기 위해 약초를 캐러 가야 하는데 눈이나 다리가 열다섯 살 소녀와 같지 않거든. 그중에는 아주 먼 곳이나 아주 위험한 곳까지 가지 않으면 구할 수 없는 것도 있어. 그리고 아까 너한테 말했듯이 나는 할머니도 모르는 풀의 효능을 혼자서 찾아내기도 해. 내가 만든 약이 효과가 좋으면 할머니는 깜짝 놀라. 그리고 우리 집 가축들로 말할 것 같으면, 마을 공동 목초지밖에 사용하지 못하는 사람이 어떻게 그렇게 살찌고 좋은 양 떼를 갖고 있는지 사람들은 정말 놀라워하잖아. 그러니까 우리 할머니는 누구 덕분에 양의 털이 그렇게 좋은 건지, 염소의 젖이 그렇게 맛있는 건지 잘 알고 있는 거야. 그러니까 날 놓아줄 생각은 조금도 없는 거지. 내게 들이는 비용에 비해 훨씬 더 값어치가 나가는 거지. 나는 할머니가 좋아. 날 혹독하게 다루고, 못하게 하는 게 많지만. 그리고 내가 할머니 곁을 떠날 수 없는 데는 또 다른 이유가 있어. 네가 원하면 얘기해 줄게, 랑드리."

"그래, 얘기해 봐." 랑드리는 파데트의 말이 조금도 지루하지 않다는 생각이 들었다.

"그건 말이지, 우리 엄마가 내가 열 살밖에 안 되었을 때 불쌍한 아이 하나를 내 품에 남겨 두고 떠났기 때문이야. 정말 못생겼고, 나만큼 못생겼고, 나보다 훨씬 더 불행한 아이야. 태어날 때부터 절름발이이고, 허약 체질에, 병약하고, 삐뚤어졌지. 항상 고통스러우니까 늘 울적해하고, 심술궂게 굴지. 불쌍한 녀석! 그런데 모두 그를 괴롭히고, 따돌리고, 거지 취급을 하지. 나의 불쌍한 메뚜기! 할머니는 메뚜기를 너무 심하게 혼내. 내가 할머니 대신 야단치는 시늉을 해서 감싸 주지 않으면 엄청 때릴 거야. 하지만 나는 언제나 정말로 때리지 않도록 굉장히 신경을 써. 그리고 그 아이도 그걸 알고 있어. 그래서 뭔가 잘못을 할 때마다 달려와서 내 치마 뒤에 숨어 이렇게 말해. "할머니한테 잡히기 전에 날 때려 줘!" 내가 가짜로 때려 주면 그 장난꾸러기는 우는 척을 하지. 그리고 내가 그 아이를 돌봐야 해. 가엾은 녀석이 누더기 차림으로 다니는 걸 완전히 막을 수는 없어. 그래도 헌 옷가지가 생기면 수선해서 그 아이에게 입혀. 그리고 그 아이가 아프면 치료해 주고. 할머니라면 죽게 만들었을 거야. 할머니는 아이들 돌보는 방법을 전혀 몰라. 결국 그 아이는 나 때문에 목숨을 부지하고 있는 거야. 이 허약한 아이는 내가 없으면 정말 불행해질 거야. 내가 죽음으로부터 구해 내지 못했던 우리 불쌍한 아버지 무덤 옆에 곧 묻히게 될지도 몰라. 병약하고 사람들한테 미움받는 아이라 살려 두는 게 본인에게 도움이 되는 건지 잘 모르겠어. 하지만 그건 나로서도 어쩔 수 없어, 랑드리. 일을 해서 얼마간 내 돈을 벌어 지금의 비참한 상황에서 벗어나고 싶다는 마음이 들

때면 메뚜기가 가여워 가슴이 터질 것만 같았어. 내가 메뚜기의 엄마라도 된 것처럼, 그리고 내 잘못 때문에 그 아이가 죽기라도 할 것처럼 자책했어. 자, 이게 나의 잘못과 부족한 점들이야, 랑드리. 이제는 신의 판단을 기다릴 뿐이야. 나는 나의 진가를 인정하지 않은 사람들을 용서해."

20

랑드리는 계속 파데트의 이야기를 아주 집중해서 들었다. 그녀가 하는 말의 논리는 흠잡을 데가 하나도 없었다. 마지막에 그녀가 동생 메뚜기에 대해서 말하는 방식에 랑드리는 감명을 받아서, 갑자기 그녀에 대해서 마치 우정과 같은 느낌을 갖게 되었으며, 세상 모든 사람에 맞서서 파데트의 편을 들어 주고 싶다는 생각까지 하게 되었다.

"파데트, 그렇다면 네가 잘못했다고 한 사람이 먼저 잘못한 거네. 네가 한 말들은 전부 옳고 아무도 너의 착한 마음씨나 너의 훌륭한 논리를 의심할 수 없어. 그런데 왜 네가 이런 사람이라고 알리지 않아? 그렇게 하면 사람들이 너에 대해 나쁘게 이야기하지 않을 테고 네가 옳다고 하는 사람도 있을 텐데."라고 랑드리가 말했다.

"아까 말했잖아. 내가 좋아하지 않는 사람들의 마음에 들 필요는 없다고."라고 파데트가 대답했다.

"그런데 나한테 이야기했다는 건, 그건 그러니까…."

그러고 나서 랑드리는 말을 중단했다. 자신이 말할 뻔했던 것에 깜짝 놀랐기 때문이다. 그러고는 다시 말을 이어 갔다.

"그건 다른 녀석들보다 나를 더 좋게 생각하고 있었다는 말인가? 하지만 내가 너한테 잘해 준 적이 전혀 없었기 때문에 나를 미워하는 줄 알았는데."

"내가 널 조금 미워했을 수는 있어."라고 파데트가 대답했다. "그랬다 할지라도 오늘부터는 아니야. 랑드리, 왜 그런지 얘기해 줄게. 나는 네가 오만한 사람이라고 생각하고 있었어. 사실 오만하긴 하지. 하지만 넌 자신의 의무를 다하기 위해서라면 너의 오만함을 극복할 수 있는 사람이야. 그래서 더 훌륭한 거야. 그리고 네가 은혜를 모르는 사람이라고 생각하고 있었어. 그런데 오만하게 자라나서 은혜를 모르는 사람이 될 수 있었음에도 불구하고 너는 지키지 않아도 너에게는 아무 지장도 없을 약속을 이행했어. 마지막으로, 네가 겁쟁이라고 생각했어. 그래서 난 너를 경멸하게 되었지. 하지만 그건 단순히 미신 때문이라는 걸 알게 되었어. 그리고 맞서게 되면 확실히 위험해질 상황에도 용기를 냈지. 오늘은 굉장히 창피했을 텐데도 나와 춤을 춰줬어. 저녁 기도가 끝난 뒤에는 성당까지 나를 데리러 와주기까지 했고. 기도를 마치고는 난 널 마음속으로 용서하고 있었어. 더 이상 괴롭힐 마음은 없었어. 짓궂은 녀석들로부터 나를 지켜 주었잖아. 그 녀석들과 싸움도 벌였고. 네가 없었으면 나는 아주 심하게 당했을 거야. 게다가 오늘 저녁에는 내가 울고 있는 소리를 듣고 다가와서 곁을 지켜 주고 위로도 해주었어. 랑드리, 내가 이런 일들을 잊을 거라고는 절대 생각하지 마. 내가 감사의 마음을 간직하고 있다는 증거를 네 평생 보게 될 거야. 이번에는 네가 원하는 것은 무엇이든 좋으니 언제라도 내게 요구해. 일단, 내가 오늘 너에게 큰 고통을 주었다는 거 알고 있어. 그래, 잘 알고 있지, 랑드리. 네 마음을 알아맞히는 정도의 마법은 부릴 줄 알아. 오늘 아침에는 전혀 모르고 있었지만. 나는 심술궂은 게 아니라 장난을 좋아할 뿐이라는 사실을 믿어 줘. 네가 마들롱을 좋아하는 줄 알았다면 억지로 나랑 춤을 추게 해서 마들롱과 사이가 틀어지게 만들지는 않았을 거야. 물론 네가 예쁜 아가씨를 내버려 두고 나처럼 못생긴 아이와 춤추는 걸 보는 건 재미있었어. 하지만 그건 너의 자존심에 약간의 상처를 주었을 뿐이라고 생각했지. 그런데 네가 정말로 마음에 상처를 받았다는 사실을 차츰 알게 되었어. 너는 자기도 모르게 자꾸만 마들롱 쪽을 쳐다보았고 그녀가 화낸 걸 보고 울고 싶었지? 그걸 알고는 나도 울었어. 정말이야! 네가 마들롱을 따라다니던 녀석들과 싸우려 했을 때도 울었어. 후회의 눈물인 걸 알고 있니? 네가 여기서 나를 발견했을 때 그토록 슬프게 울고 있었던 것도 그 때문이야. 이제는 네가 이렇게 착하고 용감한 사람이란 걸 아는데, 그런 사람한테 나쁜 짓을 해버렸어. 그러니까 그걸 보상할 때까지는 계속 눈물이 날 거 같아.

랑드리는 파데트가 다시 눈물을 흘리기 시작하는 것을 보고 너무 감동해서 이렇게 말했다. "네 말대로 너 때문에 내가 좋아하는 여자와 사이가 틀어졌다고 한다면 어떻게 해서 우리를 화해시켜 줄 거야?"

"랑드리, 나한테 맡겨." 파데트가 대답했다. "난 바보가 아니야. 잘 해명할 수 있어. 전부 내 잘못이라는 걸 마들롱이 알게 될 거야. 내가 그녀에게 모든 걸 털어놓고 네가 결백하다는 걸 증명할게. 만일 마들롱이 내일 너와 화해하지 않는다면 그 애는 결코 널 좋아하지 않았다는 거겠지, 그렇다면…."

"그렇다면 그녀를 깨끗이 잊어야지, 팡숑. 그녀가 날 좋아한 게 아니니까 넌 헛수고하는 셈이 될 거야. 그러니까 그런 일 하지 마. 날 괴롭게 만든 일에 대해선 마음 쓰지 마. 벌써 괜찮아졌어."

"그런 고통은 그렇게 빨리 낫지 않아."라고 파데트가 대답했다. 하지만 생각을 바꾸어서 이렇게 덧붙였다. "어쨌든 사람들은 그렇게 말하더라고. 랑드리, 너는 지금 분해서 그렇게 말하는 거야. 오늘 밤 자고 내일이 되면 슬플 거야. 그 예쁜 아가씨와 화해하기 전까지는."

"그럴지도 모르겠지만, 솔직히 말해서 지금은 그런 건 전혀 모르겠고, 생각조차 안 하고 있어. 너야말로 내가 그녀를 많이 좋아한다고 믿게 하려는 거지? 좋아하는 마음이 있었다 해도 아주 조금이어서 기억도 안 날 지경이야."라고 랑드리가 말했다.

"그건 이상해." 파데트가 한숨을 쉬며 말했다. "너희 남자애들은 사랑한다는 게 그런 식인 거니?"

"글쎄, 여자애들도 별로 다르지 않던데. 쉽게 토라지고, 새 남자가 생기면 바로 괜찮아지고. 하지만 우리는 아직 잘 알지 못하는 것들에 대해 말하고 있는 것일 수도 있어. 적어도 너는 그래, 파데트. 넌 맨날 연애하는 사람들 놀리잖아. 지금도 마들롱과 화해시켜 준다고 하면서 계속 나를 놀리는 것 같아. 부탁이니까 그러지 말아 줘. 내가 너에게 부탁했다고 오해할 것 같아. 그리고 내가 그녀의 공식 애인인 것처럼 떠들고 다닌 줄 알고 화낼 수도 있어. 사실 사랑한다는 말은 아직 한마디도 하지 않았어. 그녀 곁에 있거나 함께 춤추는 것이 즐겁긴 했는데 용기를 내서 그것을 말로 표현한 적은 한 번도 없었어. 그러니까 그 일은 내버려 둬. 만일 그녀가 원하면 자기 스스로 돌아올 거야. 안 돌아온다고 해도 나 그런 거로 안 죽어."

"랑드리, 네가 어떻게 생각하고 있는지 너보다 내가 더 잘 알아."라고 파데트가 말했다. "네가 마들롱에게 좋아한다는 말을 안 했다는 건 믿어. 하지만 그녀가 네 눈을 보고 알아차리지 못했다면 정말 둔한 여자임이 틀림없어. 특히 오늘은 더 그렇지. 내가 너희들 불화의 원인이었으니 기쁨의 원인도 내가 되어야 해. 그리고 네가 좋아한다는 사실을 마들롱에게 알릴 수 있는 좋은 기회이기도 해. 그건 내가 할 일이야. 네가 시켜서 하는 거라는 소리 안 듣게 아주 세심하게 신경 써서 잘할게. 랑드리, 불쌍하고 못생긴 귀뚜라미 파데트에게 맡겨. 마음속은 외모만큼 추하지 않아. 널 괴롭힌 걸 용서해 줘. 결국 그 일 때문에 네게는 아주 좋은 일이 생길 테니까. 너는 알게 될 거야. 미인의 사랑을 받는 게 즐거운 일이라면, 못생긴 여자의 우정을 얻는 건 유용한 일이라는 걸. 못생긴 여자들은 사심이 없어. 무슨 일이 있어도 화를 내거나 원한을 갖지 않아."

랑드리는 파데트의 손을 잡으며 말했다. "네가 못생겼건 예쁘건 네 우정은 정말 좋은 것이라는 걸 이미 알고 있어. 너무 좋은 것이어서 그것에 비하면 사랑은 시시해 보일 정도야. 너는 정말 착해. 이제야 알겠어. 오늘 네게 아주 못되게 굴었는데 전혀 마음에 두고 있지 않으니까. 넌 내가 너한테 아주 잘해 줬다고 말했지만, 내가 생각하기에는 굉장히 무례하게 행동했어."

"뭐라고, 랑드리? 무슨 말인지 모르겠는데…."

"춤출 때 한 번도 입맞춤을 하지 않았잖아, 팡숑. 그건 나의 의무이자 권리인데. 그게 풍습이잖아. 널 열 살 꼬마 취급을 한 거지. 꼬마한테는 일부러 몸을 숙여 입맞춤하지 않잖아. 그렇지만 넌 나하고 나이가 비슷하지. 한 살밖에 차이가 나지 않잖아. 그러니까 너에게 모욕을 준 셈이야. 네가 그렇게 착한 애가 아니었다면 알아차렸을 거야."

"그런 건 생각조차 못 했어."라고 파데트가 말하고 일어났다. 자신이 거짓말을 하고 있다는 걸 알고 있었으며 그것을 겉으로 드러내고 싶지 않았기 때문이었다. 그래서 억지로 쾌활한 척하며 말했다. "어머, 들어 봐. 귀뚜라미가 보릿짚 속에서 울고 있어. 내 별명을 부르고 있어. 올

빼미도 저쪽에서 울고 있네. 하늘 시계판에 별들이 가리키는 시간을 내게 알려 주네."

"그래, 내게도 전부 들려. 이제 프리슈 마을로 돌아가야 해. 파데트, 내가 작별인사하기 전에 나를 용서해 줄 수 있겠어?"

"랑드리, 나 너 원망하지 않는다니까. 그러니까 용서할 게 없어."

"아니, 있어."라고 랑드리는 말했다. 파데트가 사랑과 우정에 대해서 말한 뒤부터 뭔지 모르게 그녀의 부드러운 목소리에 마음이 몹시 설렜다. 그녀의 목소리는 수풀 속에서 잠자며 지저귀는 피리새 소리가 거칠게 들릴 만큼 부드러웠다. "있으니까, 용서해 줘야 해. 그러니까 낮에 빠뜨린 입맞춤을 보상하기 위해 지금 해야겠다고 말하고 있는 거야."

파데트는 약간 동요했지만, 곧바로 명랑함을 되찾았다.

"랑드리, 잘못했으니 벌받는 걸로 속죄하겠다는 거지? 좋아, 벌은 다 받은 거로 할게. 못생긴 여자랑 춤을 춰준 것만으로도 충분해. 입맞춤까지 해달라는 건 너무 지나쳐."

"그렇게 말하지 마."라고 랑드리는 소리치며 파데트의 손과 팔을 동시에 잡았다. "네게 입맞춤하는 건 벌이 될 수 없어…. 내가 너한테 하는 입맞춤이 너를 괴롭히거나 내키지 않는 게 아닌 한…."

그렇게 말하고 나니 랑드리는 더욱 파데트에게 입맞춤하고 싶어졌다. 하지만 거절당할까 봐 두려웠다.

"들어 봐, 랑드리." 파데트가 부드럽고 듣기 좋은 목소리로 말했다. "만약 내가 미인이었다면 이렇게 말했을 거야. 이런 곳에서, 이런 시간에, 숨어서 하는 것 같은 입맞춤은 싫다고. 만약 경박한 여자였다면 반대로 시간 장소 다 좋다고 했을 거야. 밤이 못생긴 얼굴도 가려 줄 거고, 여긴 아무도 없으니까 네가 한때의 기분에 휩쓸려서 입맞춤했다고 해도 창피를 주지도 않을 거고. 하지만 나는 미인도 경박한 여자도 아니니까 이렇게 말하겠어. 참된 우정의 표시로 악수를 하자. 나는 너랑 친구가 되면 기쁠 거야. 여태까지 친구가 없었지만, 앞으로도 다른 사람과는 친구가 되고 싶어 하지 않을 거야."

"알았어." 랑드리는 말했다. "마음을 다해 악수하겠어. 알겠지, 파데트? 나는 네게 가장 참된 우정을 느끼고 있어. 그 우정의 표시로 입맞춤을 할 수 있을 것 같은데. 이 우정의 표시가 싫다고 한다면 아직 내게 뭔가 원망이 있다고 생각할 거야."

이렇게 말하며 랑드리는 갑자기 입맞춤하려 했다. 파데트는 거부했다. 그리고 랑드리가 입맞춤을 계속 고집하자 파데트는 이렇게 말하면서 울기 시작했다.

"놔줘, 랑드리. 이렇게 괴롭히지 마."

랑드리는 깜짝 놀라 멈췄다. 또 파데트가 다시 우는 것을 보고 너무 슬펐지만 왠지 화가 나기도 했다.

"알았어." 랑드리가 말했다. "내 우정만이 필요하다더니 그것도 진심은 아니었구나. 나보다 더 사이가 좋은 사람이 있어서 나랑은 입맞춤할 수 없는 거지?"

"그게 아니야, 랑드리."라고 파데트가 흐느껴 울면서 말했다. "내 얼굴을 보지도 않고 밤에 입맞춤했다가 낮에 나를 다시 만났을 때 싫어할까 봐 두려워서 그래."

"내가 네 얼굴 본 적이 없니?" 참을성이 바닥난 랑드리는 말했다. "지금은 보이지 않는다는 거야? 자, 네 얼굴이 잘 보이게 달빛 쪽으로 와봐. 네가 못생겼는지 어떤지 잘 모르겠지만, 난 네 얼굴이 좋아. 너를 좋아하니까. 나한텐 그게 중요해."

그러고 나서 랑드리는 파데트에게 입맞춤했다. 처음에는 완전히 떨렸지만 두 번째에는 꽤 격렬하게 했다. 파데트는 겁이 나서 랑드리를 밀치며 말했다.

"이제 됐어, 랑드리. 그만해! 화가 나서 입맞춤하는 사람 같아. 아니면 마들롱을 생각하고 있든지. 진정해. 내일 그녀에게 말할게. 그러면 내일은 내가 결코 네게 줄 수 없는 기쁨을 맛보며 그녀와 입맞춤할 수 있을 거야."

이렇게 말한 뒤 파데트는 재빨리 채석장을 빠져나가 날랜 걸음으로 그곳을 떠났다.

랑드리는 마치 넋이 나간 사람 같았다. 그녀의 뒤를 쫓아가고 싶었다. 세 번이나 그렇게 하려 했다가 마음을 고쳐먹고 강 쪽으로 내려갔다. 악마가 쫓아오는 느낌이 들어 달리기 시작해 프리슈 마을에 도착할 때까지 멈추지 않았다.

다음 날 동이 틀 무렵 소를 돌보러 가서 여물을 주고 몸을 쓰다듬어 주면서 쇼무아 채석장에서 파데트와 주고받은 이야기를 마음속에 떠올려 보았다. 한 시간도 넘게 대화를 했는데 아주 잠깐이었던 것처럼 느껴졌다. 어제 하루가 기대했던 것과는 전혀 다르게 흘러가서 졸음과 정신적 피로 때문에 랑드리는 아직도 머리가 무거웠다. 그리고 그녀에 대해 느꼈던 감정에 대해 생각해 보니 매우 혼란스러웠고 겁이 났다. 지금 눈앞에 떠오르는 것은 늘 알고 있던 못생기고 허름한 옷차림의 아가씨인데 파데트와 입맞춤하고 싶어 했던 것이나, 그녀를 가슴에 꽉 껴안았을 때의 기쁨, 마치 파데트에게 진심으로 사랑을 느낀 것 같았던 일, 갑자기 그녀가 세상의 어떤 소녀보다 더 예쁘고 사랑스럽게 보인 것 모두가 꿈이 아니었을까 하는 생각이 때때로 들었다.

'사람들 말대로 그 아이는 마법사가 틀림없어. 자기는 아니라고 했지만.'이라고 랑드리는 생각했다. '분명히 어젯밤에 그녀는 나에게 마법을 걸었어. 2, 3분 동안 내게 품게 했던 그런 격렬한 감정은 내 평생 아버지, 어머니, 형제, 자매에게도, 예쁜 마들롱은 물론 나의 소중한 쌍둥이 실비네에게도 느껴 본 적이 없었어. 만일 실비네가 내 마음속을 들여다봤다면 질투가 나서 난리도 아니었을 거야. 내가 마들롱에게 품었던 애정은 형에게 아무런 타격이 되지 않았지만. 반면에 파데트 곁에서 잠깐 경험했던 미치도록 타오르는 마음을 하루 종일 느낀다면 나는 미치광이가 되어 이 세상에 파데트 외에는 여자가 없다고 생각하게 될 거야.'

그리고 랑드리는 수치심과 피곤함과 초조함 때문에 숨이 막혀 버릴 것만 같았다. 소 여물통 위에 걸터앉아 그 마법사가 용기도, 이성도, 건강도 빼앗아 버린 것이 아닐까 두려웠다.

그러나 날이 밝아오자 프리슈 마을의 일꾼들이 일어났고 그들은 랑드리가 못생긴 귀뚜라미와 춤춘 일로 놀리기 시작했다. 그리고 파데트가 아주 못생겼고, 가정교육도 제대로 받지 못한 데다 옷차림도 희한하다고 놀려 댔기 때문에 랑드리는 어디라도 숨고 싶었다. 사람들이 본 것뿐 아니라 알리고 싶지 않은 어젯밤의 일에 대해서도 창피하게 느꼈다.

그렇지만 랑드리는 전혀 화나지 않았다. 프리슈 마을 사람들은 모두 친구였으며 놀리기는 했지만 나쁜 의도는 전혀 없었기 때문이다. 랑드리는 용기를 내어 말했다. 파데트는 모두가 생각하고 있는 그런 사람이 아니다. 다른 사람들만큼 좋은 사람이다. 큰 도움을 줄 수 있는 일도 할 수 있다고 말이다. 그러자 사람들이 또다시 놀려 댔다.

"그 아이 엄마 이야기는 하지 않겠어." 그들은 말했다. "그 아이는 말이지, 아무것도 아는 게 없는 아이야. 만일 너희 집 소가 아파도 그 아이가 주는 약은 먹이지 마. 그 아이는 병을 낫게 하는 비법 같은 건 조금도 알지 못하는 수다쟁이 계집애일 뿐이야. 하지만 남자를 홀리는 비법은 알고 있는 것 같은데. 성 앙도슈 축일에 네가 그 아이 곁을 잠시도 떠나지 않았잖아. 조심하는 게 좋을 거야. 불쌍한 랑드리, 머지않아 암 귀뚜라미의 수 귀뚜라미, 여자 도깨비불의 남자 도깨비불이라는 소리를 듣게 될 거야. 악마가 널 쫓아다닐 거야. 외눈박이 도깨비 조르지옹이 찾아와서 우리의 침대 시트를 빼앗아 그걸로 말갈기를 잡아맬 거야. 우리는 네 몸에서 악마를 내쫓기 위해 의식을 치러야 할 거야."

"나는 이렇게 생각해요."라고 어린 솔랑주도 입을 열었다. "랑드리가 어제 아침 양말 한쪽을 뒤집어 신었을 거예요. 그러면 마법사가 찾아오거든요. 파데트가 그 사실을 알아차린 거예요."

21

낮에 랑드리가 씨뿌리기를 하고 있을 때 파데트가 지나가는 모습이 보였다. 재빠른 걸음으로 마들롱이 양들에게 먹일 나뭇잎을 따고 있는 숲 쪽으로 가고 있었다. 오전 일을 마쳤으니 소들을 풀어 줄 시간이었다. 랑드리는 소들을 목장으로 데리고 가면서 파데트가 마치 풀도 밟지 않는 것처럼 가벼운 발걸음으로 달려가는 것을 계속 바라보았다. 그는 파데트가 마들롱에게 무슨 말을 할지 알고 싶었다. 쟁기질 때문에 아직 열기가 남아 있는 밭고랑에 차려져 있는 수프를 먹으러 서둘러 가는 대신에 두 아가씨가 무슨 일을 꾸밀지 들어 보기 위해 조용히 숲으로 가는 길을 따라서 갔다. 두 사람의 모습은 보이지 않았다. 마들롱은 잘 안 들리는 목소리로 중얼중얼 대답했기 때문에 무슨 말을 하는지 전혀 알 수 없었다. 그러나 파데트의 목소리는 부드러우면서도 또렷했기 때문에 큰 소리로 말하지 않았음에도 한 마디 남김없이 전부 알아들을 수 있었다. 파데트는 랑드리에 대해 마들롱에게 말하고 있었다. 그리고 랑드리에게 약속한 대로, 열 달 전에 파데트가 멋대로 요구하는 한 가지를 반드시 들어주겠다는 약속을 받아냈었다는 것을 이야기하고 있었다. 그 사실을 아주 겸손하고 상냥하게 설명했기 때문에 듣고만 있어도 기분이 좋아졌다. 그리고 도깨비불에 대한 것도, 랑드리가 겁을 먹었다는 사실도 이야기하지 않고 성 앙도슈 축일 전날 밤 조약돌 여울목을 건너려다 잘못해서 물에 빠질 뻔했던 일만 이야기했다. 그러니까 일어난 모든 일에서 말해도 좋은 부분만을 이야기한 뒤, 지금까지 꼬맹이들하고밖에 춤을 춰본 적이 없는 자신이 멋진 청년과 춤을 추고 싶다는 욕망과 허영심이 모든 불행의 원인이라고 말했다.

그러자 화가 치민 마들롱은 목소리를 높여 말했다.

"그게 나랑 무슨 상관이지? 평생 쌍둥이네 쌍둥이들과 춤추면 되겠네. 귀뚜라미, 그렇게 해도 나는 조금도 손해 볼 것도 없고 조금도 부럽지 않아."

파데트가 다시 말했다.

"가엾은 랑드리에 대해 그렇게 매정하게 말하지 마. 랑드리는 너에게 마음을 줬잖아. 만일 네가 받아 주지 않으면 랑드리는 내가 말로 표현할 수 없을 정도로 슬퍼할 거야."

그녀는 아주 상냥한 어조로 너무 멋진 말들로 랑드리를 칭찬했다. 랑드리는 그녀가 말하는 법을 기억해 두었다가 기회가 있을 때 써먹어야겠다고 생각할 정도였다. 그리고 자신을 그렇게 칭찬해 주는 말을 들으니 기뻐서 얼굴이 빨개졌다.

마들롱도 파데트가 말을 잘해서 깜짝 놀랐지만 겉으로 드러내지는 않았다. 그러기에는 그녀를 너무나 업신여기고 있었기 때문이다.

"말은 잘하네. 뻔뻔하기는." 마들롱은 말했다. "사람들을 감언이설로 속이는 건 할머니한테 배운 모양이지? 하지만 나는 마법사와는 이야기하기 싫어. 나쁜 일이 생기니까. 그러니 날 좀 내버려 둬. 뿔 달린 귀뚜라미. 애인이 나타났잖아. 잘 간직해. 너의 못생긴 낯짝을 좋아할 사람은 그 사람이 처음이자 마지막일 테니까. 나는 말이지, 너를 좋아했던 사람이라면 그 사람이 왕의 아들이라 할지라도 사양할래. 너의 랑드리는 멍청이일 뿐이야. 나한테서 빼앗아 간 네가 돌려주러 온 걸 보니 그 사람은 정말 별 볼 일 없는 사람임이 틀림없어. 파데트조차 관심을 갖지 않는 남자라니, 그런 사람이 내 애인이 될 수 있다고 생각해?”

“만일 그것 때문에 네 마음이 상했다면” 파데트는 랑드리의 마음속까지 스며드는 듯한 어조로 말했다. “만약 네가 자존심이 강해서 나를 모욕하고 나서야 모든 것을 제대로 볼 수 있다면 마음껏 그렇게 해. 예쁜 마들롱, 들판의 불쌍한 귀뚜라미의 자존심과 용기를 짓밟아 봐. 넌 내가 랑드리를 무시하고 있다고 생각하지? 그렇지 않고서는 내가 랑드리를 용서해 주라고 부탁할 리가 없다고 생각하고 있는 거지? 그렇다면, 명심해. 나는 아주 오래전부터 그 사람을 좋아했어. 지금까지 마음속에 품고 있던 유일한 사람이고, 아마 평생 그 사람만 생각할 거야. 하지만 나도 판단력이 있고 자존심이 있기 때문에 그 사람의 사랑을 받으리라고는 한 번도 생각해 본 적이 없어. 그 사람이 어떤 사람인지도 알고 있고, 내가 어떤 사람인지도 잘 알고 있어. 그 사람은 잘생기고 유복하고 인정받고 있어. 나는 못생기고 가난하고 무시당하고 있어. 그래서 나와는 도저히 어울리지 않는다는 것을 잘 알고 있어. 너도 축제 때 그 사람이 나를 거들떠보지도 않았던 거 봤을 거야. 자, 이제 됐지? 내가 제대로 쳐다보지도 못하는 사람이 사랑이 가득한 눈으로 너를 바라보잖아. 나를 웃음거리로 만들고, 너와는 경쟁할 주제도 못 되는 나에게서 그를 되찾아가. 그 사람이 좋아서 그러는 게 아니라 할지라도, 어쨌든 건방진 나를 벌주기 위해서라도 그렇게 해. 그러니까 랑드리가 네게 사과하러 오거든 다정하게 맞아 주고 조금은 위로도 해준다고 약속해 줘.”

이렇게 자신을 낮추고, 헌신적인 태도를 보였으면 불쌍한 마음이 들만도 한데 마들롱은 아주 쌀쌀맞은 태도를 보였으며, 랑드리는 파데트에게나 어울리는 남자이고, 자기에게는 너무 어리고 멍청한 사람이라고 계속 주장하며 그녀를 되돌려 보냈다. 마들롱의 매정한 거절에도 불구하고 파데트가 스스로를 희생한 일은 결실을 맺었다. 여자의 마음이라는 것은 어린아이인 줄 알았던 남자가 다른 여자에게 존경과 사랑을 받고 있다는 사실을 알게 되면 곧 어엿한 한 남자로 보게 되어 있는 법이다. 지금까지 랑드리에 대해서 진지하게 생각해 본 적이 전혀 없던 마들롱은 파데트를 돌려보내자마자 랑드리에 대해 자꾸 생각하게 되었다. 랑드리의 사랑에 대해 말솜씨가 좋은 파데트가 한 말들을 모두 떠올려 보고, 파데트가 자신에게 고백할 정도로 랑드리에게 반했었다는 것에 생각이 미치자 마들롱은 이 가엾은 아가씨에게 복수할 수 있게 되어 기고만장해졌다.

저녁때 마들롱은 프리슈 마을로 갔다. 자신의 집에서 그곳은 총을 쏘았을 때 사정거리의 두세 배 정도밖에 떨어져 있지 않았다. 마들롱은 자신이 돌보는 소 한 마리가 들판에서 큰아버지 카이요 씨네 소들과 섞여서 찾으러 왔다는 구실로 랑드리 앞에 모습을 드러냈다. 그녀는 랑드리에게 다가와서 말을 걸어도 좋다는 눈짓을 했다.

랑드리도 곧 알아차렸다. 파데트가 개입하면서부터, 그는 이상하리만치 눈치가 빨라졌다. '파데트는 마법사야.'라고 랑드리는 생각했다. '마들롱의 마음을 돌려놓았으니 말이야. 15분 이야기한 것으로 내가 1년에 걸쳐서 할 수 있는 것보다 더 많은 것을 해줬어. 그렇게 머리가 좋고 그렇게 마음씨가 고운 사람은 신께서 자주 만드시지는 않을 거야.'

이런 생각을 하면서 랑드리는 마들롱을 바라보았다. 그녀가 너무 침착해 보여서 말을 걸 엄두가 나지 않았는데, 결국 말을 걸기도 전에 돌아가 버렸다. 마들롱 앞이었기 때문에 부끄러웠던 것은 전혀 아니었다. 어째서인지 부끄러운 마음은 어디론가 사라졌다. 그런데 부끄러운 마음과 함께 그녀를 만나서 기쁜 마음이나 그녀가 자신을 좋아해 주었으면 하는 마음도 어디론가 사라져버렸다.

랑드리는 저녁 식사를 마치자마자 바로 잠자리에 드는 척했다. 그러고는 침대를 빠져나와 벽을 타고 미끄러져 내려와서 곧바로 조약돌 여울목으로 향했다. 그날 밤에도 여전히 도깨비불이 춤을 추고 있었다. 도깨비불이 멀리서 춤추고 있는 것을 보자 랑드리는 생각했다. '잘 됐다. 도깨비불이 있는 걸 보니 파데트도 근처에 있겠다.' 그리고 두려워하지 않고 여울목을 건넜고 길을 잘못 들지도 않고 사방을 잘 살피고 보면서 파데트 할머니의 집까지 갔다. 그런데 그가 꽤 오랜 시간 거기 있었지만 불빛도 보이지 않고 어떤 소리도 들리지 않았다. 모두 잠든 것이었다. 귀뚜라미는 할머니와 메뚜기가 잠든 뒤에 밤에 자주 밖으로 나오니까 그 근처에서 돌아다니고 있는 게 아닐까 하는 희망을 가져 보았다. 그는 골풀밭을 가로질러 쇼무아 채석장으로 가면서 자기가 온 걸 알리려고 휘파람을 불고 노래를 불렀다. 그러나 그가 만난 것은 그루터기 속으로 도망가는 오소리와 나무 위에서 울고 있는 올빼미뿐이었다. 랑드리는 자신을 그토록 도와준 착한 친구에게 고맙다는 인사도 못 한 채 돌아올 수밖에 없었다.

22

랑드리가 파데트를 만나지 못한 채 일주일이 흘렀다. 그 사실에 그는 많이 놀랐고 많이 걱정했다. '그녀는 또 나를 은혜도 모르는 사람이라고 여기겠군.' 랑드리는 생각했다. '하지만 그녀를 만나지 못했을 뿐이지, 기다리지 않은 것도 찾아보지 않은 것도 아니야. 채석장에서 억지로 입맞춤을 해서 그녀에게 고통을 준 게 틀림없어. 그렇지만 나쁜 의도에서 그런 것도 아니고, 기분을 상하게 하려던 것도 아닌데.'

그 주 내내 그는 태어나서 지금까지 했던 것보다 훨씬 더 많은 생각을 했다. 자기가 무슨 생각을 하는 건지 알 수 없었지만 생각에 잠겨 있었으며 마음에 동요가 있었다. 일할 때에는 억지로 참으며 할 수밖에 없었다. 왜냐하면 훌륭한 소들도, 반짝이는 쟁기도, 가을의 가랑비에 젖은 아름다운 붉은 토지도 더 이상 그의 시선과 마음을 사로잡지 못했기 때문이다.

목요일 밤 실비네를 만나러 가보니 실비네 역시 얼굴에 수심이 가득했다. 실비네는 랑드리와 성격은 다른데도 때로는 메아리처럼 같은 기분을 느낄 때가 있었다. 그는 어떤 일 때문에 동생이 심란하다는 것은 알아차렸지만 그게 어떤 것인지는 짐작조차 하지 못했다. 그는 랑드리에게 마들롱과 화해했는지 물었는데, 랑드리는 그렇다고 대답했다.

처음으로 랑드리는 그에게 의식적으로 거짓말을 했던 것이다. 사실 랑드리는 마들롱과 아직 한 마디도 하지 않았고, 언젠가는 말을 하려고 생각하고 있었다. 서두를 것은 없다고 생각했다.

드디어 일요일이 됐다. 랑드리는 미사 시간에 제일 먼저 도착한 무리에 속했다. 그는 미사를 알리는 종소리가 울리기도 전에 성당 안으로 들어갔다. 파데트가 언제나 그 시간에 온다는 사실을 알고 있었기 때문이다. 파데트는 일찌감치 성당에 와서 오랜 시간 기도를 했는데 사람들은 그것도 비웃었다. 랑드리는 자그마한 아가씨가 성모마리아의 제단 앞에 무릎을 꿇고 등을 돌린 채 얼굴을 양손에 묻고 열심히 기도를 올리고 있는 것을 보았다. 자세로 보아 분명히 파데트 같았지만 머리 모양이나 옷맵시가 달랐다. 그는 파데트가 현관 근처에 있나 싶어서 다시 밖으로 나가 보았다. 현관 주변은 이 동네에서 거지집합소라고 불리고 있었다. 누더기를 입은 거지들이 예배 시간 동안 그곳에 모여 있기 때문이었다.

거기에서도 파데트의 누더기만은 보이지 않았다. 미사를 알리는 종소리가 들렸는데도 그녀의 모습은 눈에 띄지 않았다. 미사가 시작되고 얼마 안 되었을 때, 제단 앞에서 매우 경건하게 기도하고 있던 그 소녀가 머리를 들자 랑드리는 그녀가 귀뚜라미라는 것을 알아보았다. 그로서는 완전 처음 보는 옷차림과 외양을 하고 있었다. 분명히 평소의 그 초라한 옷이었다. 싸구려 모직 치마, 빨간 앞치마, 레이스 없는 리넨 두건. 그러나 이것들을 지난 한 주간 다시 세탁하고, 자르고, 바느질했던 것이다. 옷은 훨씬 길어져서 양말 위까지 알맞게 내려왔고, 양말은 눈부시게 하얗고 두건 역시 그랬다. 두건은 새로운 모양을 하고 있었고, 윤기가 흐르는 검은 머리 위에 얌전하게 고정되어 있었다. 숄은 새것으로 예쁜 연노란색이어서 그녀의 구릿빛 피부를 돋보이게 했다. 상의에 천을 덧붙여서 부풀렸기 때문에 전처럼 마른 장작에 옷을 입혀 놓은 것 같지 않고 꿀벌처럼 늘씬하고 탄력 있는 몸매를 가진 것같이 보였다. 게다가 어떤 꽃과 풀을 조합해서 일주일 동안 얼굴과 손을 깨끗이 닦았는지 모르지만 창백한 얼굴과 귀여운 손은 봄의 흰 가시나무처럼 청결하고 부드러웠다.

너무나 달라진 파데트를 보고 랑드리는 기도서를 떨어뜨리고 말았다. 그 소리에 파데트는 완전히 뒤돌았고 랑드리를 보게 되었다. 동시에 랑드리도 파데트를 보게 되었다. 파데트는 얼굴을 조금 붉혔는데 수풀 속에 핀 작은 장미 같은 홍조였다. 그 홍조가 그녀를 아름답게 보이게 했다. 그러나 그녀를 정말로 아름답게 보이게 한 것은 그 누구도 흠 잡아 본 적이 없는 그녀의 눈이었다. 그녀의 검은 눈이 너무나 반짝거리고 있었기 때문에 얼굴이 빛나는 것처럼 보였다. 랑드리는 또 생각했다. '그녀는 마법사야. 그렇게 못생긴 여자였는데 예뻐지고 싶어 하니까 저렇게 기적적으로 예뻐졌잖아.' 이런 생각이 들자 두려움에 몸이 얼어붙는 것 같았다. 그러나 그녀 곁으로 다가가 말을 걸지 못할 정도는 아니었다. 미사가 끝날 때까지 참고 기다리려니 심장이 터질 것 같았다.

하지만 파데트는 더 이상 랑드리 쪽을 바라보지 않았다. 기도가 끝난 후에도 평소처럼 달려 나가거나 아이들과 장난을 치지 않고 너무나 조신하게 돌아갔기 때문에 그렇게 많이 변하고 예뻐진 파데트를 사람들은 거의 보지 못했다. 랑드리는 실비네가 자기한테 잠시도 눈을 떼지 않았기 때문에 그녀의 뒤를 따라갈 수가 없었다. 그러나 한 시간 정도 지난 뒤 겨우 빠져나오는 데 성공했다. 마음이 조급해져 이리저리 헤맨

끝에 이번에는 파데트를 찾아냈다. 그녀는 **헌병 오솔길**이라 불리는 작은 오솔길에서 얌전히 자기 집 가축들을 지키고 있었다. 옛날에 한 왕실 헌병이 불쌍한 백성들에게 이미 혹독하게 부과되고 있던 인두세와 부역을 과세 기간을 당겨 더 부과하려다가 코스 마을 사람들 손에 살해되었기 때문에 길에 그런 이름이 붙여졌다.

23

일요일이었기 때문에 파데트는 양을 지키는 일은 했지만 바느질도 실잣기도 하지 않았다. 대신 이 지역의 아이들이 때로는 매우 진지하게 하는 조용한 놀이에 몰두하고 있었다. 그녀는 네잎클로버를 찾고 있었다. 그것은 흔치 않기 때문에 그것을 찾아낸 사람에게는 행운이 찾아온다고 한다.

"팡숑, 네잎클로버 찾았어?" 랑드리가 파데트 옆으로 다가와 불쑥 물었다.

"전에도 자주 찾아냈었어." 파데트가 대답했다. "근데 행운이 찾아온다는 말은 거짓말 같아. 책 속에 세 개나 끼워 놨는데 소용이 없었어."

랑드리는 이야기를 시작하려는 것처럼 파데트 곁에 앉았다. 그런데 그때 갑자기 마들롱 곁에서는 결코 가져 본 적이 없었던 부끄러움을 느꼈다. 여러 가지 이야기를 할 생각이었지만 한 마디도 할 수가 없었다.

파데트도 부끄러워하고 있었다. 랑드리가 아무 말도 하지 않았지만 이상한 눈빛으로 자기를 바라보고 있었기 때문이다. 결국 그녀는 왜 그런 놀란 눈으로 자기를 쳐다보냐고 물었다.

"내가 머리 손질을 해서 그래?" 파데트가 말했다. "네 말대로 한 거야. 현명한 태도를 지니려면 단정한 차림부터 시작해야겠다고 생각했어. 그런데 사람들 앞에 나서지 못하겠어. 사람들이 또 뭔가 비난할까 봐, 그리고 내가 예뻐 보이고 싶어 했지만 소용없다고 말할까 봐 두려워서."

"마음대로 떠들라고 해." 랑드리가 말했다. "뭘 어떻게 했기에 이렇게 예뻐진 거야? 오늘 네가 예쁘다는 건 사실이야. 그걸 몰라보는 눈은 후벼 파는 게 나아."

"놀리지 마, 랑드리." 파데트가 말했다. "미녀는 자기 잘난 맛에 오만에 빠지기 쉽고, 추녀는 자기 못난 탓에 서러움에 빠지기 쉽다고 하잖아. 나는 지금까지 사람들에게 불쾌감을 주는 데 익숙해. 그러니까 사람들에게 기쁨을 준다고 생각할 만큼 바보가 되고 싶지 않아. 그런데 너 이런 이야기 하러 온 건 아니지? 마들롱이 용서해 줬는지 말해 봐."

"마들롱 이야기를 하려고 온 게 아니야. 용서해 주었는지 아닌지 전혀 몰라. 알아보지도 않았어. 단지 네가 이야기를 잘 해줬다는 것만은 알아. 너무 잘 말해 주어서 고맙다는 말을 해야겠어."

"내가 이야기한 걸 어떻게 알았어? 마들롱이 말한 거야? 그럼 화해했나 보구나."

"화해 같은 건 안 했어. 그녀와 나는 싸움을 할 정도로 서로 사랑하지도 않아. 네가 이야기한 걸 마들롱이 누군가에게 말했고 난 그 사람한테 전해 들었어. 그래서 알아."

파데트의 얼굴이 붉어졌다. 지금까지 그녀의 두 뺨은 이런 홍조를 띤 적이 없었기 때문에 한층 더 예뻐 보였다. 얼굴의 홍조는 마음속의 걱정과 기쁨을 정직하게 보여 주며 아주 못생긴 아가씨들도 예뻐 보이게 만든다. 파데트는 마들롱이 자신이 한 말을 옮기고 다니고, 랑드리

를 사랑한다고 밝힌 것 때문에 자신을 비웃음거리로 만든 게 아닐까 걱
정되었다.

"마들롱이 나에 대해 뭐라고 했어?" 파데트는 물었다.

"내가 너무 멍청해서 어떤 여자도 마음에 들어 하지 않을 것이고,
파데트조차 싫어할 거라고 하더라. 파데트는 나를 무시하고, 도망 다니
며, 일주일 내내 나를 만나지 않으려고 숨어 있다고. 그런데도 나는 일
주일 내내 파데트를 만나려고 사방으로 뛰어다녔다고. 그렇게 말했어.
그러니까 비웃음거리가 된 건 나야, 팡숑. 왜냐하면 난 널 사랑하는데
넌 날 조금도 사랑하지 않는다는 것을 사람들이 알고 있으니까."

"그건 너무 엄청난 말인데!" 깜짝 놀란 파데트가 말했다. 이 순간에
는 랑드리가 자신보다 고단수라는 걸 알아챌 만한 마법사는 못 되었다.
"마들롱이 그렇게 거짓말 잘하고 신의 없는 사람일 거라고는 생각 못
했어. 하지만 마들롱을 용서해 줘야 해, 랑드리. 홧김에 그렇게 말했을
거야. 화가 났다는 건 사랑한다는 증거야."

"그럴지도 모르지." 랑드리가 말했다. "그래서 너는 내게 조금도 화
를 내지 않는군, 팡숑. 너는 내가 무슨 짓을 하든 간에 모두 용서하잖아.
너는 나의 모든 것을 무시하기 때문이지."

"내가 너한테 그런 말을 들어야 할 이유는 조금도 없어, 랑드리. 정
말이야, 그게 아니라니까. 내가 그런 말을 했다는 건 거짓말이야. 내가
그렇게까지 바보는 아니잖아. 나는 마들롱에게 다르게 이야기했어. 내
가 그녀에게 한 이야기는 그녀만 들으란 거였어. 네게 해가 될 만한 말
은 하지 않았어. 반대로 내가 너를 높게 평가한다는 걸 증명할 만한 이
야기였어."

"있잖아, 팡숑, 네가 무슨 말을 했는지 하지 않았는지에 관한 논쟁

은 그만두자. 네게 묻고 싶은 게 있어. 너는 많은 것을 아니까. 지난 일요일 채석장에서 어찌 된 일인지는 모르지만 네가 너무 좋아져서 일주일 내내 제대로 먹지도 자지도 못했어. 아무것도 숨기지 않을게. 너처럼 영리한 아이한테는 숨기려 해도 쓸데없는 일일 테니까. 그러니까 고백하겠는데, 월요일 아침에는 너를 좋아하는 게 부끄러웠어. 두 번 다시 이런 어리석은 감정을 느끼지 못하도록 어디론가 멀리 떠나 버리고 싶을 정도였어. 하지만 월요일 저녁에는 다시 그 감정에 빠져 버렸지. 그래서 도깨비불을 무서워하지 않고 밤에 여울을 건넜어. 도깨비불이 또 나타나더군. 그 녀석은 내가 널 찾는 걸 방해하고 싶은 것 같았어. 기분 나쁘게 웃더군. 나도 똑같이 응수해 줬어. 월요일부터 매일 아침 나는 바보가 된 기분이었어. 모두가 내가 너를 좋아한다고 놀렸거든. 매일 밤이 되면 미칠 것만 같았어. 너를 좋아하는 마음이 부끄러움보다 더 강해지는 걸 느꼈거든. 그런데 오늘 보니 이렇게 사랑스럽고 정숙한 모습을 하고 있잖아. 누구라도 보면 놀랄 거야. 네가 이런 모습을 계속 유지한다면 보름이 지나기 전에 사람들은 내가 널 좋아해도 아무도 비웃지 않을 뿐만 아니라, 너한테 반하는 녀석까지 생길 거야. 그렇게 되면 내가 널 좋아하는 데 있어 다른 녀석보다 더 이점이 있을 것 같지도 않고, 네가 나를 더 좋아할 것 같지도 않아. 하지만 지난 일요일 성 앙도슈 축일의 일을 기억해 봐. 채석장에서 내가 너에게 입맞춤해도 되냐고 허락을 구한 일, 그리고 네가 못생기고 밉살맞은 여자라는 평판은 상관하지 않고 진심을 다해 입맞춤했던 것도 기억하겠지? 그렇다면 네가 날 좋아해 주기를 기대해도 되는 거 아니야? 우리의 입맞춤이 너한테는 별거 아니었던 거야? 내 말에 설득이 안 되고 오히려 화가 난 거야?"

파데트는 자신의 얼굴을 두 손에 파묻고 있었고, 아무런 대답도 하지 않았다. 랑드리는 파데트가 마들롱에게 이야기하는 것을 들었기 때문에, 파데트가 자신을 사랑한다고 믿었다. 그리고 그녀의 사랑이 그에게 큰 효과를 발휘해서 갑자기 그녀를 더 좋아하게 된 것도 사실이었다. 그런데 부끄러워하고 슬퍼하는 이 아가씨의 태도를 보자 그녀가 둘을 화해시키기 위해 선의로 마들롱에게 거짓말을 한 게 아닐까 두려웠다. 이것이 또 랑드리로 하여금 파데트를 더 좋아하게 만들었고, 더 좋아져서 괴로웠다. 그는 자신의 얼굴을 가리고 있던 파데트의 두 손을 떼어 냈다. 그녀의 얼굴은 죽어 가는 사람처럼 창백했다. 이렇게 미친 듯이 사랑하는데 왜 응답을 해주지 않느냐고 심하게 다그치자 파데트는 두 손을 모으고 한숨을 쉬더니 땅바닥에 쓰러졌다. 숨이 막혀 기절한 것이었다.

24

덜컥 겁이 난 랑드리는 제정신을 차리게 하려고 파데트의 두 손을 때렸다. 손은 얼음장처럼 차가웠고, 나무 막대기처럼 뻣뻣했다. 랑드리는 그녀의 손을 자기 손으로 감싸서 따뜻해지도록 오랫동안 문질렀다. 그러나 그녀는 정신을 차렸고 이렇게 말했다.

"랑드리, 날 놀리는 거지? 세상에는 결코 해서는 안 될 농담이 있어. 부탁이니까 날 좀 내버려 둬. 내게 부탁할 일이 있을 때가 아니면 말도 걸지 말고. 부탁할 일이 있을 때에는 항상 도와줄게."

"파데트! 파데트!" 랑드리가 말했다. "네가 말한 건 맞는 말이 아니야. 너야말로 날 놀리고 있잖아. 너는 나를 싫어해. 그러면서도 그렇지 않은 것처럼 믿게 만들었어."

"내가?" 그녀가 매우 괴로워하며 말했다. "내가 대체 뭘 착각하게 만들었다는 거야? 네 쌍둥이 형이 너한테 품고 있는 그런 우정을 네게 주었을 뿐이야. 어쩌면 더 나은 거지. 나는 질투심이 없기 때문에 너의 사랑을 방해하는 대신 도와주었으니까."

"그건 사실이야." 랑드리가 말했다. "너는 착한 신처럼 나한테 잘해 줬어. 너를 비난하다니 내가 잘못했어. 용서해 줘, 팡숑. 그리고 내 마음이 가는 대로 널 사랑할 수 있게 해줘. 그건 아마 쌍둥이 형이나 여동생 나네트를 사랑하는 것처럼 평온하진 않을 거야. 하지만 이건 약속할게. 네가 싫다 하면 다시는 입맞춤하려 하지 않을게."

그리고 가만히 생각해 보니, 파데트는 정말 그냥 자기하고 친해지고 싶었을 뿐이었을지도 모르겠다는 생각이 들었다. 허영심도 허세도 없는 그는 파데트가 마들롱에게 한 말을 자신의 두 귀로 똑똑히 들어 놓고도 마치 그런 적이 없는 것처럼 두려워하며 파데트 곁에 다가가지도 못하게 되었다.

매우 영리한 아이인 파데트는 랑드리가 미친 사람처럼 완전히 사랑에 빠졌다는 사실을 마침내 알아차렸다. 그 사실이 너무나도 기뻤기 때문에 잠시 정신까지 잃었던 것이다. 하지만 이렇게 빨리 얻은 행복이 너무 빨리 사라질까 두려웠다. 이런 두려움 때문에 랑드리가 더 격렬하게 자기의 사랑을 원하도록 시간을 끌고 싶었다.

랑드리는 밤까지 파데트 곁에 있었다. 더 이상 그녀 마음에 드는 말을 할 용기는 나지 않았지만, 완전히 마음을 빼앗겨 버려서 그녀를 보거나 그녀가 말하는 것을 듣는 것이 너무나 즐거웠다. 그래서 한순간도 곁을 떠나고 싶지 않았다. 누나 곁을 결코 떠나지 않는 메뚜기가 금방 두 사람을 찾아내 다가오자 랑드리는 함께 놀아 주었다. 그는 메뚜기에게도 잘해 주었다. 그리고 모든 사람에게 구박받던 이 가엾은 아이가 자신에게 잘 대해 주는 사람에게는 바보스럽지도 심술부리지도 않는다는 걸 곧 알게 되었다. 한 시간 정도 지나자, 랑드리와 친해진 메뚜기는 고마워하며 그의 손에 입을 맞추고, 자기 누나를 '우리 팡숑 누나'라고 부르는 것처럼 '우리 랑드리 형'이라고 불렀다. 랑드리는 메뚜기를 동정하고 측은하게 여기게 되었고, 과거에 자신을 포함하여 모든 사람들이 파데 할머니의 이 두 불쌍한 아이들에 대해서 죄를 지었다는 생각이 들었다. 다른 아이들과 마찬가지로 조금 더 사랑을 받는다면 이 둘은 누구보다 더 훌륭해질 수 있을 거라고 생각했다.

다음 날도 그다음 날도 랑드리는 파데트를 만날 수 있었다. 저녁때 만나면 잠깐 이야기를 나눌 수 있었다. 낮에는 들판을 오갈 때 잠깐 볼 수 있었다. 파데트는 자기 일을 소홀히 하고 싶지도, 할 수도 없었기 때문에 오래 멈춰 서서 이야기할 수 없었다. 랑드리는 온 힘을 다해 몇 마디 말을 하고 그녀를 실컷 바라보는 것만으로도 만족했다. 그리고 파데트는 말투, 옷차림, 모든 사람을 대하는 태도에 있어서 계속 조신하게 행동했다. 사람들도 이런 변화에 주목하게 되었고, 금방 그녀를 대하는 말투나 태도가 바뀌었다. 그녀가 적절하지 않은 일은 이제 전혀 하지 않았기 때문에, 사람들은 더 이상 그녀를 욕하지 않았다. 욕을 먹지 않게 되자 파데트도 남들을 욕하거나 괴롭힐 마음이 사라졌다.

그러나 사람들의 의견은 우리들의 결심만큼 그렇게 빨리 변하는 게 아니어서 파데트에 대한 경멸이 경의로, 혐오가 선의로 변하는 데에는 시간이 더 흘러야 했다. 그것이 어떻게 변했는지는 나중에 이야기하겠다. 짐작하셨겠지만 지금으로서는 파데트의 품행에 사람들이 그다지 큰 관심을 두지 않았다. 어떤 동네에는 모든 사람에게 아버지 어머니와 같은 존재인 사람, 좋은 할아버지 할머니 네댓 명이 있다. 그들 중에는 젊은이들이 성장해 가는 것을 인자하게 바라보는 사람들이 있다. 이들은 때때로 코스 마을 호두나무 아래에 앉아 그들 주위에 모여 노는 어린아이나 젊은이들을 바라보며 담소를 나눴다. 어떤 애들은 공굴리기 놀이를 하고, 어떤 애들은 춤을 추며 놀았다. 노인들은 이런 말들을 하곤 했다.

"저 아이는 이대로 잘 커준다면 훌륭한 군인이 되겠어. 체격이 너무 좋아 징병 면제받을 일은 없겠어. 저 아이는 제 아비처럼 빈틈없고 영리한 사내가 될 거야. 저 아이는 어미를 닮아서 얌전하고 차분한 아가씨가 될 거야. 저기 있는 어린 뤼세트는 농가의 좋은 일꾼이 될 게 확실하지. 저 뚱뚱한 루이즈는 여러 녀석의 마음에 든 모양이야. 저 꼬마 마리옹은 말이지, 내버려 두면 커서 남들처럼 철이 들 거야."

드디어 파데트가 평가받을 차례가 왔다. 누군가가 이렇게 말했다.

"아주 빠른 걸음으로 가버리는 저 애 좀 봐. 노래도 안 부르고 춤도 안 추고 가네. 성 앙도슈 축일 이후로는 볼 수가 없던데. 춤출 때 이곳 아이들이 두건을 벗긴 것에 큰 충격을 받은 게 틀림없어. 그래서 두건 모양도 바꿨더군. 이제 보니 다른 여자애들보다 못생기지도 않았네."

쿠튀리에 할머니가 한번은 이런 말을 했다.

"얼마 전부터 저 아이의 피부가 하얗게 되었다는 거 알고 있어? 전에는 주근깨가 많아서 얼굴이 메추리알 같았잖아. 얼마 전에 가까이에서 보았는데 얼굴이 너무 희어서 깜짝 놀랐다니까. 너무 창백해서 몸에 열난 거 아니냐고 물어봤을 정도라니까. 이대로 가다가는 못 알아보게 변할 수도 있겠어. 누가 알겠어? 못생긴 아가씨도 열일곱, 열여덟 살이 되면서 예뻐지는 경우도 있으니까."

"그리고 판단력도 생기지."라고 노뱅 할아버지가 말했다. "자기가 아가씨임을 깨닫게 되면 자기를 멋있게 가꿀 줄도, 상냥하게 행동하는 법도 알게 되지. 귀뚜라미도 자신이 사내아이가 아니라는 것을 깨달을 때가 됐어. 정말 다행이야. 저 아이 행실이 나빠져서 마을의 수치가 되지 않을까 생각한 적도 있었는데. 남들처럼 견실해질 거고 행실도 좋아질 거야. 자기가 몹쓸 엄마를 가졌다는 사실을 만회해야 한다는 것을 잘 알 거야. 아무도 자기 엄마에 대해 비난하지 못하게 만들 테니 두고 봐."

"그렇게 되었으면 좋겠네."라고 쿠르티에 할머니가 말했다. "계집애가 고삐 풀린 말처럼 날뛰는 건 꼴사나운 일이지. 그런데 나도 파데트에게는 기대를 하고 있어. 엊그제 길에서 우연히 마주쳤는데 전처럼 뒤따라오며 절름발이 흉내를 내지 않고 '안녕하세요'라고 인사하고 예의 바르게 안부까지 묻더군."

"댁들이 말하는 그 아이는 심술궂은 게 아니라 엉뚱한 거야." 하고 앙리 할아버지가 말했다. "심성은 조금도 나쁘지 않아. 내가 보장해. 그 증거로 들판에서 자주 우리 손자들을 돌봐 줬거든. 딸아이의 몸이 좋지 않았을 때 순전히 호의로. 어찌나 잘 돌봐 주었는지 그 녀석들이 안 떨어지려 하더라고."

"내가 어디서 들은 이야기인데 사실일까? 지난 성 앙도슈 축일에 바르보 씨네 쌍둥이 중 하나가 파데트한테 반했다던데." 쿠튀리에 할머니가 말했다.

"설마!" 노뱅 할아버지가 대답했다. "그런 말을 진심으로 들었단 말이야? 그런 건 애들 장난이야. 바르보 씨 가족은 바보가 아니라고. 그 집 아이들도 자기 아버지, 어머니만큼 영리하다고. 알겠어?"

이런 식으로 사람들이 파데트에 대해서 이야기했다. 하지만 보통은 파데트에 대해 조금도 생각하지 않았다. 파데트가 거의 모습을 드러내지 않았기 때문이다.

25

하지만 파데트를 자주 만나고 큰 관심을 기울이는 사람이 있었는데, 바로 랑드리 바르보였다. 파데트와 마음 편히 이야기를 나눌 수 없을 때면 미친 사람처럼 되었고, 그러나 잠시라도 그녀와 있게 되면 바로 마음이 진정되며 행복해졌다. 파데트가 도리를 가르쳐 주고 여러 가지 위로를 해주었기 때문이다. 어쩌면 파데트는 랑드리의 마음을 끌기 위해 약간의 재주를 부리는 것일지도 모른다. 적어도 랑드리는 가끔 그런 생각을 했다. 하지만 파데트가 그런 행동을 한 것은 그를 속이려는 것이 아니고, 랑드리가 머릿속에서 충분히 생각해 본 뒤가 아니면 그의 사랑을 받아 줄 수 없다는 것이었기 때문에 그로서는 화를 낼 수가 없었다. 파데트도 랑드리의 격정적인 사랑이 그녀를 속이기 위한 것이라고는 생각하지 않았다. 랑드리의 사랑은 도회 사람보다 사랑에 있어 참을성이 많은 시골 사람에게선 좀처럼 볼 수 없는 종류였다. 그리고 마침 랑드리는 다른 사람들보다 더 인내심이 강한 성격이었다. 이렇게 불타오르는 사랑을 하리라고는 그 누구도 예측하지 못했다. 만일 이런 랑드리의 마음을 눈치챈 사람이 있었다면 (랑드리는 그것을 잘 숨기고 있었다) 틀림없이 깜짝 놀랐을 것이다. 하지만 파데트는 랑드리가 그처럼 전적으로, 그리고 그처럼 급작스럽게 자신에게 헌신하는 것을 보면서도 그것이 지푸라기에 붙은 불이 아닐까, 그리고 자신이 그 불을 잘못 다룬다면 아직 결혼할 나이가 되지 않은 젊은이들에게 정식으로 허용되지 않은 데까지 둘 사이가 발전하는 건 아닐까 걱정했다. 적어도 부모들이나 신중한 사람들은 그렇게 말했다. 사랑이라는 것은 기다리지 못하기 때문에 일단 그것이 두 젊은 남녀의 뜨거운 핏속으로 들어가면 주위의 승인을 받을 때까지 기다린다는 것은 기적과 같은 일이기 때문이다.

그러나 파데트는 겉모습은 다른 아가씨들보다 훨씬 더 오랫동안 어린아이 같았지만, 내면에는 나이 이상의 현명함과 의지력을 갖고 있었다. 둘이 이성적으로 행동한 것은 파데트가 강한 자존심의 소유자여서 가능했다. 파데트의 마음도 랑드리와 마찬가지로, 어쩌면 랑드리의 마음과 피보다도 더 불타오르고 있었다. 그녀는 랑드리를 미칠 듯이 사랑하고 있었으면서도 신중하게 처신했다. 낮이고 밤이고 언제나 랑드리를 생각했고, 그를 빨리 보고 싶고, 애무하고 싶은 욕구로 애를 태웠지만, 랑드리의 얼굴을 보면 바로 침착한 태도를 보이며 이성적으로 말하고, 사랑의 불꽃 따위 전혀 모르는 척했다. 서로 손은 잡아도 손목 위로는 건드리지도 못하게 했다.

그러나 둘은 사람들의 눈에 띄지 않는 곳에서 자주 만났다. 완전히 밤이 깊어질 때면 랑드리는 더 이상 파데트가 하는 말을 따르지 않을 정도로 자제심을 잃을 뻔했다. 그만큼 마음을 빼앗기고 있었던 것이다. 하지만 파데트의 마음을 상하게 할까 봐 매우 두려워했으며, 파데트가 자기와 같은 마음으로 자기를 사랑하고 있다는 확신을 가지지 못했기 때문에 그녀와 순수한 관계를 유지했다. 마치 파데트는 누나, 자신은 메뚜기인 동생 자네가 된 것 같았다.

랑드리의 머릿속에 가득 차 있는 생각을 자극하고 싶지 않았기 때문에 파데트는 그의 마음을 다른 곳으로 돌리게 하려고 자신이 잘 알고 있는 것들을 그에게 가르쳐 주었다. 워낙 영리하고 타고난 재능이 있어서 할머니에게 배운 것 이상으로 아는 게 많았다. 랑드리에게는 그 무엇도 비밀로 하고 싶지 않았다. 랑드리가 여전히 마법을 쓰는 것에 대해 약간 두려워하고 있었기 때문에 파데트는 자기 지식의 비밀은 악마와 전혀 관계가 없다는 사실을 이해시키려고 모든 주의를 기울였다.

어느 날 파데트가 말했다.

"랑드리, 악한 정령의 힘을 빌리는 건 있을 수 없는 일이야. 정령은 하나밖에 없고, 그건 선한 정령이야. 신의 정령이니까. 지옥의 왕 루시퍼는 사제님이 지어낸 거고, 외눈박이 도깨비 조르지옹은 시골 아낙네들이 만들어 낸 거야. 나도 아주 어렸을 때에는 그것들이 있다고 믿었지. 할머니의 주문을 무서워했어. 하지만 그건 나를 놀리려고 그랬던 거야. 사람들 말이 맞아. 모든 걸 의심하는 사람이야말로 다른 사람들에게 모든 걸 믿게 하려는 하는 사람이고, 온갖 일에 악마를 불러내는 척하는 마법사들은 누구보다도 악마의 존재를 믿지 않지. 마법사들은 자신들이 악마를 본 적이 전혀 없고, 단 한 번도 악마의 도움을 받은 적이 없다는 것을 잘 알고 있어. 악마가 있다고 믿고, 악마를 불러내려 했던 단순한 사람들도 있었지만, 한 번도 악마를 불러내지 못했어. '개 길목'의 방앗간 주인이 그 좋은 증거지. 할머니가 해준 이야기인데, 그 아저씨가 악마를 불러내서 흠씬 패주겠다며 커다란 몽둥이를 들고 이리저리 다녔대. 그리고 밤에 그가 이렇게 소리치는 걸 사람들이 들었대. '외눈박이 조르지옹, 무슨 모습으로 나타날래? 늑대? 아니면 미친개?' 외눈박이 도깨비는 한 번도 모습을 드러낸 적이 없대. 그 후로 방앗간 주인은 바보처럼 자랑하고 다녔대. 악마가 자기를 무서워한다고."

"하지만 말이지."라고 랑드리가 말했다. "팡숑, 네가 생각하고 있는 건 말이야, 그러니까 악마는 존재하지 않는다고 생각하는 건, 기독교인답지 않은 게 아닐까?"

"그것에 대해서는 논쟁할 수 없어." 파데트가 대답했다. "하지만 만일 악마가 있다 하더라도 이 세상에 나와서 우리를 속이거나 우리의 영혼을 신의 손에서 빼낼 힘은 없을 거라고 확신해. 악마라도 그렇게 무례하진 못할걸. 세상은 신의 것이니까. 이 세상에 존재하는 만물과 사람을 다스릴 수 있는 분은 신밖에 없어."

랑드리는 터무니없는 두려움에서 벗어나자, 파데트가 생각에 있어서나 기도에 있어서나 진정한 기독교인이라는 사실에 감탄하지 않을 수 없었다. 특히 파데트는 다른 사람들보다 경건한 신앙심을 갖고 있었고 신을 열렬한 마음으로 사랑하고 있었다. 그것은 무엇에 대해서나 명민한 두뇌와 다정한 마음을 갖고 있기 때문에 가능한 일이었다. 신에 대한 사랑에 관해 파데트가 말했을 때 랑드리는 자신이 지금껏 기도하는 법이나 교리를 실천하는 법을 배우기는 했지만 그것을 이해하려고 한 적은 결코 없었으며, 자기 스스로 경건하게 지냈던 것도 단지 의무감 때문이었다는 사실을 깨닫고 놀라지 않을 수 없었다. 랑드리는 파데트처럼 창조주에 대한 사랑으로 마음이 불타오른 적이 없었던 것이다.

26

파데트와 함께 이야기를 나누며 돌아다니는 동안, 랑드리는 약초의 특성과 사람이나 동물의 치료법을 전부 배웠다. 얼마 후 카이요 씨네 암소가 풀을 너무 많이 먹어 배가 부어오르자, 이 치료법의 효력을 시험해 보았다. 그때는 수의사가 그 암소가 한 시간도 버티지 못할 것이라며 포기한 상태였다. 랑드리는 파데트에게 배운 대로 물약을 제조해서 아무한테도 말하지 않고 암소에게 먹였다. 아침이 되어 일꾼들이 좋은 암소를 잃게 되었다며 안타까워하며 죽은 소를 구덩이에 묻으러 왔는데, 암소는 자리에서 일어나 여물을 찾고 있었다. 눈에도 생기가 돌고 부기도 거의 다 빠져 있었다. 또 한 번은 망아지가 독사에게 물렸는데, 역시 파데트가 가르쳐 준 방법으로 재빨리 구해 냈다. 그리고 프리슈 마을에서 광견병에 걸린 개를 치료해 주었더니 병이 나아서 아무도 물지 않게 되었다. 랑드리는 파데트와 사귄다는 사실을 최선을 다해 숨기고 있었고, 치료법에 대한 자신의 지식을 자랑하지도 않았기 때문에 가축들이 나은 것은 그가 아주 잘 돌봐 주었기 때문이라고 사람들은 생각했다. 하지만 카이요 씨는 모든 훌륭한 농장주나 소작인이 으레 그렇듯이 가축에 대해 잘 알고 있었기 때문에 그 말을 듣고는 내심 놀라서 이렇게 말했다.

"바르보 씨는 가축 키우는 재능도 없고 운도 좋지 않아. 작년에는 많은 가축을 잃었지. 그것도 처음 있는 일이 아니었지. 하지만 랑드리에게는 상당한 재주가 있어. 그건 타고나는 거지. 재주가 있거나 없거나, 둘 중 하나지. 수의사들처럼 학교에 배우러 간다 해도 타고난 재주가 없으면 아무 소용이 없어. 그런데 랑드리에게는 확실히 재주가 있어. 어떻게 하면 좋을지 머리에 저절로 떠오르는 거야. 그는 신이 주신 선물을 받은 거야. 농장을 잘 경영하기 위해서는 이것이 그에게 자본금보다 더 가치가 있을 거야."

카이요 씨의 말은 무엇이든 쉽게 믿는 순진한 사람이 아무 이유 없이 한 말이 아니었다. 단지 랑드리에게 천부적인 재능이 있다고 한 것은 맞는 말이 아니었다. 랑드리에게는 배운 치료법을 정성스럽고 능숙하게 적용하는 재능이 있었을 뿐이었다. 그러나 천부적인 재능이라는 게 터무니없는 이야기는 아니었다. 파데트가 그 재능을 갖고 있었기 때문이다. 할머니에게 배운 것은 얼마 되지 않았지만 어떤 풀을 어떻게 사용하면 신께서 부여한 효능이 있을지 마치 자신이 만들어 낸 것처럼 발견해 내고 알아냈던 것이다. 파데트가 결코 마법을 써서 이것을 알아낸 것은 아니었다. 자기가 마법사가 아니라고 스스로 변호할 만했다. 그녀는 사물을 유심히 관찰하고 비교하며 알아차리고 시험해 보려는 마음을 갖고 있었다. 이것이야말로 신이 내린 재능이며, 이는 누구도 부정할 수 없는 사실이다. 카이요 씨는 이런 견해를 좀 더 밀고 나갔다. 그는 어떤 목동이나 어떤 일꾼이 솜씨가 좋은지 바로 판단했고, 그런 사람이 외양간에 있는 것만으로도 소들이 좋아지거나 나빠지는 것이라고 믿었다. 그렇지만 잘못된 신념 속에도 항상 어느 정도의 진실은 있다. 세심하게 보살피고, 청결함을 유지하며, 그리고 성의껏 작업하면 돌보기를 게을리하거나 어리석은 실수를 저질러서 상태가 나빠진 소들도 좋게 만들 수도 있다는 사실만은 인정해야만 할 것이다.

랑드리는 항상 머리를 써서 소를 돌보았고 그렇게 하는 걸 좋아했다. 그렇기 때문에 파데트가 여러 가지를 가르쳐 줘서 감사한 마음도 있고, 그녀가 가진 재능에 대한 존경심도 있어서 그녀를 향한 애정은 점점 깊어졌다. 그래서 그녀가 산책을 하거나 대화를 하면서 불타오르는 마음을 다른 쪽으로 돌리게 한 것에 커다란 고마움을 느끼게 되었다. 그리고 무엇보다 끊임없이 달콤한 말을 주고받으며 사랑을 속삭이는 기쁨을 갖고 싶어 했던 랑드리와 달리 파데트는 그보다 사랑하는 사람에게 이득이 되고 유용한 일에 관심을 두고 있었다는 것도 알게 되었다.

얼마 안 있어 랑드리는 파데트에게 너무 빠져들어서, 못생기고 심술궂고 버릇없이 자랐다는 평을 받는 아가씨를 사랑하고 있다는 사실을 사람들이 알아도 창피해하지 않게 되었다. 만일 그가 소문이 날까 조심한다면 그건 쌍둥이 형 실비네 때문이었다. 랑드리는 형의 질투심을 잘 알고 있었다. 마들롱을 잠시 좋아했을 때도 실비네는 원망하는 마음 없이 그 사실을 받아들이는 데 엄청 애를 썼던 것이다. 지금 팡숑 파데에게 느끼는 사랑에 비하면 아주 작고 평온한 것이었는데도 말이다.

랑드리는 사랑에 너무 마음을 뺏겨 신중함을 잃었지만, 반면에 파데트는 비밀을 좋아하는 기질을 갖고 있었고, 게다가 랑드리를 세상 사람들의 비웃음거리로 만들고 싶지 않았다. 무엇보다도 랑드리를 진정으로 사랑하는 파데트는 그가 자기 집안에 고통을 안겨주지 않도록 그 일을 비밀로 해줄 것을 요구했다. 그래서 둘의 교제가 알려지는 데에는 거의 일 년이라는 시간이 걸렸다. 랑드리는 실비네가 자신이 어디를 가는지, 무엇을 하는지에 너무 신경을 쓰지 못하게 했다. 그리고 이 지역은 주민이 적고 계곡으로 둘러싸이고 숲으로 덮여 있기 때문에 비밀스러운 사랑을 나누기에는 아주 좋은 곳이었다.

실비네는 랑드리가 더 이상 마들롱에게 관심을 보이지 않아 기뻐했다. 전에는 마들롱과 둘이서 랑드리의 애정을 나눠 갖는 것을 필요악이라고 생각하고 참고 있었던 것이다. 랑드리는 수줍어했고 그녀는 신중했기 때문에 어느 정도 안심이 되기도 했다. 랑드리의 마음이 급하게 자신에게서 멀어져 여자에게로 향한 게 아니라고 생각하자 너무 기뻤다. 그러자 질투심이 사라져 축제일이나 휴일에 랑드리가 무엇을 하든 어디를 가든 자유롭게 내버려 두었다. 랑드리에게 어딜 가고 오는데 붙일 구실은 얼마든지 있었다. 특히 일요일 밤에는 쌍둥이네를 일찌감치 나서서 프리슈 마을에 자정이 되어서야 돌아갔다. 헛간에 작은 침대 하나를 놓아 달라고 부탁한 이후로는 이렇게 돌아다니는 것이 정말 편리해졌다. (여기서 '헛간'이라는 단어를 쓰면 여러분에게 꾸지람을 들을 수도 있겠네요. 왜냐하면 학교 선생님들은 이 말을 사용하면 화내면서 **창고**라고 고쳐 주니까요. 하지만 선생님은 창고를 실제로 본 적이 없기 때문에 내가 선생님께 가르쳐 드렸죠. 창고는 외양간 옆에 붙어 있는 헛간의 한 부분으로 멍에나 쇠사슬, 가축들에게 쓰이는 모든 종류의 철 기구, 밭일에 필요한 도구들을 쌓아 두는 곳이라고요.) 이 헛간의 침대 덕에 랑드리는 누구도 깨우지 않고 원하는 시간에 돌아올 수 있었다. 그리고 언제나 일요일에서 월요일 아침까지는 자유 시간이었다. 카이요 씨와 그의 장남은 매우 현명한 사람들이어서 술집도 절대 가지 않고, 휴일이라고 해서 먹고 마시며 흥청대지 않고, 그런 날에는 농장을 돌보고 감독하는 것을 습관으로 삼았다. 두 사람의 말에 의하면, 주중에 자신들보다 훨씬 더 많이 일하는 자기 집 젊은이들이 신의 말씀대로 일요일에는 자유롭게 놀고 기분 전환해야'한다는 것이다.

　겨울 동안에는 밤이 너무 추워서 들판에서 사랑을 속삭이기 어렵지만, 랑드리와 파데트에게는 '자코의 탑' 안에 훌륭한 은신처가 있었다. 이곳은 소작인에게 빌려주기 위한 낡은 비둘기집이었는데 지금은 주변 농지와 함께 카이요 씨 소유가 되었다. 벌써 수년 전부터 비둘기는 없었고 지붕과 문은 여전히 튼튼해서 카이요 씨는 그곳을 여분의 곡식을 저장하는 데 사용했다. 그곳의 열쇠는 랑드리가 갖고 있었으며 그 위치가 프리슈 마을 경계 지역에 있어서 조약돌 여울목에서 멀지 않았고, 울타리가 쳐진 밭 한가운데 있었기 때문에 아무리 약삭빠른 악마라도 이곳까지 두 사람이 나누는 사랑의 대화를 방해하러 오지는 못할 것이다. 날씨가 따뜻한 날에는 둘은 그루터기 숲을 거닐었다. 그것은 그루터기에서 자란 어린나무들이 숲을 이루고 있는 곳으로 이 지방에는 그런 곳이 여기저기 있었다. 그곳은 지금도 도둑이나 연인들이 숨기에 아주 좋은 곳이지만, 우리 고장에는 도둑이 하나도 없기 때문에 연인들이 아무 걱정 없이 애용했다. 그곳에서는 지루할 일도 없을 뿐만 아니라 무서울 일도 없었던 것이다.

27

하지만 언제까지나 지속되는 비밀은 없다. 어느 화창한 일요일 실비네는 묘지의 담장을 따라 걷고 있었는데, 두 발짝도 떨어지지 않은 곳에서 랑드리의 목소리가 들려왔다. 담장이 꺾이는 지점 너머에서 들려오는 것이었다. 랑드리는 조용히 이야기하고 있었다. 하지만 실비네는 그의 말투를 잘 알다 보니 잘 들리지 않을 때에도 무슨 말을 하는지 짐작할 수 있었다.

"어째서 춤추러 오지 않는 거지?"라고 랑드리가 말했는데, 상대의 모습은 실비네에게 보이지 않았다. "미사 끝나고 네가 남아 있는 모습을 본 지 꽤 오래됐어. 미사 끝나고 바로 가버리잖아. 이제 너랑 춤춰도 아무도 뭐라 안 해. 내가 너에게 관심이 거의 없다고 생각하거든. 내가 널 좋아해서가 아니라 예의상 춤을 춘 거라 생각할 거야. 네가 오랫동안 춤을 추지 않기 때문에 여전히 춤을 잘 출 수 있는지 궁금해서라고 생각할 수도 있고."

"안 돼, 랑드리. 그건 안 돼."라고 어떤 목소리가 대답했다. 실비네로서는 누군지 알 수 없었다. 오랫동안 그 목소리를 듣지 못했던 것이다. 파데트가 모두를 멀리했으며 실비네는 특히 멀리했기 때문이다. "안 돼. 내가 주목받으면 안 돼. 그렇게 하는 게 좋아. 게다가 너랑 한번 춤을 추면 일요일마다 추자고 할 거야. 그렇게 되면 순식간에 소문이 퍼질 거야. 랑드리, 내가 늘 하는 말 새겨들어. 네가 날 좋아한다는 사실이 밝혀지면 그날부터 우리는 힘들어질 거야. 이제 돌아가게 해줘. 그리고 하루의 반은 가족과 쌍둥이 형하고 지낸 다음 나중에 약속한 장소에 날 만나러 와."

"하지만 춤을 전혀 추지 않는다는 건 슬픈 일이네." 랑드리가 말했다. "넌 춤추는 거 그렇게 좋아했잖아. 그리고 엄청 잘 추잖아. 네 손을 잡고 내 품에 안고 돌면, 그리고 그렇게 경쾌하고 사랑스러운 네가 나하고만 춤을 추는 것을 보는 것이 얼마나 즐거울까!"

"절대로 해서는 안 되는 게 바로 그런 거야." 파데트가 말했다. "춤을 추지 못해 아쉬워하는 건 잘 알겠어, 사랑스러운 나의 랑드리. 어째서 네가 춤추러 가지 않는 건지 난 모르겠어. 춤추고 와. 네가 즐거워한다고 생각하면 나도 기뻐. 난 더 참을성 있게 기다릴 수 있어."

"너는 참을성이 너무 많아!" 랑드리기 힘없는 목소리로 말했다. "난 말이지, 내가 좋아하지도 않는 여자랑 춤을 추느니 두 다리를 잘라 버리는 게 낫다고 생각해. 그리고 100프랑을 준다고 해도 입맞춤은 하지 않을 거야."

"만일 내가 춤을 추게 되면 너하고만 출 수 없잖아. 다른 사람하고도 춰야 하고, 입맞춤도 하게 해야 하고."

"가, 빨리 집에 가!" 랑드리가 말했다. "다른 녀석이 너에게 입맞춤하는 건 안 돼."

실비네는 멀어져 가는 발걸음 소리 외엔 아무 소리도 듣지 못했다. 랑드리가 자기 쪽으로 오고 있었다. 엿들은 걸 동생한테 들키면 곤란하다는 생각에 묘지 안으로 급히 들어가서 랑드리가 지나가는 동안 몸을 숨겼다.

처음으로 이 사실을 알게 된 실비네는 가슴에 비수가 꽂히는 것 같았다. 랑드리가 그처럼 정열적으로 사랑하는 여자가 누구인지 알려고도 하지 않았다. 랑드리가 자신을 버리고 그 여자에게 완전히 빠졌다는 것, 온통 그녀 생각뿐이라는 것, 그 사실을 쌍둥이 형에게 숨길 정도라는 것, 그리고 자기가 전혀 속내 이야기를 듣지 못했다는 사실을 안 것만으로도 충분했다. '틀림없이 나를 믿지 못하는 거야.'라고 실비네는 생각했다. '랑드리가 그토록 사랑하고 있는 아가씨는 나를 두려워하고 미워하는 게 분명해. 그 녀석이 집에 있을 때 늘 따분해하고 내가 함께 산책 나가자고 하면 안절부절못했던 것도 그리 놀랄 일이 아니군. 혼자 있는 게 좋아서 그러는 줄 알고 산책도 포기했었는데. 이제 랑드리에게 방해가 되지 않도록 조심해야지. 아무 말도 하지 말아야지. 나에게 털어놓고 싶지 않은 것을 내가 알아내면 원망할 거야. 나 혼자 참으면 돼. 랑드리는 나를 떼어 버렸다고 좋아할 거야.'

실비네는 결심한 대로 행동했다. 필요 이상으로 극단적이기까지 했다. 랑드리를 자기 곁에 붙잡아 놓으려 하지 않았을 뿐만 아니라 조금도 방해하지 않으려고 먼저 집을 나와 혼자 과일밭으로 가서 몽상에 잠긴 채 들 쪽으로는 가려고도 하지 않았다. '혹시 거기 갔다가 랑드리와 마주치게 되면 자기를 염탐하러 왔다고 오해해서 방해꾼 취급을 받게 될지도 모르지.'라고 실비네는 생각했다.

이렇게 해서 거의 다 나은 줄 알았던 예전의 고통이 다시 찾아왔고 점점 심해지고 집요해져서 그 괴로움이 얼굴에도 나타나게 되었다. 어머니는 그 이유를 조심스럽게 물어보셨다. 하지만 열여덟 살이나 되어서 열다섯 살 때 가졌던 마음의 나약함을 그대로 가지고 있다는 사실이 부끄러웠기 때문에 무엇 때문에 괴로워하는지 결코 밝힐 수 없었다.

실비네를 병으로부터 구해 낸 것은 바로 이 용기였다. 신께서는 스스로 포기하는 자만을 포기하시므로, 자기 고통을 드러내지 않을 용기가 있는 사람은 그것을 불평하는 사람들보다 고통에 강하기 때문이다. 이 가엾은 쌍둥이는 늘 슬퍼 보였고 얼굴이 창백했다. 가끔 열이 나기도 했다. 키는 항상 조금씩 자랐고, 몸은 꽤 허약했고, 체격은 호리호리했다. 그는 일에 잘 견디지 못했다. 하지만 그건 실비네 탓은 전혀 아니었다. 일이 자신에게 유익하다는 것은 알고 있었다. 자신이 괴로워하는 모습에 아버지가 많이 난처해하시기 때문에 일을 게을리해서 아버지를 화나게 만들고 손해를 끼치고 싶지 않았다. 따라서 일을 하러 나갔으며, 자기 자신에 대한 분노를 쏟아 내며 일했다. 그러다 보니 자주 자신이 감당할 수 없을 정도의 일을 맡기도 했다. 그다음 날에는 너무 지쳐서 아무 일도 할 수가 없었다.

"저 녀석은 훌륭한 일꾼은 결코 못 될 거야."라고 바르보 씨가 말했다. "하지만 자신이 할 수 있는 일은 하고 있어. 할 수 있는 일은 다 하고, 오히려 제 몸을 너무 아끼지 않지. 그래서 저 아이를 남의 집에 고용살이는 못 보내겠어. 야단맞는 걸 두려워하는 데다가, 신께 받은 힘이 약하기 때문에 금방 건강을 해치게 될 거야. 그렇게 되면 나는 평생 자책하겠지."

바르보 부인도 남편의 생각이 마음에 들었으며, 실비네의 기운을 북돋아 주려고 최선을 다했다. 몇몇 의사들에게 실비네의 건강에 대해 의논했는데 어떤 의사는 아주 잘 보살펴 주어야 한다, 지금부터는 우유만 먹이도록 해라, 이 아이는 워낙 약하기 때문이라고 했고 또 어떤 의사는 얼마든지 일을 시켜도 좋다, 포도주를 마시게 해라, 이 아이는 워낙 약하기 때문에 강하게 키우지 않으면 안 된다고 말했다. 바르보 부인은 누구 말을 들어야 좋을지 몰랐다. 여러 사람의 의견을 들으면 흔히 이런 일이 벌어지고 마는 법이다.

다행히 바르보 부인이 어떻게 해야 할지 주저하면서 어떤 의견도 따르지 않았기 때문에 실비네는 신께서 그에게 열어 주신 길을 걸어가면서 오른쪽으로도 왼쪽으로도 치우치지 않을 수 있었다. 그는 그렇게 많이 상처받지 않고 자신의 작은 괴로움을 끌어안고 있었다. 그러나 얼마 후 랑드리의 사랑이 큰 화제가 되어 랑드리가 고통받게 되자 그 때문에 실비네의 괴로움도 커지게 되었다.

28

비밀을 알아낸 사람은 마들롱이었다. 의도를 가지고 비밀을 알아낸 건 아니고 우연히 알게 되었지만 그 비밀을 나쁜 용도로 활용했다. 랑드리에 대한 마음은 정리된 상태였다. 그를 좋아했던 시간이 그리 길지 않았으므로 잊는 데도 많은 시간이 필요하지 않았다. 그렇지만 그녀의 마음속에는 작은 앙심이 남아 있어서 복수할 기회만을 기다리고 있었다. 그만큼 여자의 마음에는 미련보다는 원한이 더 오래 남는다.

일은 이렇게 시작되었다. 예쁜 마들롱은 정숙한 모습과 남자들에게 도도한 태도로 유명했는데, 사실 뒤로는 바람기 많은 아가씨였다. 사람들은 귀뚜라미에 대해 늘 나쁘게 이야기하고, 앞날은 더 좋지 않을 거라고 예측했는데, 마들롱은 애정 문제에 있어서 귀뚜라미의 반만큼도 사려 깊지도, 충실하지도 않았다. 마들롱은 랑드리 말고도 애인이 이미 두 명이나 있었으며 지금은 세 번째 애인이 생겼다고 말하고 다녔다. 그 사람은 그녀의 사촌이었고, 프리슈 마을 카이오 씨의 둘째 아들이었다. 마들롱이 마음을 줄 것처럼 기대하게 만든 옛 애인이 있었는데, 그 사람은 그녀를 계속해서 감시하고 있었다. 그 사람이 소동이라도 일으킬까 봐 걱정이 된 마들롱은 새 애인과 여유 있게 이야기를 나눌 은밀한 장소를 찾아다녔다. 자기가 구하지 못하자 새 애인이 이끄는 대로 비둘기집으로 가게 되었다. 마침 랑드리는 그곳에서 파데트와 순수하고도 순결한 만남을 이어가고 있었다.

카이요 씨 아들은 그 비둘기집의 열쇠를 찾아 보았지만 열쇠는 계속 랑드리의 주머니 속에 있었으니 찾아낼 수가 없었다. 열쇠가 필요한 그럴듯한 이유를 생각해 내지 못했기 때문에 누구에게도 물어볼 수 없었다. 열쇠가 어디 있는지는 랑드리를 제외하고는 아무도 신경 쓰지 않았다. 카이요 씨 아들은 열쇠가 없어졌거나 아버지의 열쇠 꾸러미 안에 있을 거라고 생각하고 멋대로 문을 부수었다. 그런데 바로 그날 랑드리와 파데트가 거기에 있었기 때문에 마주치게 된 네 연인은 서로 쳐다보면서 난처해했다. 그래서 네 사람은 다 함께 입을 다물고 소문내지 않기로 약속했다.

하지만 마들롱은 질투심과 분노가 다시 일어나는 것을 느꼈다. 이 지역에서 가장 잘생기고 멋진 사람들 중 하나인 랑드리가 성 앙도슈 축일 이후로 파데트에게 변치 않는 사랑을 바치고 있다는 것을 본 마들롱은 복수해야겠다고 결심했다. 카이요 씨 아들에게는 아무런 부탁도 하지 않았다. 올곧은 청년이라 그런 일에 동참할 리가 없었기 때문이었다. 그래서 여자 친구 한두 명의 손을 빌렸다. 그 아가씨들은 랑드리가 춤을 추자고 한 번도 청한 적이 없었던 것을 모욕이라 생각하고 조금은 원한을 품고 있었기 때문에 파데트를 철저하게 감시하기 시작했으며 얼마 지나지 않아 파데트와 랑드리의 사이를 확인하게 되었다. 둘을 염탐하다가 한두 번 함께 있는 것을 본 후에는 곧 마을 전체에 소문을 내고 다녔다. 둘의 관계에 대해 듣고 싶어 하는 사람에게 랑드리가 파데트 같은 여자와 이상한 관계를 맺고 있다고 말했다. 이렇게 나쁜 소문은 그것을 듣고 싶어 하는 사람도 그것을 전하고 싶은 사람도 넘쳐나기

마련이다.

그러자 모든 젊은 아가씨들이 거기에 끼어들었다. 잘생기고 유복한 집안의 젊은 남자가 한 여성에게 관심을 갖게 되면 다른 모든 여성은 모욕감을 느껴서 그 여성에게서 약점을 발견하자마자 거리낌 없이 물어뜯기 때문이다. 여자들이 심술을 부리면 일이 빨리, 그리고 생각지도 못한 데까지 진행되는 법이다.

그러므로 '자코의 탑'에서의 사건이 있은 지 보름이 지나자, 탑이나 마들롱에 관한 이야기는 문제가 되지 않은 채, 남녀노소 할 것 없이 모두가 쌍둥이 랑드리와 귀뚜라미 팡숑이 사랑하는 사이라는 것을 알게 되었다. 마들롱은 자신이 전면에 드러나지 않도록 조심했으며, 자기가 제일 처음으로 은밀하게 폭로한 사실을 소문으로 들은 척하기도 했다.

소문은 바르보 부인의 귀에까지 들어갔다. 바르보 부인은 몹시 마음이 아팠고, 남편에게는 그것에 대해 말하고 싶지 않았다. 그러나 바르보 씨는 다른 데서 그 소문을 들었고, 실비네는 동생의 비밀을 굳게 지키고 있었는데도 모두가 알게 되어서 너무나 슬펐다.

어느 날 밤, 랑드리가 평소처럼 쌍둥이네를 일찍 나서려 하자, 아버지가 어머니와 큰누나와 쌍둥이 형도 있는 자리에서 이렇게 말했다.

"그렇게 서둘러 떠나려 하지 마라, 랑드리. 네게 할 말이 있단다. 네 대부가 오는 걸 기다리는 중이야. 가족들 중에서 네 장래에 가장 관심이 있는 사람들 앞에서 너한테 물어보고 싶은 일이 있다."

잠시 뒤에 대부인 랑드리슈 작은아버지가 오자 바르보 씨는 이렇게 말했다.

"랑드리, 지금부터 할 얘기에 네가 수치심을 느끼게 될지도 모르겠구나. 나 역시 가족들 앞에서 네가 사실을 밝히도록 강요하는 게 부끄럽고 안타깝지만, 그 수치심이 네게 도움이 되어서 일시적인 환상에서 벗어날 수 있으면 좋겠구나. 계속 그러다가는 너에게 큰 손해가 될 테니까. 들자 하니 네가 지난 성 앙도슈 축일 때부터 어떤 여자와 만난다고 하더구나. 거의 1년이 되어 가는 셈이군. 첫날부터 소문은 들었다. 우리 마을에서 제일 못생기고, 가장 불결하고, 가장 평판이 좋지 않은 아가씨와 네가 축제 날 온종일 춤을 췄다니 상상하기 어려운 일이구나. 나는 네가 장난치는 거라 생각해서 그다지 신경 쓰지 않았다. 하지만 그 장난이 별로 좋지 않다고 생각했다. 불량한 사람들과 교제해서도 안 되지만, 모두에게 미움받는 불쌍한 사람들에게 창피를 주는 일은 더더욱 해서는 안 된다. 이렇게 생각하면서도 너에게 말하지 않았던 것은 그다음 날 네 얼굴이 슬퍼 보여서 네가 자책하고 있고, 다시 그런 짓은 하지 않을 거라고 생각했기 때문이었다. 그런데 일주일 전쯤부터 전혀 다른 소리가 들려오더구나. 믿을 만한 사람에게 들은 이야기지만 네가 확인해 주기 전까지는 믿지 않겠다. 만약 너를 부당하게 의심한 것이라면, 그것은 내가 너에게 부모로서 관심이 있어서 그런 것이며, 너의 품행을 지켜봐야 할 의무가 있기 때문이라 생각해 주기 바란다. 소문이 사실이 아니라면, 그렇다고 확실히 말해 주고, 사람들이 잘못 알고 너에 대한 악담을 내게 한 것이라고 분명하게 알려 준다면 이 아비는 매우 기쁘겠구나."

"아버지, 무슨 일로 저를 비난하시는 건지 분명히 말씀해 주세요. 그러면 사실대로, 아들로서 도리를 다해 말씀드리겠어요."라고 랑드리가 말했다.

"랑드리, 무슨 이야기인지 충분히 알아들을 만큼 말했다고 생각하는데. 파데 할머니의 손녀와 좋지 않은 관계를 맺고 있다고 사람들이 비난하더구나. 그 노파는 질이 안 좋은 사람이다. 그 불행한 처녀의 어미도 망측하게 남편과 자식들과 마을을 버리고 병사들을 따라서 떠나버렸다는 사실은 차치하고라도 말이다. 사람들 말에 의하면 네가 파데트와 여기저기 함께 돌아다닌다고 하던데, 그러다 그 아이가 너를 좋지 않은 일에 끌어들이지 않을까 걱정이구나. 그렇게 되면 너는 평생 후회하게 될 거야. 이제 무슨 말인지 알겠느냐?"

"예, 잘 알겠습니다, 아버지."라고 랑드리가 대답했다. "하지만 대답하기 전에 하나만 여쭤보겠습니다. 팡숑 파데와 사귀는 것이 좋지 않다는 건 그 가족 때문인가요, 아니면 그 아이 때문인가요?"

"그야 물론 둘 다." 바르보 씨는 처음보다 조금 엄한 말투로 말했다. 랑드리가 부끄러워할 줄 알았는데 침착할 뿐 아니라 무슨 말을 해도 물러설 것 같지 않았기 때문이었다. "우선 집안이 안 좋다는 것은 커다란 흠이다. 우리처럼 존경받고 명예로운 집안이 파데 가족과 연을 맺는다는 건 있을 수 없는 일이다. 그리고 다음으로 파데를 보자. 그 아이역시 그 누구에게도 칭찬받거나 신뢰받지 못하고 있지. 그 아이가 어떻게 자라 왔는지 봤기 때문에 어떤 사람인지는 누구나 잘 안다. 1년 전부터는 행실이 많이 좋아졌다고 들었다. 남자애들과 뛰어다니지도 않고 다른 사람 험담도 하지 않는다고. 나도 두어 번 마주치면서 그렇게 생각했다. 나도 공정함을 지키고 싶구나. 하지만 그것만 갖고는 그렇게 자라 온 환경이 좋지 않았던 아이가 좋은 아내가 될 거라고 믿기엔 충분치 않다. 그 할머니가 어떤 사람인지 아니까 하는 말인데, 두 사람이 작당하고 너를 등쳐서 이런저런 약속을 하게 만들었다가 결국에는 창피를 주거나 곤란한 일을 겪게 하지 않을까 걱정이 되는구나. 그 아이가 애를 가졌다는 말을 하는 사람까지 있었다. 그런 말을 경솔하게 믿고 싶지는 않지만 정말 걱정되는 일이긴 하단다. 너 때문에 그렇게 됐다면서 비난할지도 모르고, 소송까지 가거나 추문으로 번질 수 있으니까."

랑드리는 처음 이야기가 시작될 때부터 신중하자, 화내지 않고 조곤조곤 자기 생각을 밝히자고 결심하고 있었지만 도저히 참을 수가 없었다. 그는 얼굴이 새빨개져서 벌떡 일어섰다.

"아버지, 그런 말을 한 사람들은 새빨간 거짓말쟁이예요. 팡숑 파데에게 그렇게 심한 모욕을 주다니, 내 손에 붙잡히기만 해봐라. 그 말을 취소하게 하든지 아니면 둘 중 하나가 쓰러질 때까지 붙어 볼 거예요. 그 사람들에게 비겁한 놈이라고, 기독교인이 아니라고 말해 주세요. 아버지에게 그 사람들이 한 거짓말, 와서 제 면전에서 해보라 하세요. 제대로 붙어 줄 테니까!"

"그렇게 화내지 마, 랑드리." 너무 슬퍼서 크게 낙심한 실비네가 말했다. "아버지는 결코 네가 그 아이에게 잘못을 저질렀다고 비난하시는 게 아니야. 단지 그 여자가 다른 사람들과 일을 저질러 놓고, 밤낮으로 너와 돌아다니며 네게 그 책임을 지게 할까 봐 걱정하시는 거라고."

29

실비네의 목소리가 랑드리의 마음을 조금 누그러뜨렸다. 하지만 그가 한 말은 그대로 넘어갈 수가 없었다.

"형." 랑드리가 말했다. "형은 아무것도 몰라. 언제나 파데트에게 반감을 갖고 있었잖아. 형은 그 아이를 전혀 몰라. 사람들이 나에 대해 뭐라 하든 상관없어. 하지만 파데트에게 좋지 않은 말을 하는 건 참을 수가 없어. 아버지 어머니가 나한테서 이야기를 듣고 안심하셨으면 좋겠어. 파데트처럼 정직하고 얌전하고 착하고 욕심이 없는 여자는 없어. 집안이 안 좋은 건 그 아이의 불행이긴 하지만, 그런데도 그렇게 훌륭하게 자랐다면 오히려 칭찬받을 만한 일이야. 기독교인이라면 그 아이의 타고난 불행을 비난할 수 없다고 생각해."

"랑드리, 너는 지금 날 비난하는 거냐?" 바르보 씨는 이렇게 말하며 자리를 박차고 일어섰다. 일이 더 커지는 것을 참지 않겠다는 것을 보여 주기 위해서였다. "화내는 걸 보니 내가 생각했던 것 이상으로 파데트라는 아이에게 푹 빠져 있는 것 같구나. 부끄럽게 생각하지도 후회하지도 않는 것 같으니 이제 이야기는 그만두기로 하자. 젊은이의 경솔한 실수라는 걸 깨닫게 하려면 어떻게 해야 할지 생각해 보겠다. 지금은 주인집으로 돌아가도록 해라."

"이대로 가서는 안 돼." 실비네는 가려고 나서는 동생을 붙잡으며 말했다. "아버지, 랑드리는 아버지를 화나게 한 게 슬퍼서 아무 말도 못하는 거예요. 용서해 주시고, 입맞춤해 주세요. 안 그러시면 밤새 울 거예요. 아버지가 불만스럽게 생각하시는 것만으로도 랑드리에게는 가혹한 벌이 될 거예요."

실비네도 울고 바르보 부인도 울고 큰누나와 랑드리슈 작은아버지도 울었다. 울지 않은 사람은 바르보 씨와 랑드리뿐이었다. 그래도 둘다 마음은 무거웠고 가족들은 그 둘에게 억지로 입맞춤을 시켰다. 아버지는 어떤 약속도 받아 내지 않았다. 연애 문제에 있어서 약속은 별 소용이 없다는 것을 잘 알고 있었기 때문이었다. 그런 일로 아버지의 권위를 손상하고 싶지 않았다. 하지만 랑드리에게 이것으로 끝이 아니며 다시 이야기할 것이라는 사실을 분명히 했다. 랑드리는 매우 화가 난채 가슴 아파하며 돌아갔다. 실비네는 랑드리의 뒤를 따라가고 싶었다. 그러나 그럴 용기가 없었다. 파데트한테 가서 슬픔을 나눌 거라고 생각했기 때문이었다. 그는 너무 슬퍼하며 잠자리에 들어서는 밤새도록 가족에게 일어난 불행 때문에 한숨 쉬다가 잠들다가를 반복했다.

랑드리는 파데트의 집으로 가서 문을 두드렸다. 파데트의 할머니는 귀가 어두워져 한번 잠이 들면 무슨 소리가 나도 눈을 뜨지 않았다. 그리고 둘만의 장소가 들켰기 때문에 얼마 전부터 밤에 파데 할머니와 자네가 잠들어 있는 방에서만 파데트를 만나 이야기를 나눌 수 있었다. 거기라고 위험이 적진 않았다. 왜냐하면 늙은 마법사는 랑드리를 받아들이지 않을 것이며 나가라고 말로 하지 않고 빗자루를 휘둘러 그를 쫓아낼 것이기 때문이다. 랑드리는 자신의 걱정을 파데트에게 이야기했다. 랑드리는 그녀가 매우 순종적이고 의연하다고 생각했다. 이야기를 들자 파데트는 처음에 랑드리를 위해서 친구 사이로 돌아가고 자신을 잊는 게 좋겠다고 설득하려 했다. 하지만 랑드리가 슬퍼하면서 점점 더 화를 내자, 앞날에는 잘 될 거라는 희망을 가져 보자고 하며 부모님 말씀에 따를 것을 약속하게 했다.

"들어 봐, 랑드리." 파데트가 말했다. "이런 일이 일어날 거라는 거늘 예상하고 있었어. 그래서 그럴 때 어떻게 해야 할지도 자주 생각해 봤어. 너희 아버지는 조금도 틀리지 않으셨어. 나도 원망하지 않아. 너를 아주 사랑하고 계시기 때문에 나처럼 변변치 않은 여자에게 빠진 걸 걱정하고 계신 거야. 그러니까 나에 대해서 조금 거만한 태도를 보이시고 불공정하신 건 용서할 수 있어. 내가 어렸을 때 바보 같은 짓을 했다는 건 우리도 부인할 수 없잖아. 너도 나를 좋아하게 된 그 날 나의 그런 점을 비난했었잖아. 겨우 1년 정도 나쁜 점들을 고쳤다고 해서 내가 좋은 아이라고 쉽사리 믿을 수는 없지. 오늘 너희 아버지의 말씀대로야. 좀 더 시간이 필요해. 그렇게 되면 사람들이 나에게 품고 있는 반감도 점점 줄어들 거고, 지금 사람들이 꾸며 댄 불쾌한 이야기들은 저절로 사라질 거야. 너희 아버지와 어머니도 내가 정숙한 사람이고 너를 나쁜 일에 빠지게 하거나 돈을 뜯어낼 생각을 갖고 있지 않다는 사실을 알게 될 거야. 나의 사랑이 진실한 것이라고 판단하시게 될 거고, 그러면 우리가 다른 사람 눈을 피해 숨지 않고 만나고 이야기할 수 있게 될 거야. 하지만 그렇게 될 때까지는 아버지 말씀을 들어야만 해. 틀림없이 나를 만나지 말라고 말씀하실 테니까."

"절대 나는 그런 용기 못 내." 랑드리가 말했다. "차라리 강에 뛰어드는 게 낫겠어."

"그럼 좋아, 네가 못 한다면 내가 용기를 낼게. 너 대신." 파데트가 말했다. "내가 어딘가로 갈게. 얼마간 이 마을을 떠나 있을게. 벌써 두 달 전부터 시내에 괜찮은 일자리가 들어와 있었어. 할머니가 귀도 더 안 들리고 나이도 많이 드셔서 제대로 약을 만들거나 팔지도 못하게 되었고 사람들의 고민도 해결해 줄 수 없게 되셨어. 그런데 아주 친절한 친척 아주머니가 할머니와 함께 살아도 된다고 하셨어. 그분이 할머니를 잘 보살펴 주실 거고, 나의 메뚜기도…."

이 아이와 헤어져야 한다는 생각이 들자 순간 파데트의 목이 메었다. 동생은 랑드리와 함께 파데트가 이 세상에서 가장 사랑하는 사람이었다. 파데트가 용기를 내서 말했다.

"지금은 메뚜기도 나 없이 살 수 있을 만큼 충분히 강해졌어. 이제 곧 첫영성체를 받을 거고 다른 아이들과 함께 교리문답 강의에 다니면서 즐겁게 지내다 보면 내가 없어도 별로 힘들어하지 않을 거야. 너도 깨달았겠지만 그 아이도 이제 제법 철이 나서 다른 아이들이 뭐라고 해도 이제는 거의 화내고 그러지 않아. 어쨌든 그렇게 할 수밖에 없어. 알겠지, 랑드리? 세상 사람들이 나를 한동안 잊어버려야 해. 지금은 마을 사람들 모두가 내게 굉장히 화내고 질투하고 있으니까. 한두 해 멀리서 살면서 좋은 증언들과 훌륭한 평판을 받아서 돌아올게. 여기보다 다른 곳에서 좋은 평판을 얻기가 쉬울 거야. 그렇게 되면 사람들이 더 이상 우리를 괴롭히지 않을 거고 우린 그 어느 때보다 더 잘 지낼 수 있을 거야."

랑드리는 파데트의 제안에 귀를 기울이려 하지 않았다. 그저 절망할 뿐이었다. 그러다 겨우 프리슈 마을로 돌아왔는데 아무리 심술궂은 사람이라도 불쌍하다고 느낄 만한 그런 모습을 하고 있었다.

그로부터 이틀 후, 랑드리가 포도 수확을 위해 커다란 통을 옮기고 있는데 카이요 씨 둘째 아들이 말을 걸어왔다.

"랑드리, 나 원망하고 있지? 얼마 전부터 나한테 말 한마디 안 하잖아. 너랑 파데트 사이를 소문낸 게 틀림없이 나라고 생각하지? 내가 그런 비열한 짓을 했다고 생각하다니 정말 화가 나. 내가 한 마디도 퍼뜨리지 않았다는 것은 신께서 하늘에 계신 것만큼이나 사실이야. 게다가 사람들이 너에게 그런 난처한 일을 겪게 했다는 게 나도 마음이 괴로워. 나는 늘 너를 존중하고 있었고 파데트를 한 번도 욕한 적이 없으니까. 우리가 비둘기집에서 마주친 이후로는 파데트를 훌륭한 사람이라고까지 생각하게 되었어. 그녀도 그때 일을 다른 사람들에게 이야기하고 싶었을 거야. 그런데 아무도 모르는 걸 보니 그녀의 입이 무거운 거야. 마들롱에게 복수하겠다는 목표만으로 나와 마들롱 사이를 떠벌리고 다닐 수도 있었는데 말이지. 이 모든 소동의 근원이 마들롱이라는 걸 잘 알고 있을 테니까. 그런데 그녀는 우리 이야기를 한 마디도 퍼뜨리지 않았어. 랑드리, 사람은 겉모습이나 평판만 갖고 판단해서는 안 된다는 걸 알게 되었어. 심술궂은 여자로 통했던 파데트는 좋은 사람이었고, 착한 여자라는 평판을 얻고 있던 마들롱은 배신자였어. 파데트와 너한테뿐 아니라 나한테도. 지금은 마들롱의 바람기 때문에 무척 괴로워."

랑드리는 카이요 씨 아들의 해명을 기꺼이 받아들였다. 그리고 그 청년은 랑드리의 고통을 최선을 다해 위로해 주었다.

"가엾은 랑드리, 정말 괴롭겠구나." 그는 마지막으로 이렇게 말했다. "하지만 파데트의 훌륭한 품행에 위안을 받아야 해. 너희 가족의 걱정거리를 없애려고 떠난다니 잘된 일이야. 조금 전에 그 아이에게도 그렇게 말해 줬어. 지나는 길에 마주쳐서 작별인사를 했거든."

"무슨 소리를 하는 거야?" 랑드리가 소리쳤다. "그녀가 가버렸다고? 떠났다고?"

"모르고 있었어?" 카이요 씨 아들이 말했다. "둘이 합의한 일이라고 생각했지. 네가 배웅하지 않은 것도 사람들 입에 오르내리기 싫어서인 줄 알았지. 하지만 확실히 그녀는 갔어. 15분 전쯤 우리 집 앞을 지나갔어. 작은 짐 꾸러미를 옆구리에 끼고 있었어. 샤토-메이양에 간다고 하던데. 지금쯤 비에이유-빌이나 위르몽 언덕쯤에 있을 거야. 그 이상은 못 갔을 거야."

랑드리는 들고 있던 막대기를 소뿔에 걸쳐 놓고 달리고 달려서 마침내 위로몽 포도밭에서 프르므렌 마을로 내려가는 모랫길에서 파데트를 따라잡았다.

그렇게 되자, 슬픔이 밀려온 데다 서둘러 달려오느라 완전히 지쳐버린 랑드리는 길바닥에 가로눕고 말았다. 말할 힘도 없던 랑드리는 파데트에게 갈 테면 자신을 밟고 지나가라는 뜻의 몸짓을 했다.

랑드리가 조금 정신을 차리자 파데트가 말했다. "이별의 괴로움을 겪게 하고 싶지 않았던 거야, 랑드리. 네가 이러면 용기가 사라져 버리잖아. 그러니 남자답게 해봐. 내가 힘들게 용기 내서 가는 거니까 막지 말아 줘. 네가 생각하는 것보다 훨씬 더 많은 용기가 필요했어. 지금쯤 우리 불쌍한 자네가 울며 날 찾아다닐 거라고 생각하면 마음이 약해져서 그냥 저 바위에 내 머리를 처박고 싶을 정도야. 그러니까 랑드리, 제발 부탁이야. 내가 해야 하는 일이야. 방해하지 말고 할 수 있게 도와줘. 오늘 내가 떠나지 못하면 영원히 못 가. 그렇게 되면 우리 사이도 끝이야."

"팡숑, 팡숑, 그런 큰 용기 낼 필요 없어." 랑드리가 대답했다. "마음에 걸리는 게 자네뿐이지? 그 아이는 곧 괜찮아질 거야. 어린아이니까.

내 절망 같은 건 걱정도 안 되는 거야? 너는 사랑이 어떤 건지 몰라. 넌 내게는 사랑하는 마음을 조금도 갖고 있지 않은 거야. 넌 금방 나를 잊어버릴 거야. 그리고 어쩌면 다시는 돌아오지 않을지도 몰라."

"돌아올 거야, 랑드리. 신께 맹세해. 빠르면 1년, 늦어도 2년 뒤에는 돌아올게. 너를 조금도 잊지 않을 거고, 그렇기 때문에 너 이외의 친구도 연인도 만들지 않을 거야."

"다른 친구는 안 사귈 수도 있지. 나만큼 네가 시키는 대로 하는 사람은 없을 테니까. 하지만 연인은 어떻게 될지 알 수 없어. 누가 보증할 수 있겠어?"

"내가 보증해!"

"넌 아무것도 몰라, 파데트. 정말로 사랑해 본 적이 없으니까. 진정한 사랑이 찾아오면 너는 가엾은 랑드리는 거의 생각도 안 날걸. 아, 만일 내가 너를 사랑하는 것처럼 너도 나를 사랑한다면, 나를 이렇게 두고 떠나지는 않을 거야."

"랑드리, 그렇게 생각해?" 파데트가 슬프고도 아주 진지한 태도로 랑드리를 바라보며 말했다. "틀림없이 넌 지금 네가 무슨 말을 하는지 모르는 것 같아. 난 사랑을 위해서라면 우정을 위해 하는 일보다 더한 일도 할 수 있어."

"그래, 네가 사랑 때문에 이런 일을 하는 거라면, 내가 이렇게 슬프리 없잖아. 그래, 맞아, 팡숑. 만일 그게 사랑이라면, 난 네가 곁에 없는 불행 속에서도 행복할 거라 생각해. 네가 하는 약속을 믿고 앞날에 대한 희망을 갖겠지. 너처럼 용기도 내고. 정말이야. 하지만 이건 사랑이 아니야. 너도 몇 번이나 말했잖아. 넌 내가 옆에 있어도 평온한 얼굴을 하고 있잖아."

"그럼 넌 이게 사랑이 아니라고 생각하는 거야?" 파데트가 말했다. "정말로 그렇게 생각해?"

랑드리를 계속 바라보던 파데트의 눈에 눈물이 가득 고였다가 뺨을 타고 흘러내렸다. 동시에 그녀는 의미를 알 수 없는 미소를 지어 보였다.

"아아 신이시여! 신이시여!" 랑드리가 파데트를 끌어안으며 외쳤다. "내가 착각한 것이라면 얼마나 좋을까!"

"네가 착각한 거라 생각해. 실제로." 파데트가 여전히 눈물을 흘리면서도 미소를 띤 채 말했다. "내 생각을 말할게. 가엾은 귀뚜라미는 열세 살 때부터 랑드리를 눈여겨보았어. 다른 남자한테는 절대 눈길 한번 안 줬어. 그다음으로, 들판이나 길가에서 귀뚜라미가 랑드리를 따라다니며 상대해 주기를 바라는 마음으로 바보 같은 짓을 하거나 짓궂은 말을 했을 때에는 자신이 무슨 짓을 하고 있는지, 어째서 랑드리의 뒤를 따라다닌 건지 몰랐던 거야. 그리고 랑드리가 슬퍼하는 것을 보고 실비네를 찾으러 나섰다가 강가에서 새끼 양을 무릎에 끌어안고 생각에 빠져 있는 것을 봤지. 그러고는 마법을 쓰는 척하며 알려줬던 건 랑드리가 고맙게 생각해 주기를 바랐기 때문이지. 그리고 귀뚜라미가 조약돌 여울목에서 랑드리에게 비난을 퍼부은 건 실비네를 찾아 준 뒤로 한마디 말도 걸어오지 않은 게 화나고 슬퍼서였지. 귀뚜라미가 랑드리와 춤을 추고 싶어 했던 건 그를 미친 듯이 좋아했기 때문에 멋지게 춤을 춰서 호감을 얻고 싶어서였지. 쇼무아 채석장에서 울었던 건 랑드리의 기분을 상하게 한 게 후회스럽고 슬퍼서라고 생각해. 랑드리가 입맞춤하려 했을 때 귀뚜라미가 거부했던 것, 그리고 랑드리가 사랑한다고 말했는데도 그녀가 친구로 있자고 대답했던 것은 너무 빨리 이루어지면 사랑을 잃게 될까 두려워서였어. 마지막으로, 귀뚜라미가 가슴이 찢어질 것 같으면서도 떠나려 하는 건, 누가 봐도 랑드리에게 어울리는 사람이 되어 돌아오고 싶다는 마음에서이지. 그래야 랑드리 가족을 가슴 아프게 하지도 않고 창피하게 만들지 않을 테니까."

이번에야말로 랑드리는 자신이 완전히 미쳐 버린 게 아닐까 생각했다. 웃고, 소리 지르고, 그리고 울고 있었다. 팡숑의 두 손과 옷에 입맞춤을 퍼부었다. 파데트가 그대로 내버려 두었으면 발에도 입맞춤을 했을지도 모른다. 파데트가 랑드리를 일으켜서 진정한 사랑의 입맞춤을 하자 그는 죽을 것만 같았다. 그건 파데트에게 받은 첫 번째 입맞춤이었고, 다른 여자한테도 받아 본 적이 없었기 때문이었다. 랑드리가 마치 기절한 사람처럼 길가에 쓰러져 있는 동안 파데트는 짐 꾸러미를 집어 들고 새빨개진 얼굴로 부끄러워하며 달아났다. 랑드리에게는 따라오지 말라고 했고 다시 돌아오겠다고 맹세했다.

30

랑드리는 파데트의 말에 따랐고 포도를 수확하고 있는 곳으로 돌아왔다. 생각했던 것보다 불행하지 않아서 적잖이 놀랐다. 사랑받고 있다는 사실을 아는 것은 그만큼 커다란 기쁨이며, 사랑이 크면 신뢰도 큰 법이다. 너무나 놀랐고, 너무나 기뻤기 때문에 카이요 씨 아들에게 그 이야기를 하지 않을 수 없었다. 그도 랑드리의 이야기를 듣고 놀랐다. 그리고 랑드리를 마음에 품고 있던 파데트가 랑드리도 자신을 좋아한다는 사실을 안 뒤로 자신의 모든 단점, 경솔했던 행동들을 고치려고 했다는 것에 감탄했다.

"그 아이에게 그렇게 많은 장점이 있다는 걸 알게 되어 기뻐. 근데 나는 한 번도 그 아이를 나쁘게 생각한 적은 없었어. 만일 그 아이가 내게 마음이 있었다고 해도 조금도 불쾌하지 않았을 정도야. 그 아이 눈 때문에 난 늘 그 아이가 예뻐 보였어. 못생겼다고 생각하지 않았어. 그리고 얼마 전부터 그 아이가 사람들의 마음에 들려고 생각하기만 한다면, 나날이 더 호감 가는 사람이 될 수 있다는 사실을 누구나 알 수 있었을 거야. 하지만 그 아이는 너만을 사랑했던 거야, 랑드리. 다른 남자에게는 미움만 받지 않으면 된다고 생각하고 있었던 거야. 너한테만 칭찬받고 싶어 했지. 난 그런 여자가 더 좋아. 게다가 아주 작고 어렸을 때부터 그녀를 알고 있었는데, 늘 그녀가 마음씨가 고운 사람이라고 생각했어. 만일 한 사람 한 사람을 붙들고 파데트에 대해서 어떻게 생각하고 있는지, 어떤 것을 알고 있는지 양심에 비춰서 사실대로 말해 보라고 한다면 다들 파데트에게 유리하게 말할 수밖에 없을 거야. 하지만 세상은 이런 식으로 되어 있어. 두세 사람이 누군가를 공격하면 다른 사람들은 왜 그러는지 잘 알지도 못하면서 함께 돌을 던지며 나쁜 소문을 만들어 내지. 자신을 지킬 수 없는 사람을 짓밟는 것이 재미있다는 듯이."

카이요 씨 아들이 그런 식으로 이야기를 풀어내는 걸 들으니 랑드리는 커다란 위안을 받았다. 이날부터 랑드리는 그와 깊은 우정을 쌓기 시작했으며 그에게 고민을 털어놓아 위로받기도 했다. 어느 날 랑드리는 그에게 이런 말까지 한 적도 있었다.

"이제 마들롱은 잊어. 그럴 만한 가치가 없는 사람이야. 우리 두 사람에게 고통을 줬잖아. 나랑 나이도 같으니 서둘러 결혼할 필요도 없고. 근데, 나한테 나네트란 여동생이 하나 있어. 아주 예쁘고 예의 바르고 상냥하고 귀여워. 곧 열여섯 살이 돼. 좀 더 자주 우리 집에 와. 아버지는 너를 좋게 생각해. 그리고 우리 나네트를 잘 알게 되면, 내 매제가 되는 게 가장 좋은 일이라는 걸 알게 될 거야."

"그래, 거절하지 않겠어." 카이요 씨 아들이 말했다. "네 동생에게 다른 정혼자가 있는 게 아니라면, 매주 일요일에 가도록 할게."

팡숑 파데가 떠난 날 저녁, 랑드리는 아버지를 만나 아버지가 잘못 판단하고 있는 파데트의 훌륭한 품행을 알리고, 동시에 앞날에 대한 일은 모두 제쳐 두고 지금으로서는 아버지의 말에 따르겠다고 말하려 했다. 파데 할머니의 집 앞을 지날 때에는 가슴이 벅차올랐다. 파데트가 떠나지 않았다면 자신이 사랑받고 있다는 행복을 오랫동안 알지 못했을 거라고 생각하니 용기를 낼 수 있었다. 그때 파데트의 친척이자 그녀의 대모이기도 한 팡셰트 아주머니가 눈에 띄었다. 파데트 대신에 파데 할머니와 메뚜기를 돌보아 주러 온 것이었다. 그 아주머니는 메뚜기를 무릎 위에 앉힌 채 문 앞에 앉아 있었다. 가엾은 자네는 울고 있었고 도통 자러 가려 하지 않았다. 밤마다 기도를 시키고 재워 주던 팡송 누나가 아직 돌아오지 않았기 때문이라고 했다. 팡셰트 아주머니는 최선을 다해 그를 달래고 있었는데 그 소리가 아주 상냥하고 다정했기 때문에 랑드리는 기뻤다. 그런데 랑드리가 지나가는 것을 보자마자 메뚜기는 팡셰트 아주머니의 손에서 빠져나와 랑드리의 발치에 뛰어들었다. 하마터면 한쪽 다리가 걸려 넘어질 뻔했다. 메뚜기는 랑드리를 부둥켜안더니 팡송 누나는 어디로 갔냐고 물었고 누나를 데려와 달라고 간청했다. 랑드리는 그를 품에 안고 계속 눈물을 흘리면서 가능한 모든 말을 동원해서 그를 달랬다. 랑드리는 그가 들고 있던 작은 바구니에서 포도 한 송이를 꺼내 주려고 했다. 그 크고 싱싱한 포도들은 카이요 부인이 바르보 부인에게 선물로 보낸 것이었다. 그런데 평소에는 그렇게도 잘 먹는 자네가 팡송을 찾으러 가겠다고 약속하지 않으면 아무것도 받지 않겠다고 말하는 것이었다. 랑드리는 하는 수 없이 한숨을 내쉬며 약속했다. 그렇게라도 하지 않으면 자네가 팡셰트 아주머니의 말을 하나도 듣지 않을 것 같았다.

　바르보 씨는 파데트가 그런 큰 결심을 하리라고는 예상하지 못했다. 그런 결심을 했다는 것에 대해서는 만족했다. 하지만 그 아이가 그렇게까지 했다는 것에 대해서는 가여운 마음이 들기도 했다. 그만큼 바르보 씨는 공정하고 마음씨 좋은 사람이었다.

"랑드리, 네가 먼저 그녀와의 만남을 정리할 용기를 내지 못했다니 애석하게 생각한다. 네가 해야 할 일을 제대로 했다면, 그 아이가 너 때문에 마을을 떠나지 않아도 됐을 텐데. 일을 하러 간 데에서 고생이나 하지 않았으면 좋으련만. 그리고 그 아이가 없어도 할머니와 동생이 잘못되는 일이 없어야 할 텐데. 그 아이를 나쁘게 말하는 사람이 많았지만 그 아이를 옹호하는 사람들도 있었단다. 아주 착한 아이고 가족한테 아주 잘하는 건 틀림없는 사실이라고 하더구나. 그 아이가 임신했다는 게 헛소문이라면 머지않아 진실이 밝혀질 거고, 그렇게 되면 우리가 그 아이를 잘 변호해 주마. 하지만 불행하게도 임신한 거라면, 그리고 그게 너 때문이라고 한다면 도움을 줄 거고 비참해지지 않을 정도로는 뒤를 봐줄 생각이다. 그래도 그 아이와 결혼은 절대 안 된다. 랑드리, 내가 너한테 요구하는 것은 이게 전부다."

"아버지." 랑드리가 말했다. "아버지와 저의 생각이 너무 다르군요. 아버지가 생각하시는 대로 제가 그런 일을 저질렀다면, 전 반대로 파데트하고 결혼시켜 달라고 부탁할 겁니다. 하지만 파데트는 우리 나네트처럼 순결합니다. 지금은 아버지께 심려를 끼친 것에 대해 용서해 달라고 부탁드릴 뿐입니다. 파데트에 대한 이야기는 아버지 말씀대로 더 훗날에 하시죠."

바르보 씨는 더 요구하지 않겠다는 랑드리의 입장을 받아들여야 했다. 그는 신중한 사람이기 때문에 일을 서두르지 않으려 했다. 당장은 그가 얻어 낸 것에 만족하는 수밖에 없었다.

이때부터 쌍둥이네에서 파데트에 관한 이야기는 화제에 오르지 않았다. 이름을 말하는 것조차 피했다. 랑드리 앞에서 누군가가 파데트의 이름을 말하면 그의 얼굴이 새빨개졌다가 곧 창백해지기 때문이었다.

파데트를 처음 만났던 날이나 지금이나 랑드리가 그녀를 잊지 않았다
는 사실은 누구라도 알 수 있었다.

31

파데트가 떠났다는 이야기를 듣고 실비네는 우선은 자기한테 유리하게 되었다는 생각에 기뻤다. 이제부터는 랑드리가 자기하고만 사이 좋게 지낼 것이고, 다른 사람을 위해 자신을 버리는 일도 없을 것이라고 은근히 기대했다. 하지만 그렇게 되지는 않았다. 실비네는 랑드리가 이 세상에서 파데트 다음으로 가장 사랑하는 사람인 것은 사실이었다. 그러나 랑드리는 실비네와 오래 같이 있을 수가 없었다. 실비네가 팡숑에 대한 반감을 버리려 하지 않았기 때문이다. 랑드리가 파데트에 대한 이야기를 해서 그녀에 대해 호감을 갖게 하려고 하면 실비네는 금방 마음이 상해서, 부모님도 저렇게 싫어하시고 자신도 무척 마음이 아픈데 왜 그녀에 대한 생각을 고집하는 거냐며 나무랐다. 랑드리는 그때부터 실비네에게 더 이상 그녀 이야기를 하지 않았다. 하지만 그녀에 대한 이야기를 하지 않고서는 살 수 없었기 때문에, 카이요 씨 아들이나 자네와 함께 시간을 보냈다. 자네를 산책시키러 데리고 나가서 교리문답 복습도 시키고 이것저것 가르쳐 주기도 하면서 최선을 다해 그 아이의 마음을 달래 주었다. 자네와 함께 길을 가다가 사람들을 마주치기도 했는데 그중에 대담한 사람은 랑드리를 놀리기도 했다. 그러나 랑드리는 무슨 일이든 남의 조롱을 받으면 가만히 있지 않았으며, 팡숑 파데의 동생에게 애정을 보이는 걸 창피해하기보다는 자랑스러워했다. 바르보 씨가 이 연애 문제를 현명하게 재빨리 처리한 것이라고 말하는 사람들에게 이런 식으로 항의하고 있었던 것이다. 실비네는 생각했던 것만큼 동생이 자기한테 돌아와 주지 않자 자네와 카이요 씨 아들에게 질투를 느끼기까지 했다. 이제까지는 여동생 나네트가 상냥하게 보살펴 주고 사랑하는 마음으로 관심을 가져 주며 항상 그를 위로해 주고 기쁘게 해 주었었다. 그러던 나네트가 카이요 씨 아들과 함께 있는 것을 좋아하고 두 집안에서도 둘의 연애를 인정하고 있는 것을 보고, 자신이 사랑하는 사람들의 애정을 독차지하고 싶다는 환상을 갖고 있는 가엾은 실비네는 극심한 권태와 기이한 우울증에 빠져 버리고 말았다. 그의 마음이 너무 침울해져서 기쁘게 해주려면 어떻게 해야 할지 알 수 없었다. 그는 더 이상 웃지 않았다. 무엇을 해도 재미가 없었고, 더 이상 일도 거의 하지 않게 되었다. 그만큼 그는 정신적으로 육체적으로 다 소진되었고 쇠약해졌다. 마침내 목숨이 위태로운 상태까지 되었다. 열이 좀처럼 떨어지지 않았고 평소보다 열이 더 올라가면 횡설수설하면서 부모의 마음을 고통스럽게 하는 말을 해댔다. 가족 중에서 가장 귀여움받으며 응석받이로 자랐으면서도 누구에게도 사랑받지 못했다고 주장하는 것이었다. 자기는 아무짝에도 쓸모가 없으니 죽는 편이 낫다고 말하거나, 몸이 약하니까 불쌍해서 다른 사람들이 관대하게 봐주고 있지만 결국 자기는 부모님에게 짐이 될 뿐이므로 자기를 하늘나라로 데려가는 것이 신께서 내릴 수 있는 가장 큰 은총이 될 수 있을 것이라고도 했다.

때때로 바르보 씨는 이런 기독교인답지 못한 말을 듣고 그를 엄하게 야단쳤다. 하지만 아무런 도움이 되지 않았다. 또 어떤 때에는 눈물을 흘리며 사랑하는 아비의 마음을 알아 달라고 간청하기도 했다. 이것은 결과가 더 안 좋았다. 실비네는 울면서 후회했고 아버지, 어머니, 랑드리 그리고 가족 전부에게 용서를 구했다. 그런데 그 넘치는 애정을 감당하기에는 마음이 너무 약해져 있어서 열이 더 심해지는 것이었다.

다시 한번 의사들에게 진찰을 받아 보았으나 그들도 별 대책을 제시하지 못했다. 의사들의 표정을 보니 이 병은 모두 쌍둥이라는 사실이 원인이라고 판단하고 있음을 알 수 있었다. 어느 하나는 죽어야 하는데, 당연히 둘 중 약한 아이라고 생각하는 듯했다. 목욕탕집 클라비에르 할머니에게도 의견을 물어보았다. 사제트 할머니는 죽었고 파데 할머니는 노망난 상태여서 그 할머니가 이 고장에서 가장 지혜로운 사람이었다. 노련한 노파는 바르보 부인에게 이렇게 대답했다.

"자네 아이를 구하는 방법은 오직 하나야. 저 아이한테 좋아하는 여자가 생기면 돼."

"그러게 말이에요. 근데 저 애는 여자를 안 좋아해요."라고 바르보 부인이 말했다. "저렇게 자부심 강하고 착한 아이도 없죠. 동생 랑드리에게 좋아하는 여자가 생긴 후로는 우리가 알고 있는 모든 여자아이들의 험담만 하고 있어요. 애 말로는 여자아이들 중 한 명(불행하게도 그 중 가장 좋지 않은 아이)이 동생의 마음을 빼앗아 갔다는 거예요."

"그렇군." 몸과 마음에 있는 모든 병을 명확하게 볼 줄 아는 목욕탕집 할머니가 말했다. "자네 아들 실비네는 좋아하는 여자가 생긴다면 동생을 사랑하는 것보다 훨씬 더 그녀를 사랑하게 될 걸세. 그건 예언할 수 있네. 저 아이는 마음속에 사랑이 넘쳐 나고 있어. 그걸 항상 동생에게만 쏟아붓고 있기 때문에 자기가 남자라는 사실을 거의 잊어버린 거라네. 그래서 신께서 정한 법칙에 어긋난 일을 한 거지. 신은 남자라면 자신의 아버지와 어머니보다도, 형제와 자매보다도 한 여자를 더 사랑하기를 원하니까. 하지만 기운을 내게. 그쪽으로 아무리 늦는다고 할지라도 머지않아 자연적으로 그렇게 될 테니까. 그러니까 실비네에게 좋아하는 여자가 생기면 그 여자가 가난하든 못생겼든 심술궂든 간에 망설이지 말고 결혼을 시키도록 해. 여러 정황으로 보건대, 저 아이에게 좋아하는 여자는 평생 하나뿐일 것 같거든. 그런 일에 대해서 애착이 무척 강한 아이야. 쌍둥이 동생하고 조금만 떼어 놓으려고 해도 하늘의 기적이 필요한데 동생보다 더 좋아하는 여자가 생기면 그 여자에게서 떼어 내는 건 훨씬 더 어려운 일이 될 걸세."

목욕탕집 할머니의 의견은 바르보 씨가 보기에 매우 현명했다. 그래서 실비네를 아름답고 성품도 좋고 나이도 적당한 아가씨들이 있는 집으로 보내 보았다. 실비네가 얼굴도 잘생기고 예의도 바른 청년임에도 불구하고 무관심하고 침울한 태도 때문에 아가씨들의 마음을 사로잡지 못했다. 그녀들은 실비네에게 전혀 접근을 안 했고, 수줍은 성격의 실비네는 그녀들을 두려워한 나머지 그녀들이 싫다고 생각하게 되었다.

그러자 가족의 좋은 친구이자 좋은 상담자인 카이요 씨가 다른 의견을 내놓았다.

"내가 늘 말했지만, 떨어져 있는 게 가장 좋은 약이야. 랑드리를 보라고. 파데트의 일로 정신을 못 차리는가 싶더니 파데트가 떠나 버렸는데도 몸도 마음도 멀쩡하잖아? 전에는 자주 슬픈 얼굴을 하고 있어서 왜 그러는 건지 이유를 알 수 없었지만 지금은 그렇지도 않아. 지금은 완전히 제정신을 차리고 말도 잘 들어. 실비네도 5~6개월 랑드리를 보지 못하면 그렇게 될 거야. 둘을 아주 조용히 떼어 놓을 좋은 방법을 가르쳐 줄까? 프리슈 마을의 내 농장은 잘 되고 있어. 그런데 아르통 옆에 있는 내 소유의 땅은 아주 엉망이야. 거의 1년 전부터 우리 소작인이 아팠는데 회복이 안 되고 있어. 정말 일을 잘하는 사람이기 때문에 내쫓을 생각은 조금도 없어. 그런데 너무 열심히 하다가 지쳐서 병이 난 거니까 내가 좋은 일꾼 하나 보내서 돕게 하면 그 사람도 회복할 수 있을 거야. 그러니까 자네만 괜찮다면 랑드리를 그곳에 보내서 남은 기간을 지내게 하려고 해. 실비네에게는 오래 있을 거란 말은 하지 않고 보내는 거지. 그냥 일주일 동안만 있을 거라 말하는 거지. 그리고 일주일이 지나면 일주일이 더 있어야 올 거라고 하고, 실비네가 완전히 익숙해질 때까지 계속 그렇게 하는 거지. 내 말대로 해보게나. 너무 애지중지하니까 자기가 집에서 가장 높은 사람인 줄 알잖아. 그 아이의 변덕을 다 받아 주면 안 돼."

바르보 씨는 이 충고에 따르려 했지만 바르보 부인은 겁을 냈다. 그렇게 했다가는 실비네가 죽을지도 모른다며 두려워했다. 부인과 타협해야만 했다. 부인은 우선 랑드리를 두 주일 동안 집에 있게 해서 실비네가 동생하고 늘 함께 있으면 병이 낫는지 시험해 보자고 했다. 만일 반대로 병이 더 심해진다면 카이요 씨의 의견에 따르겠다는 것이었다.

그렇게 하기로 했다. 랑드리는 부모가 부탁한 기간을 쌍둥이네에서 보내기 위해 기꺼이 왔다. 실비네가 일을 할 수 없기 때문에 보리타작을 하는 데 도움이 필요하다는 구실로 랑드리를 집으로 불러들였다. 랑드리는 형의 마음에 들기 위해 정성을 다했고 최대한 친절하게 대했다. 늘 옆에 있어 주고, 같은 침대에서 잠을 잤으며, 어린아이에게 하는 것처럼 세심하게 보살폈다. 첫날은 실비네도 정말 기뻐했다. 그러나 이틀째에는 랑드리가 자기와 같이 있는 것을 따분해한다고 우겼는데, 랑드리가 뭐라고 해도 듣지 않았다. 사흘째가 되자 실비네는 화를 냈다. 메뚜기가 랑드리를 보러 왔는데 랑드리가 그를 돌려보내지 않았기 때문이었다. 결국 일주일 뒤에는 이 방법을 포기해야만 했다. 실비네가 점점 더 부당한 행동을 하고 까다롭게 굴며 아무것도 아닌 일에도 질투했기 때문이었다. 그래서 카이요 씨의 생각을 실행에 옮기기로 했다. 랑드리는 자신의 고장, 하던 일, 가족, 주인집 사람들을 매우 사랑했기 때문에 아르통에 가서 낯선 사람들과 함께 생활하고 싶은 생각은 없었지만 형을 위한 일이라며 사람들이 권한 일은 무엇이든 따랐던 것이다.

32

이번에는 그 첫날에 실비네가 죽을 것만 같았다. 하지만 이틀째가 되자 훨씬 안정되었으며, 사흘째에는 열이 내렸다. 먼저 포기를 했고 그다음에는 결심을 하게 된 것이었다. 첫 한 주가 지나자 실비네를 위해서는 랑드리가 있는 것보다 없는 편이 낫다는 것을 알게 되었다. 동생에 대해 남몰래 품은 질투심의 논리로는 랑드리가 떠나서 오히려 잘됐다고 생각하는 것이었다. 실비네는 생각했다. '적어도 랑드리가 간 곳에는 아는 사람이 아무도 없으니까 금방 친구가 생기진 않을 거야. 조금 심심해지면 나를 생각하며 그리워할 거야. 그래서 돌아올 때쯤에는 나를 더욱 좋아하게 될 거야.'

랑드리가 떠난 지 3개월이 지나고 파데트가 마을을 떠난 지도 1년 가까이 되었을 무렵, 어느 날 갑자기 파데트가 돌아왔다. 할머니가 중풍에 걸렸기 때문이었다. 파데트가 정성을 다해 열심히 간호했지만 나이가 많다는 게 가장 문제였다. 보름 후 파데 할머니는 숨을 거두었다. 그렇게 될 거라고는 생각지도 못했다. 그로부터 사흘 뒤 할머니를 묘지에 묻고 돌아왔다. 집안을 정리한 다음 동생은 옷을 갈아입혀 재우고, 다른 방으로 자러 가는 팡셰트 아주머니에게 입맞춤을 하고 나서 파데트는 거의 다 꺼져 가는 난롯불 앞에 아주 쓸쓸하게 앉아 있었다. 벽난로의 굴뚝 안에서 노래하는 귀뚜라미 소리에 귀를 기울였다. 귀뚜라미는 이렇게 노래 부르고 있는 듯했다.

귀뚜라미, 귀뚜라미, 작은 귀뚜라미,
도깨비불 아가씨는 모두 도깨비불이 있네.

내리는 비가 창문에 부딪히며 소리를 내고 있었다. 팡숑은 사랑하는 사람을 생각하고 있었다. 그때 누군가가 문을 두드리더니 이런 목소리가 들려왔다.

"팡숑 파데, 안에 있어? 나 누군지 알겠어?"

파데트는 재빨리 일어나 문을 열었고 사랑하는 랑드리 품에 안기면서 큰 기쁨을 느꼈다. 랑드리는 파데 할머니가 병에 걸렸다는 것과 팡숑이 돌아와 있다는 소식을 들었다. 그녀를 보고 싶은 마음을 억제할수가 없어서 동이 트면 돌아갈 생각으로 밤중에 찾아온 것이었다. 둘은 벽난로 옆에서 밤새도록 진지하고 담담하게 이야기를 나누었다. 할머니가 숨을 거둔 침대는 이제 겨우 온기가 식었기 때문에 둘이 마냥 행복해하기에는 때와 장소가 아니라는 사실을 파데트가 랑드리에게 상기시켰기 때문이었다. 하지만 이런 굳은 결심에도 불구하고 함께 있을수 있고, 전보다 서로를 더 사랑하고 있다는 것을 확인하자 무척 행복해했다.

그런데 날이 밝아오자 랑드리는 단단히 먹었던 마음이 흔들리기 시작했다. 파데트에게 다음 날 밤에도 만날 수 있도록 곳간에 숨겨 달라고 부탁했다. 하지만 언제나처럼 파데트가 랑드리를 정신 차리게 했다. 그녀가 마을에 계속 있을 결심을 했으므로 이제 더 이상 오랫동안 헤어져 있지 않아도 된다고 말했던 것이다.

"내가 이렇게 하는 데에는 다 이유가 있어. 나중에 가르쳐 줄게. 우리 결혼 계획에 방해가 될 만한 일은 아니야. 주인이 너한테 맡긴 일을 완수하러 가. 우리 대모님께 들었어. 형의 병을 고치려면 한동안 너와 안 만나는 게 좋다고 하던데."

"그 이유만 아니면 너랑 헤어지지 않을 텐데." 랑드리가 대답했다. "실비네 때문에 걱정이 많아. 앞으로도 계속 그럴 것 같아서 두려워. 팡송, 너는 지혜로운 사람이니까 형을 고칠 방법을 찾아낼 수 있지 않을까?"

"잘 이야기해서 설득할 수밖에 없지 않을까." 파데트가 말했다. "실비네는 마음의 병이 있어서 몸도 아픈 거야. 마음의 병이 나으면 몸은 나을 거야. 하지만 나를 너무 싫어하니까 그와 말할 기회도 가질 수 없고 위로의 말을 해줄 수도 없지."

"그렇지만 너는 머리도 좋고, 말도 잘하고, 하려고만 하면 누구든 네가 원하는 대로 설득할 수 있는 특별한 재능을 갖고 있으니까 한 시간만이라도 실비네와 이야기를 나누면 효과가 있을 거야. 한번 해봐, 부탁이야. 거만하게 굴거나 기분 나쁘게 굴어도 물러서지 말고. 억지로라도 네 말을 듣게 해봐. 나를 위해 한 번만 애써 줘, 팡송. 그러면 우리 일도 잘될 거야. 우리 결혼에 가장 큰 걸림돌인 아버지 반대가 좀 줄어들지 않겠어?"

팡송은 약속했다. 그리고 둘은 서로 사랑하고 있고, 언제까지나 사랑할 것이라고 수백 번 다짐한 후 헤어졌다.

33

아무도 랑드리가 마을에 다녀갔다는 사실을 알지 못했다. 만일 누군가가 그 사실을 실비네에게 말했더라면 실비네의 병이 도졌을 것이고, 랑드리가 자신이 아닌 파데트를 만나러 왔었다는 사실을 결코 용서하지 않았을 것이다.

그로부터 이틀 뒤, 파데트는 아주 말쑥하게 차려입었다. 더 이상 한 푼 없는 빈털터리가 아니었기 때문에 아름답고 고급스러운 서지 천으로 만든 상복을 입었다. 키가 훌쩍 커졌기 때문에 그녀가 코스 마을을 지나가도 사람들이 한눈에 알아보지 못했다. 그녀는 도회지에서 엄청 예뻐졌다. 잘 먹고 편하게 지냈는지 그 나이 아가씨다운 혈색과 몸매를 갖게 되었다. 이제 더 이상 여자 옷을 입은 남자아이로 오인받을 일도 없어졌다. 그만큼 보기만 해도 기분이 좋아지는 아름다운 몸매가 되었다. 사랑하고 있고 행복해하고 있다는 것이 그녀의 얼굴과 몸 전체에 나타나 있었다. 이런 것은 설명하긴 어렵지만 보면 금방 알 수 있다. 어쨌든 랑드리가 생각하는 것처럼 그녀가 세상에서 가장 예쁜 아가씨는 아니라 할지라도 이 마을에서 가장 상냥하고 외모도 좋고 생기발랄한, 남자들이 가장 좋아할 만한 아가씨임이 틀림없었다.

파데트는 커다란 바구니를 팔에 걸치고 있었다. 그리고 쌍둥이네에 들어가서 바르보 씨와 이야기하고 싶다고 말했다. 처음 그 집에서 나온 사람은 실비네였는데 그녀를 보자 얼굴을 돌려 버리고 말았다. 그만큼 파데트를 마주치기 싫었던 것이다. 하지만 그녀가 너무나 정중하게 아버지가 있는 곳을 물어보기에 대답을 하지 않을 수가 없었다. 그녀를 바르보 씨가 목공 일을 하고 있는 헛간으로 안내했다. 파데트는 바르보 씨에게 조용히 이야기할 수 있는 곳으로 갔으면 좋겠다고 말했지만 바르보 씨는 헛간의 문을 닫더니 하고 싶은 말은 무슨 말이든 해도 된다고 했다.

파데트는 바르보 씨의 이런 쌀쌀맞은 태도에 당황하지 않았다. 그녀가 짚단 위에 앉자 바르보 씨도 다른 짚단 위에 앉았다. 그러자 파데트는 다음과 같은 이야기를 했다.

"바르보 아저씨, 돌아가신 저희 할머니는 아저씨를 좋아하지 않았고 아저씨도 저를 좋지 않게 생각하시죠. 그래도 저는 아저씨가 이 근방에서 가장 정의롭고 신뢰할 만한 사람이라 생각해요. 모두들 그렇게 생각하죠. 저희 할머니도 아저씨가 거만하다고 험담을 하시긴 했지만 그 의견에는 동의했었지요. 게다가 아저씨도 아시겠지만 제가 랑드리와 오랫동안 사귀어 왔어요. 랑드리에게 아저씨 이야기를 자주 들었어요. 그래서 아저씨가 어떤 분이신지 얼마나 훌륭한 분이신지 다른 누구를 통해 듣는 것보다 더 잘 알게 되었어요. 그래서 아저씨를 믿고 부탁을 좀 드리려고 찾아왔어요."

"말해 보거라, 파데트." 바르보 씨가 대답했다. "나는 지금까지 누가 도와 달라고 하는데 거절해 본 적이 없다. 양심상 문제 될 일이 아니라면 도와주마. 날 의지해도 된다."

"이것 때문에 왔어요." 파데트는 가지고 온 바구니를 들어 올려 바르보 씨 다리 사이에 놓은 뒤 말했다. "돌아가신 할머니는 생전에 사람들의 병을 봐주기도 하고 약을 만들어 팔기도 해서 생각했던 것보다 훨씬 많은 돈을 모으셨어요. 거의 돈을 안 쓰셨고 투자도 전혀 하지 않았기 때문에 지하 창고에 구멍을 내서 숨겨 놓은 돈이 얼마나 되는지 알 수가 없었어요. 할머니는 종종 그곳을 보여 주며 이렇게 말씀하셨어요. '내가 죽고 없어지면 저걸 열어 보아라. 내가 남긴 것이 있을 거다. 너와 네 동생의 자산이 될 것이다. 지금은 너희들에게 내핍 생활을 하게 하지만 그건 나중에 더 많이 주기 위해서란다. 법률가들이 이 돈에 손 못 대게 해. 비용 명목으로 너한테서 많이 뜯어갈 거다. 그러니 이 돈이 너희 것이 되거든 잘 간직해. 평생 숨겨 두어야 한다. 늙어서까지 부족하지 않게 쓸 수 있게 말이다.' 그래서 할머니 장례식을 마치고 할머니 말씀대로 했어요. 지하 창고의 자물쇠를 열었고, 할머니가 가르쳐 줬던 벽 한 곳에서 벽돌을 빼냈어요. 거기서 찾아낸 것을 이 바구니에 담아 가지고 온 거예요. 잘 아시는 곳에 투자를 해주셨으면 하고 부탁하기 위해서요. 그리고 법적인 절차도 처리해야겠지요. 어떻게 해야 하는지 전 거의 아무것도 모르고, 비용도 너무 많이 들 것 같아서 두렵네요."

"나를 믿어 준다니 고맙구나, 파데트." 바르보 씨는 약간 궁금하긴 했지만 바구니를 열어 보지 않고 말했다. "내게는 네 돈을 맡거나 재산을 관리할 권리가 없단다. 너의 후견인이 아니니까. 틀림없이 할머니께서 유언을 남기셨을 거다."

"유언은 한 마디도 남기지 않으셨어요. 그리고 법률상의 후견인은 어머니예요. 그런데 아시는 바와 같이 오래전부터 소식이 끊겨 살아 계신지 돌아가셨는지도 몰라요. 그 외에 친척이라고는 대모인 팡셰트 아주머니밖에 없어요. 그 아주머니는 선량하고 정직한 분이긴 해도 재산을 관리하기는커녕 간수하는 것조차 전혀 할 수 없는 분이에요. 모든 사람들한테 그것에 대해 말하거나 보여 주지 않고는 못 견딜 것이고, 엉뚱한 데 투자를 하거나 참견하는 사람들 손에 맡겨서 눈치채지도 못하는 사이에 돈이 줄어들까 두려워요. 우리 팡셰트 아주머니는 계산에 밝은 그런 분이 절대 아니거든요."

"그럼 액수가 꽤 되겠구나?" 바르보 씨가 말했다. 그러지 않으려 했음에도 불구하고 눈이 자꾸 바구니 덮개 쪽으로 갔다. 그는 바구니의 손잡이를 잡아 무게를 가늠해 보았다. 그런데 너무나 무거워서 깜짝 놀라며 말했다.

"만일 이게 쇠붙이라면, 거의 말 한 마리에 실어야 할 정도의 무게인데."

두뇌 회전이 엄청나게 빠른 파데트는 바르보 씨가 바구니 안을 얼마나 보고 싶어 할까 생각하며 속으로 웃었다. 그래서 바구니를 열어 보이려 하자 바르보 씨는 자신의 체면에 손상이 간다고 생각했는지 못하게 막았다.

"나하고 상관없는 일이다. 내가 맡아 줄 수 없으니 네 재산이 얼마인지 모르는 게 낫겠다."

"그럼 적어도 이 부탁만은 들어주셔야 해요, 바르보 아저씨. 저도 100을 넘어가면 잘 못 세거든요. 팡셰트 아주머니와 다를 게 없어요. 게다가 옛날 돈과 새 돈의 가치가 어떻게 되는지도 모르고요. 아저씨밖에 믿을 사람이 없어요. 안 도와주시면 제가 부자인지 가난한지도 알 수 없고 제 재산이 정확히 얼마나 되는지도 알 수 없어요."

"그럼 한번 보자." 바르보 씨는 더 이상 참지 못하고 말했다. "그 정도 부탁이라면 그리 대단한 것도 아니니 거절도 못 하겠구나."

그러자 파데트는 바구니의 양쪽 덮개를 재빨리 열어 커다란 자루

두 개를 꺼냈다. 거기에는 각기 에퀴 은화*로 2천 프랑씩 들어 있었다.

"이거 금액이 상당한걸." 바르보 씨가 파데트에게 말했다. "이 정도 지참금이면 결혼하겠다는 남자가 줄을 서겠구나."

"이게 다가 아니에요." 파데트가 말했다. "바구니 바닥에 뭔가 작은 게 있어요. 뭔지는 모르겠지만."

그녀는 뱀장어 가죽으로 된 지갑을 꺼내 바르보 씨의 모자 안에 내용물을 쏟았다. 옛날에 주조된 루이 금화** 백 개가 있었다. 바르보 씨의 눈이 휘둥그레졌다. 바르보가 다 세어 보고 다시 지갑에 넣었는데 파데트가 또 다른 지갑을 꺼냈다. 내용물은 같았다. 그리고 연이어 세 번째, 네 번째 지갑을 꺼냈는데 결국 금화, 은화, 자질구레한 동전을 합해 바구니 안에서 4만 프랑에서 조금 모자란 금액이 나왔다.

이것은 바르보 씨가 부동산으로 가지고 있는 자산의 총액보다 3분의 1 정도 더 많은 금액이었다. 시골 사람들은 재산을 현금으로 가지고 있는 경우가 거의 없기 때문에 한 번에 이렇게 많은 돈을 본 건 바르보 씨도 처음이었다.

아무리 정직하고 욕심이 없는 농부라고 할지라도 돈을 보고 마음이 흔들리지 않을 사람은 없었다. 그랬기 때문에 바르보 씨는 한동안 이마에 땀이 맺혔다. 돈을 다 세고 난 뒤 바르보 씨가 말했다.

"1천 프랑의 40배가 되기에는 22에퀴가 모자라는구나. 말하자면

---

* 19세기 프랑스의 5프랑 은화.

** 20프랑의 가치가 있다.

네 몫만 해도 피스톨 금화*** 2천 개가 있는 셈이다. 파데트, 너는 이 마을에서 최고로 좋은 결혼 상대가 되겠어. 그리고 네 동생 메뚜기는 평생 허약하고 다리를 절겠지만 마차로 자기 땅을 둘러볼 수 있을 거야. 기뻐해라. 너는 너 자신이 부자라고 생각해도 된다. 좋은 신랑감을 구하고 싶으면 이 사실을 모두에게 알리면 될 거야."

"그건 전혀 급하지 않아요." 파데트가 말했다. "오히려 부자가 됐다는 사실을 비밀로 해주세요, 바르보 아저씨. 제가 못생기긴 했지만 돈이 아니라 착한 마음씨나 좋은 평판을 보고 저와 결혼하겠다는 사람과 함께하고 싶어요. 지금은 이 지역에서 제 평판이 좋지 않기 때문에 한동안 여기서 지내면서 그 평판이 잘못된 것이라는 걸 사람들로 하여금 깨닫게 하고 싶어요."

계속해서 바구니에서 눈을 떼지 못했던 바르보 씨가 눈을 들고 말했다.

"네가 못생겼다고 하는데, 이것만은 솔직히 말하마. 네가 도회지에 가서 완전히 다른 사람이 되어 돌아왔기 때문에 지금은 매우 우아한 아가씨로 인정받을 수 있어. 그리고 좋지 않은 평판이 사실이 아니라면 나도 그렇게 믿고 싶구나. 그렇다면 네가 부자가 되었다는 사실을 바로 알리지 않고 숨기겠다는 너의 생각에 찬성한다. 돈에 눈이 멀어 결혼하려고 하는 녀석들은 얼마든지 있으니까. 그런 녀석들은 애초에 남편이 아내에 대해 품고 있어야 할 존경심을 갖고 있지 않으니까.

이제 재산을 내게 맡기겠다던 이야기를 해야겠구나. 그건 법에 어

***스페인의 옛 금화. 10프랑의 가치가 있다.

굿나는 일이고 나중에 의심을 받거나 고발당하고 싶지 않다. 나쁜 말을 하는 사람들은 얼마든지 있단다. 게다가 네 몫은 네가 마음대로 한다고 하더라도 미성년인 남동생의 몫까지 경솔하게 투자할 수는 없다. 내가 해줄 수 있는 일은 네 이름은 밝히지 않고 너 대신 다른 사람에게 상담해 보는 것이다. 그렇게 한 다음, 네 어머니와 너의 상속분을 어떻게 해야 안전하고 수익성 좋은 곳에 맡길 수 있는지 알려 주도록 하겠다. 법률대리인의 손은 빌리지 않겠다. 그들은 하나같이 정직하지 못하니까 말이다. 그러니 이건 전부 가지고 돌아가거라. 내가 대답을 줄 때까지 잘 숨겨 두어라. 만약 공동상속인에 해당하는 어머니의 법률대리인이 나타난다면 내가 찾아가서 이번에 헤아린 금액을 증언해 주겠다. 그러려면 잊어버리지 않도록 이 헛간의 구석에 금액을 적어 놓겠다."

바로 그것이 파데트가 바라던 바였다. 그러니까 자신이 얼마를 갖고 있는지 바르보 씨가 알면 되는 것이었다. 그녀는 바르보 씨 앞에서 자기가 부자라는 것을 은근히 자랑하고 싶었다. 그러면 바르보 씨가 더 이상 자기가 랑드리에게서 돈을 뜯어내려 한다고 비난할 수 없을 것이기 때문이다.

34

바르보 씨는 파데트가 매우 신중하고 빈틈없는 아가씨라는 것을 알
았다. 그는 파데트가 부탁한 재산의 보관과 투자 일은 뒤로 미루고, 그
녀가 1년 동안 샤토-메이양에서 지내면서 어떤 평판을 얻었는지 알아
보는 걸 서둘렀다. 저렇게 엄청난 지참금을 가지고 있다면 집안이 안
좋은 건 그냥 넘어가도 되지 않을까 하는 생각이 들었지만, 이 아가씨
를 며느리로 삼으려면 품행은 따지지 않을 수 없었기 때문이다. 그래서
그는 직접 샤토-메이양에 가서 그녀에 대해 자세히 조사했다. 파데트가
그곳에 왔을 때 임신한 상태가 아니었고, 아이도 낳지 않았을 뿐 아니
라 행실이 아주 좋았기 때문에 조금도 비난할 것이 없다는 사실을 확인
했다. 그녀는 나이 든 귀족 출신 수녀님을 모시고 있었는데 고용인이라
기보다는 이야기 상대로 함께 지내며 즐거워했다는 것이었다. 그만큼
그녀가 예의도 바르고, 행실도 좋고, 머리도 좋은 아가씨라고 평가하고
있었던 것이다. 파데트가 떠나서 무척 아쉬워하고 있었고, 그녀가 완벽
한 기독교인이며, 열의가 있으며, 알뜰하고, 깔끔하고, 세심하고, 너무
나 사랑스러운 성격이라고 하면서 그와 같은 아이는 다시는 못 만날 거
라고 말했다. 그리고 노수녀님은 아주 부자로 자선사업을 크게 하고 있
었는데, 파데트는 병자들을 돌보기도 하고 약을 만들기도 하고, 수녀님

이 대혁명 이전에 수도원에서 알았던 여러 비법들을 배우기도 하면서 조수 역할을 멋지게 해냈다고 했다.

바르보 씨는 매우 만족스러워했고 끝까지 철저하게 조사해 보겠다는 결심을 한 채 코스 마을로 돌아왔다. 랑드리 손위의 애들과 자신의 형제들, 친척 여자들 모두를 불러 모아 놓고 파데트가 철이 든 이후의 품행에 대해서 조심스럽게 조사해 달라고 시켰다. 파데트에 관한 좋지 않은 소문이 전부 어렸을 때의 장난으로 인한 것이라면 개의치 않으면 되고, 반면에 파데트가 좋지 않은 행동이나 정숙하지 못한 일을 한 것을 봤다고 주장하는 사람이 나타나면 랑드리에게 파데트와 만나지 못하게 할 생각이었다. 바르보가 바라는 대로 조사는 신중하게 진행되었고, 지참금에 대한 소문은 돌지 않았다. 왜냐하면 바르보 씨는 자기 아내에게조차 그것에 대해 한 마디도 하지 않았기 때문이었다.

그 사이 파데트는 자신의 조그만 집에 틀어박혀 지냈다. 집 안 물건은 하나도 바꾸지 않았지만 초라한 살림 집기들을 어찌나 깨끗이 닦았는지 거울처럼 얼굴이 비칠 지경이었다. 동생 메뚜기에게는 깨끗한 옷을 입혔고 남의 눈에 띄지 않게 자신과 팡세트 아주머니가 먹는 영양가 있는 음식을 먹였다. 이것은 아이에게 엄청난 효과를 나타냈다. 최고도로 기력을 회복했고 곧 건강 상태도 더 바랄 수 없을 만큼 좋아졌다. 행복해지니까 성격도 좋아졌다. 이제는 할머니한테 혼나고 매 맞는 일도 없었으며 사랑받고 다정한 말만 들으면서 좋은 대우를 받자 메뚜기는 재미있고 사랑스러운 말만 하는 귀여운 아이가 되었다. 다리를 절뚝거리던 납작코 아이가 더 이상 누구에게도 미움받지 않는 아이가 된 것이다.

한편 파데트도 겉모습이나 행동이 완전히 변해서 그녀에 대한 험담이 사라졌으며, 그녀가 경쾌하고 우아하게 걸어가는 모습을 보고 할머니 애도 기간이 빨리 끝나기를 바라는 청년이 한둘이 아니었다. 그녀를 꼬드겨 춤추러 갈 생각이었던 것이다.

그녀에 관한 생각을 바꾸지 않는 사람은 실비네 바르보뿐이었다. 집안사람들이 파데트에 대해서 뭔가를 꾸미고 있다는 것은 알고 있었다. 왜냐하면 아버지가 그녀에 대한 이야기를 자주 했으며, 파데트에 대한 좋지 않은 소문이 거짓임을 알게 되면, 랑드리를 위해 잘된 일이라며 아주 기뻐했기 때문이다. 만일 자기 아들이 순진한 처녀를 잘못되게 했다는 비난을 받았다면 못 참았을 거라면서 말이다.

그리고 랑드리를 돌아오게 해야겠다는 말도 나왔고, 바르보 씨는 카이요 씨가 그것을 허락해 주기를 바라고 있는 것 같았다. 결국 실비네는 모두가 랑드리의 연애에 대해서 더 이상은 예전처럼 반대하지 않게 되었다는 것을 깨달았고, 고통이 다시 시작되었다. 세상 사람들의 의견은 얼마 전부터는 파데트에게 우호적인 것이 되었다. 사람들은 파데트가 부자인 줄은 몰랐지만 그녀를 마음에 들어 했다. 그랬기 때문에 실비네는 더욱 마음에 들지 않았다. 실비네에게 파데트는 랑드리의 애정을 두고 싸우는 연적이었기 때문이다.

바르보 씨는 실비네 앞에서 결혼이라는 단어를 종종 입에 올리게 되었다. 그리고 쌍둥이들도 슬슬 결혼에 대해 생각해야 할 나이가 되어 간다고 말했다. 랑드리의 결혼은 실비네에게 생각하는 것만으로도 몹시 가슴 아픈 일이었다. 그러면 정말로 랑드리와 결별하는 게 될 테니까. 실비네는 다시 열에 시달리게 되었고 바르보 부인은 다시 의사를 찾아갔다.

어느 날 바르보 부인은 팡셰트 아주머니와 마주쳤다. 바르보 부인이 걱정하면서 한탄하는 것을 들은 팡셰트 아주머니는 왜 멀리까지 가서 의사에게 진찰받고 많은 돈을 쓰냐면서 가까이에 이 지역에서 누구보다 뛰어난 치료사가 있다면서 파데트의 이름을 말했다. 그녀는 자신의 할머니처럼 돈을 벌기 위해서가 아니라 오로지 신과 이웃에 대한 사랑을 위해 치료한다고 했다.

바르보 부인은 남편에게 그 이야기를 했다. 바르보 씨는 거기에 조금도 반대하지 않았다. 파데트가 샤토-메이양에서 치료법에 관한 대단한 지식을 갖고 있다는 평판을 얻었기에 수녀님도 그녀에게 진찰받았을 뿐 아니라 사방에서 진찰받으러 왔었다는 이야기를 바르보씨가 부인에게 들려주었다. 그래서 바르보 부인은 파데트에게 와서 병석에 누워 있는 실비네를 살펴보고 도와 달라고 부탁했다.

파데트는 랑드리와 약속한 대로 몇 번이고 실비네와 이야기를 나눌 기회를 엿보고 있었지만 실비네는 결코 그럴 기회를 주지 않았다. 그래서 부탁을 받자마자 쌍둥이를 보러 달려갔다. 가서 보니 실비네는 열이 심해 잠들어 있었다. 파데트는 실비네와 단둘이 있게 해달라고 가족들에게 부탁했다. 치료사가 환자를 치료할 때 비밀스럽게 하는 것은 관행 같은 거라서 그 누구도 반대하지 않았고 방에서 나갔다.

우선 파데트는 침대 가장자리에 늘어져 있는 쌍둥이의 손에 자신의 손을 가져갔다. 실비네는 파리가 날아다니는 소리에도 잠을 깰 만큼 얕게 잠들어 있었는데도 파데트가 워낙 조심스럽게 손을 가져갔기 때문에 실비네는 그것을 깨닫지 못했다. 실비네의 손은 불덩이처럼 뜨거웠고 파데트가 잡아 주자 점점 더 뜨거워졌다. 실비네는 몸부림을 쳤지만 손을 빼내려고 하지는 않았다. 그러자 파데트는 다른 한쪽 손을 실비네의 이마에 얹었다. 처음과 마찬가지로 아주 조심스럽게 했지만 실비네는 더욱 몸부림을 쳤다. 그러나 조금씩 조금씩 그는 안정을 되찾아 갔다. 이윽고 환자의 머리와 손이 계속해서 식어 가고 있으며 어린아이처럼 조용히 잠들어 가고 있다는 것을 파데트는 알 수 있었다. 그런 상태로 환자가 눈을 뜨기 직전까지 곁에 있었다. 그러다가 침대의 커튼 뒤로 물러난 후 방에서 나왔다. 그 집을 나서면서 바르보 부인에게 이렇게 말했다.

"아드님에게 가보세요. 먹을 것 좀 챙겨 주세요. 이제 열은 내렸어요. 하지만 실비네를 고치고 싶으시면 저에 대해서는 절대로 말씀하시면 안 돼요. 오늘 밤에 다시 올게요. 상태가 늘 안 좋아진다고 말씀하신 그 시간에요. 그때 다시 한번 열을 내려 볼게요.

35

바르보 부인은 실비네의 열이 내려간 것을 보고 깜짝 놀랐다. 얼른 먹을 것을 챙겨 주니 실비네는 약간의 식욕을 보이며 먹었다. 엿새나 열이 내려가지 않아 아무것도 먹으려 하지 않았기 때문에 파데트의 뛰어난 기술에 모두가 감탄했다. 그녀는 환자를 잠에서 깨우지도 않았고 약도 먹이지 않았기 때문에 모두들 주술의 효력만으로 병세를 호전시킨 것이라고 생각하게 되었다.

밤이 되자 다시 열이 오르기 시작해 고열로 치달았다. 실비네는 자면서 악몽에 시달려서 허튼소리를 해댔다. 그러다 잠이 깨면 자기 주위에 있는 사람들을 보고 두려움을 느꼈다.

파데트가 다시 왔다. 아침에 그랬던 것처럼 한 시간 동안 실비네와 단둘이 남아서 다정하게 손과 머리에 자신의 손을 얹은 채 불덩이처럼 뜨거운 실비네의 얼굴 가까이에서 신선한 숨을 들이마시는 것 외에 마법은 조금도 사용하지 않았다.

그러자 아침과 마찬가지로 헛소리가 멈추고 열도 내려갔다. 이번에도 자신이 다녀갔다는 말을 하지 말라고 부탁한 뒤 파데트는 돌아갔다. 가족들이 가보니 실비네는 편안하게 잠들었고 얼굴도 더는 빨갛지 않았고, 아픈 사람처럼 보이지 않았다.

파데트는 어떻게 이런 방법을 생각해 냈을까? 그건 동생 자네를 간병하던 경험에서 우연히 터득한 것이었다. 자네를 열 번도 더 넘게 죽음의 문턱에서 다시 데려왔었는데 단지 손과 호흡으로 몸을 식혀 주고 또 고열로 오한을 느낄 때에는 역시 같은 방법으로 따뜻하게 해주는 것이 유일한 치료법이었다. 파데트는 사랑과 의지를 가진 건강한 사람이 순수하고 생명력 있는 손으로 환자를 어루만져 주고, 또한 그 사람에게 타고난 재능이 있고 신의 선함에 대한 강한 믿음이 있으면 병을 고칠 수가 있다고 생각했다. 그래서 환자의 손을 잡고 있는 동안은 언제나 마음속으로 신에게 간절한 기도를 드렸다. 그녀가 동생을 위해, 그리고 지금 랑드리의 형을 위해 쓴 이 방법은 그다지 소중하지 않은 사람이나 그녀가 별 관심이 없는 사람에게는 써보려고도 하지 않았다. 왜냐하면 이 치료법에서 가장 뛰어난 효력을 발휘하는 것은 환자에게 바치는 깊은 사랑이며, 그것이 없으면 신께서 병을 고칠 수 있는 능력을 주시지 않기 때문이다.

실비네의 열을 내릴 때, 파데트는 동생의 열을 내릴 때와 똑같이 신께 기도했다. '신이시여, 제 건강이 제 몸에서 이 병자의 몸으로 옮겨가게 해주세요. 그리고 다정한 예수님께서 모든 인간들의 영혼을 속죄하려고 자신의 생명을 바친 것처럼 이 병자에게 생명을 주기 위해 제 생명을 가져가시겠다면 그렇게 하세요. 제가 바라는 대로 이 병자를 낫게 해주신다면 대신 제 생명을 기쁜 마음으로 당신께 바치겠습니다.'

파데트는 할머니 임종의 침상에서도 이 기도의 효험을 시험해 봐야겠다고 몇 번이고 생각했었다. 하지만 그러지 못했다. 그 노파의 영혼과 몸의 생명이 꺼져 가고 있는 것처럼 보였고, 그것은 나이를 먹어서 일어나는 일이므로 자연의 법칙이며, 그 자체가 신의 뜻이라는 생각이

들었기 때문이었다. 그리고 여러분도 이미 아시겠지만 파데트는 치료할 때 마법보다는 신앙에 더 기대기 때문에 다른 기독교인들에게는 기적이라도 일어나지 않는 한 주시지 않는 것을 신께 부탁했다가 신을 화나게 하지 않을까 두려워하고 있었다.

이 치료법이 효과가 있었는지 없었는지는 모르지만, 파데트가 사흘 만에 실비네의 열을 완전히 내린 것은 확실했다. 파데트가 마지막으로 오던 날, 조금 일찍 눈을 뜬 실비네가 파데트가 자기 쪽으로 몸을 숙이고 있었다는 것과 살며시 손을 빼는 것을 보지 않았더라면 어떻게 해서 자기가 나았는지 몰랐을 것이다.

처음에는 유령인가 싶어서 보지 않으려고 눈을 감았다. 그리고 그 뒤 어머니에게 파데트가 자신의 머리에 손을 얹거나 맥박을 재지 않았는지 아니면 꿈을 꾼 것인지 물어보았다. 바르보 부인은 남편이 마침내 계획 일부분을 살짝 들려주었기 때문에 파데트를 싫어하는 실비네의 마음을 돌릴 수 있기를 바라면서 사흘간 파데트가 아침저녁으로 와서 비밀스럽게 치료를 해서 놀랍게도 열이 내려간 것이라고 대답했다.

실비네는 그 사실을 하나도 믿지 않는 것처럼 보였다. 자기의 열은 저절로 내려간 것이며 파데트의 말과 비법은 전부 헛된 것이거나 터무니없는 것일 뿐이라 말했다. 며칠간 실비네가 안정된 상태를 유지했고, 몸 상태도 좋아서 바르보 씨는 실비네에게 동생 랑드리가 결혼을 하게 될지도 모른다는 이야기를 하는 편이 좋겠다고 생각했다. 그렇지만 그가 염두에 두고 있는 신부의 이름은 말하지 않았다.

"아버지가 랑드리의 결혼 상대로 정해 두신 아가씨의 이름을 숨길 필요는 없어요." 실비네가 말했다. "저도 알아요. 파데트죠? 그 여자가 모두의 마음을 사로잡았군요."

사실 바르보 씨가 파데트에 대해 비밀리에 조사해서 알아낸 것은 파데트에 관한 좋은 말뿐이었다. 바르보 씨는 더 이상 망설이지 않고 랑드리를 불러들이고 싶었다. 지금 마음에 걸리는 것은 쌍둥이 실비네의 질투뿐이었다. 바르보 씨는 이 나쁜 마음을 고쳐 보려고 노력했다. 동생 랑드리는 파데트 없이는 결코 행복해질 수 없다고 말했다. 그러자 실비네는 이렇게 대답했다.

"그럼 그렇게 하세요. 동생이 행복해야 하니까요."

그러나 아직은 그렇게 할 수가 없었다. 실비네가 겨우 허락해 주나 싶었는데 다시 열이 나기 시작했기 때문이었다.

36

한편 바르보 씨는 파데트가 자신이 예전에 부당하게 대했던 것에 원한을 품고 있지 않을까, 그리고 랑드리가 없으니 마음을 달래기 위해서 다른 남자를 마음에 둔 게 아닐까 걱정이 되었다. 그녀가 실비네를 치료하기 위해 쌍둥이네에 왔을 때 랑드리에 대한 이야기를 해보려 했으나 파데트가 못 들은 척했기 때문에 바르보 씨는 무척 당황스러웠다.

결국 어느 날 아침 그는 결심을 하고 파데트를 만나러 갔다.

"팡숑 파데."라고 바르보 씨가 말했다. "너한테 물어볼 게 있어서 찾아왔단다. 솔직하게 사실대로 대답해 주기 바란다. 할머니가 네게 많은 재산을 남겨 주실 것을 돌아가시기 전부터 알고 있었니?"

"네, 바르보 아저씨."라고 파데트가 대답했다. "어렴풋이 알고 있었어요. 할머니께서 금화나 은화를 세는 모습은 자주 봤지만 집에서 나가는 돈은 오직 동전뿐이었으니까요. 그리고 다른 아이들이 제 누더기를 보고 놀려 대면 할머니는 자주 제게 이렇게 말씀하셨어요. '그런 것에는 신경 쓰지 마라. 네가 저 애들보다 훨씬 더 부자가 될 거니까. 네가 그런 것을 좋아한다면 머리끝에서 발끝까지 비단으로 휘감을 수 있는 날이 올 거다.'라고요."

"그렇다면," 바르보 씨가 말을 이었다. "그 사실을 랑드리에게 말한 적이 있니? 우리 아들이 네 돈 때문에 너한테 반한 척한 것은 아니겠지?"

"그건 말이죠, 바르보 아저씨."라고 파데트가 대답했다. "저는 항상 제 눈을 보고 사랑해 줄 사람을 원했어요. 사람들이 제 눈만은 예쁘다고 인정해 주었거든요. 제가 랑드리에게 가서 제가 예쁜 눈에다 돈주머니까지 갖고 있다고 말할 만큼 어리석지는 않아요. 하지만 말해도 괜찮았을 거예요. 랑드리는 저를 솔직하게 진심으로 사랑해 주었고 제가 부자든 가난하든 전혀 신경 쓰지 않았으니까요."

"그럼 팡숑, 네 할머니가 돌아가시고 난 뒤로도 랑드리가 그 돈에 관한 이야기를 너나 다른 누구에게서도 듣지 않았다고 네 명예를 걸고 맹세할 수 있겠니?"라고 바르보 씨가 말했다.

"예, 할 수 있어요."라고 파데트가 말했다. "제가 신을 사랑하고 있는 것만큼이나 확실해요. 저 말고 그 일에 대해서 알고 있는 건 아저씨뿐이에요."

"그리고 랑드리의 사랑에 대해서인데, 팡숑, 아직도 변함없이 너를 사랑하고 있다고 생각하니? 할머니께서 돌아가시고 난 이후에 랑드리의 마음이 변치 않았다는 징표라도 받았니?"

"그 점에 대해서라면 가장 멋진 징표를 받았어요."라고 그녀가 대답했다. "솔직히 말씀드리자면 할머니가 돌아가시고 사흘 후에 랑드리가 저를 만나러 왔었어요. 슬픔에 잠겨서 죽든지 저를 아내로 맞이하든지 둘 중 하나를 선택하겠다고 맹세했어요."

"그래, 파데트, 너는 뭐라고 대답했니?"

"바르보 아저씨, 제가 뭐라고 대답했는지는 굳이 말할 필요가 없을 거예요. 하지만 아저씨 속 시원하시라고 말씀드릴게요. 저는 결혼에 대해 생각하기에는 아직 시간이 더 있어야 하고, 부모님을 거역하면서까지 제 마음에 들려고 애쓰는 남자는 선택하지 않을 거라고 대답했어요."

파데트가 자부심 강하고 거리낌 없는 어조로 이렇게 말했기 때문에 바르보 씨는 걱정이 되었다.

"너에게 이것저것 물어볼 권리가 나한테는 없지만, 팡숑 파데." 바르보 씨가 말했다. "그리고 네가 우리 아들을 평생 행복하게 해줄 생각인지 불행하게 만들 생각인지 알 수 없지만, 그 녀석이 너를 아주 사랑하고 있다는 건 알고 있다. 너는 너 자체로 사랑받기를 원하고 있으니 만약 내가 너라면 이렇게 생각할 것이다. '랑드리 바르보는 내가 누더기를 입고 있었을 때부터 나를 좋아했어. 모든 사람들이 나를 싫어했을 때, 부모님께서 그가 큰 죄라도 지은 것처럼 비난하셨을 때에도 나를 좋아해 줬어. 모든 사람들이 절대로 예뻐지지 않을 거라고 생각했을 때부터 예쁘다고 생각해 줬어. 나를 좋아한 것 때문에 고통을 당했는데도 사랑해 줬어. 곁에 있을 때나 떨어져 있을 때나 변함없이 사랑해 줬어. 너무나도 다정하게 대해 줘서 그 사람에 대해서는 의심할 필요도 없고, 다른 사람을 남편으로 맞아들이고 싶은 생각은 조금도 없어.'라고 말이다."

"벌써 오래전부터 그렇게 생각하고 있었어요, 바르보 아저씨." 파데트가 대답했다. "하지만 다시 한번 말씀드리지만 저를 부끄럽게 생각하거나 동정심으로 마음이 약해져서 결혼을 허락해 주는 그런 집안에는 절대 들어가고 싶지 않아요."

"마음에 걸리는 게 그것뿐이라면 이제는 결심해도 된다." 바르보 씨가 말했다. "랑드리네 가족은 너를 훌륭한 사람이라고 생각하고 있으며 가족이 되었으면 좋겠다고 생각하고 있단다. 네가 부자가 됐다고 해서 마음이 바뀐 건 아니란다. 너를 마음에 내켜 하지 않았던 것은 가난했기 때문이 아니라 너에 관해 떠도는 나쁜 말들 때문이었단다. 만약 그 소문이 사실이었다면 랑드리가 죽는다고 해도 결코 너를 며느리로 맞아들이는 일을 승낙하지 않았을 것이다. 그래서 난 그 말들이 사실인지 확인해 봐야겠다고 생각했단다. 일부러 샤토-메이양까지 가서 아주 사소한 것까지 조사했고, 여기 돌아와서도 조사했단다. 그리고 지금은 사람들이 내게 거짓말을 했고 랑드리가 열을 내며 우리에게 확언했던 대로 네가 현명하고 정직한 사람이라는 걸 알게 되었다. 팡숑 파데, 그래서 내가 이렇게 부탁하러 왔다. 우리 아들과 결혼해 주지 않겠니? 네가 승낙해 주면 랑드리를 일주일 후에 여기 오게 하겠다."

분명 이렇게 될 거라고는 예상했지만 막상 그런 말을 듣고 나니 파데트는 너무 기뻤다. 그러나 그런 내색은 하지 않았다. 미래의 가족에게 언제까지나 존중받기를 원했기 때문이다. 파데트는 조심스럽게 승낙의 뜻을 밝혔다. 그러자 바르보 씨가 파데트에게 말했다.

"나하고 우리 집 식구들한테 아직 뭔가 불편한 게 있나 보구나. 이 늙은이에게 용서를 빌라는 건 아니겠지? 집안사람들 모두 너를 좋아하게 될 거고 존중할 거라는 약속을 할 테니 그걸로 만족해 주기 바란다. 바르보 아저씨를 믿으렴. 나는 지금까지 누구도 속인 적이 없단다. 자, 네가 선택한 재산 관리 후견인에게, 혹은 너를 며느리로 삼고자 하는 시아버지에게 화해의 입맞춤을 해주겠니?"

파데트는 더 이상 버틸 수 없었다. 그녀는 바르보 씨의 목을 두 팔로 와락 끌어안았다. 노인의 마음은 기쁨으로 가득 찼다.

37

결혼 약속은 금방 성사되었다. 결혼식은 파데트의 할머니 애도 기간이 끝나면 바로 올리기로 했다. 이제 랑드리를 불러들이기만 하면 되었다. 그런데 그날 밤 바르보 부인이 파데트에게 입맞춤하고 축복을 하러 파데트를 만나러 왔다. 바르보 부인은 실비네가 동생의 결혼이 임박했다는 소식을 듣고 다시 병에 걸렸으니 병이 낫거나 마음을 달랠 수 있을 때까지 며칠 더 기다려 달라고 파데트에게 부탁했다.

"실수를 하셨네요, 바르보 아주머니." 파데트가 말했다. "열을 내릴 때 실비네가 옆에 있는 나를 본 게 꿈이 아니었다고 확인해 주셨다니 말이에요. 이제는 그의 영혼이 거부할 거예요. 그가 잠들어 있는 사이에 치료를 해도 같은 효험이 없을 거예요. 제가 곁에 못 오게 할 수도 있고, 제가 있으면 상태가 더 나빠질 수도 있어요."

"나는 그렇게 생각하지 않는데." 바르보 부인이 대답했다. "아까 몸이 안 좋다면서 자러 가면서 이렇게 말했단다. '파데트는 어디 있어? 파데트가 봐줘야 나을 텐데. 이제 안 오는 거야?' 너를 데리고 오겠다고 했더니 기뻐하는 듯했고, 빨리 안 오나 기다리는 것 같았어."

"지금 갈게요." 파데트가 대답했다. "다만 이번에는 다른 방법을 써야겠어요. 말씀드렸다시피 제가 있다는 걸 몰랐을 때 효과를 보였던 방법은 이제 듣지 않을 테니까요."

"그래서 약이나 치료기구도 안 가져가는 거니?" 바르보 부인이 물었다.

"예, 안 가져가요." 파데트가 말했다. "실비네는 몸이 아픈 게 아니에요. 제가 상대해야 하는 것은 그의 마음이에요. 실비네의 마음속으로 제 마음이 들어가 보려 해요. 잘될 거라고 약속드릴 수는 없어요. 약속드릴 수 있는 건, 랑드리가 돌아올 때까지 인내심을 갖고 기다릴 것이고, 실비네를 완전히 건강하게 만들어 놓은 후에 랑드리에게 연락해 달라고 부탁드리겠다는 것뿐이에요. 랑드리가 형을 치료해 달라고 부탁했거든요. 돌아오는 기쁨의 시간이 좀 늦춰져도 저를 칭찬해 줄 거라는 걸 알아요."

실비네는 파데트가 자기 침대 옆으로 다가오자 불만스러운 것처럼 보였다. 몸이 어떠냐고 물어도 대답조차 하지 않았다. 파데트가 맥박을 재려 하자, 실비네는 손을 뺐다. 그러고는 침대 옆의 벽 쪽으로 돌아누웠다. 그러나 파데트는 사람들에게 둘이서만 있게 해달라고 신호를 보냈다. 모두 방에서 나가자 파데트는 램프를 꺼버렸다. 마침 보름달이 뜬 밤이었는데, 그 달빛만이 방을 밝혀 주는 유일한 빛이었다. 파데트는 실비네 곁으로 돌아와서 명령하는 듯한 어조로 말했다. 그러자 실비네는 어린아이처럼 그 말에 따랐다.

"실비네, 내 손에 당신의 두 손을 얹어 봐요. 그리고 사실대로 대답해요. 나는 돈 벌기 위해 온 게 아니고 당신을 치료하기 위해 온 거예요. 그러니 당신은 날 제대로 맞이하고 감사하는 마음을 가져야 해요. 지금부터 내가 묻는 말을 잘 듣고 잘 생각해서 대답하세요. 날 속일 수는 없을 거예요."

"알아야 할 게 있으면 물어봐, 파데트." 쌍둥이 실비네가 대답했다. 옛날에는 자기에게 자주 돌을 던지던 장난꾸러기 파데트가 이렇게 엄격하게 말하는 걸 들으니 어리둥절했다.

"실뱅 바르보(실비네의 세례명), 당신은 죽고 싶어 하는 것 같아요." 파데트가 물었다.

실뱅은 대답하지 못하고 마음속으로 조금 주저했는데 파데트가 손을 세게 잡아 강한 의지를 보였기 때문에 아주 혼란스러운 마음으로 말했다.

"죽어 버리는 게 내게는 가장 행복한 일이 아닐까? 가족에게 나는 고통과 걱정거리이니까, 몸도 약하고, 게다가…."

"다 말해요, 실뱅. 나한테 아무것도 숨기지 말고."

"그리고 걱정이 많은 성격은 고칠 수도 없고…." 실비네는 완전히 기가 죽어서 말했다.

"그리고 마음씨도 나쁘죠." 파데트는 너무나도 엄격한 어조로 말했다. 실비네는 그 어조에 화가 나기도 했지만 그 이상으로 두려움을 느꼈다.

38

"왜 내가 나쁜 마음씨를 가졌다고 비난하는 거지?" 실비네가 말했다. "넌 날 욕하는 거구나. 내가 스스로 변호할 힘도 없다는 걸 잘 알면서."

"난 사실대로 이야기했어요, 실뱅." 파데트가 말했다. "다른 것들도 더 말해 줄까요? 당신이 아픈 것은 하나도 불쌍하지 않아요. 대단한 병이 아니라는 것은 보기만 해도 알아요. 염려스러운 게 있다면 그건 당신이 미쳐 버리지 않을까 하는 거예요. 당신은 최선을 다해 그렇게 되려고 하고 있잖아요. 자신의 악의와 나약한 정신이 자신을 어디로 끌고 가는지도 모르면서."

"내가 정신력이 약하다는 건 비난해도 좋아." 실비네가 말했다. "그러나 악의라니. 내가 그런 비난을 들을 이유는 없어."

"자신을 변호하려 하지 마세요." 파데트가 대답했다. "당신에 대해서 내가 당신 자신보다 더 잘 알고 있으니까. 실뱅, 당신은 약해서 잘못된 길로 빠진 거예요. 그렇기 때문에 당신은 이기주의자에 배은망덕한 사람인 거죠."

"팡숑 파데, 나에 대해 그렇게 나쁘게 생각하다니 분명 랑드리가 나를 나쁘게 말해서 그런 거겠지. 랑드리가 나를 조금도 사랑하지 않는다는 것을 너에게 보여주었기 때문이지. 네가 나에 대해 알고 있는 것이든, 알고 있다고 믿는 것이든, 다 랑드리를 통해 알게 된 것일 테니.”

“그렇게 말할 줄 알았어요, 실뱅. 당신은 입만 열면 세 마디도 하기 전에 당신 쌍둥이 동생에 대해 불평하고 원망한다는 거 잘 알고 있었어요. 당신이 랑드리에 대해 품고 있는 애정은 너무 광적이고 과도해서 분노와 원한으로 쉽게 변하죠. 이걸로 당신이 반쯤 미쳤다는 것과 좋은 점이 전혀 없다는 걸 알아본 거예요. 말해 두지만 랑드리는 당신이 그를 사랑하는 것보다 만 배는 당신을 더 사랑해요. 그 증거로 그는 당신이 아무리 괴롭혀도 조금도 당신을 탓하지 않아요. 반면에 당신은 랑드리가 당신한테 양보하고 뭐든 도우려고 하는데도 랑드리가 하는 모든 것들에 대해 불평하죠. 그러니 어떻게 당신과 랑드리의 차이가 안 보이겠어요? 그래서 랑드리가 당신에 대해서 좋게 말하면 말할수록 나는 당신을 나쁜 사람이라고 생각하게 되는 거예요. 그렇게도 착한 동생의 진가를 인정하지 않다니 불공정한 마음을 가진 사람이 아니라면 있을 수 없는 일이니까요.”

“그러니까 나를 미워한다는 거지, 파데트? 내 생각이 틀리지 않았어. 네가 랑드리에게 나를 나쁘게 말해서 나를 싫어하게 만들었다는 거 다 알고 있어.”

“이번에도 그렇게 나올 줄 알았어요, 실뱅 선생. 드디어 나를 상대하겠다니 기뻐요. 자 그럼 당신에게 대답하겠어요. 당신은 마음씨 나쁜 거짓말쟁이 어린아이예요. 당신이 자신에게 심술만 부려 왔다는 것을 알고 있으면서도 언제나 당신에게 도움을 주고 마음속으로 당신을 감싸준 사람을 무시하고 모욕하니까요. 내가 세상에서 느끼는 가장 크고, 유일한 기쁨 즉, 랑드리와 만나고 함께 지내는 기쁨을 백번이나 포기하고 랑드리를 당신 곁에 보냈고 나 자신은 참아서라도 당신이 행복하길 바랐죠. 당신한테 신세 진 것도 전혀 없는 데 말이죠. 당신은 늘 나의 적이었죠. 내가 기억하는 한 당신보다 더 나에게 가혹하고 거만하게 굴었던 사람은 없어요. 당신에게 복수할 마음을 가질 수도 있었고 그럴 기회도 얼마든지 있었죠. 그렇게 하지 않았을 뿐 아니라 당신의 악행을 당신 모르게 선행으로 돌려줬던 것은 기독교인은 신의 뜻에 따르기 위해 이웃을 용서해야 한다는 잘 알고 있었기 때문이에요. 하지만 신에 대해 말하는 것, 틀림없이 당신은 별로 듣고 싶지 않겠죠? 당신은 신의 적이고, 구원의 적이니까요."

"말하고 싶은 대로 두었더니 별말을 다 하는군. 파데트, 내가 기독교인이 아니라고 비난하다니 너무 심한 거 아니야?"

"아까 죽고 싶다고 하지 않았어요? 그게 기독교인다운 생각일까요?"

"그런 말 한 적 없어, 파데트. 내가 말한 건…."

실비네는 자신이 한 말을 생각해 보고는 너무 소름이 끼쳐 입을 다물었다. 파데트의 훈계를 듣고 나니 자신이 한 말이 신앙이 없는 사람처럼 보인다는 것을 깨달았다.

파데트는 실비네를 가만히 내버려 두지 않고 계속해서 꾸짖었다.

"어쩌면 말로 하는 것이 생각하고 있는 것보다 더 나쁠 수도 있어요." 파데트가 말했다. "왜냐하면 그렇게 죽고 싶다고는 생각하고 있지도 않으면서 주위 사람들로 하여금 그렇게 생각하게 만들어 집안에서 상전 노릇을 하죠. 그리고 그것 때문에 가슴 아파하고 있는 가엾은 어머니와 당신이 목숨을 끊기를 원한다고 믿을 만큼 단순한 랑드리를 괴롭히려 하고 있으니까요. 나는 속지 않아요, 실뱅. 당신은 다른 사람들만큼이나 어쩌면 더 죽음을 두려워하고, 당신을 소중히 여기는 사람들을 두려움에 떨게 하며 기뻐하고 있는 거라고 생각해요. 가족들이 아무리 현명하고 필요한 결정을 해도 죽을 생각이라고 위협하면 다 져주니까 당신은 그게 좋은 거예요. 사실 말 한마디에 자기 주위의 모든 것을 자기 뜻대로 할 수 있다는 건 아주 편리하고 기분 좋은 일이겠죠. 이런 식으로 당신은 여기 있는 모든 사람들을 지배하고 있는 거죠. 하지만 그건 자연의 법칙에 어긋나는 일이고 신께서 용납하지 않는 방법이기 때문에 신께서 벌을 내린 거예요. 복종하는 대신 명령하면서도 더 불행해지게 된 거죠. 그렇기 때문에 당신은 즐겁게 살 수 있는 환경에서도 사는 걸 지루해하는 거예요. 어떻게 해야 당신이 착하고 현명한 사람이 될 수 있었을지 말해 줄까요? 엄한 부모님 밑에서 더 가난하게 자랐어야 했어요. 빵도 매일 먹지 못하고 매도 자주 맞고. 당신이 만일 나와 내 동생과 같은 환경에서 성장했다면 지금처럼 은혜도 모르는 사람이 되지 않았을 거예요. 아주 작은 일에도 감사하며 살았겠죠. 쌍둥이로 태어난 걸 방패로 삼으면 안돼요. 당신 주위의 사람들이 쌍둥이의 애정은 자연의 법칙이기 때문에 그걸 거스르면 죽게 된다는 말을 너무 많이 했다는 건 나도 알고 있어요. 그래서 당신은 그 애정을 극단으로 몰고 가서 자신은 운명에 따르고 있는 거라고 생각하게 된 거예요. 하지만 신은 어머니의 뱃속에서부터 우리에게 그런 운명을 짊어지게 할 만큼 불공평하지 않고, 우리가 결코 극복할 수 없는 생각을 심어 주실 만큼 잔인하지 않아요. 그렇게 생각하는 건 신을 모독하는 거예요, 당신처럼 미신을 믿는 사람은 자신의 핏속에 저항력이나 이성으로 누를 수 없는 더 큰 힘이 있다고 생각하죠. 당신이 미치광이가 아닌 한 질투심 정도는 억제할 수 있을 거라고 생각해요. 당신이 그럴 마음이 있다면요. 하지만 그럴 마음이 없는 거겠죠. 당신 영혼 속의 악을 사람들이 너무 받아 줬으니까. 그리고 당신은 자신의 의무보다는 자신의 일시적인 욕망을 더 소중히 생각하니까요."

실비네는 아무 대답도 하지 않았고, 파데트가 오랫동안 그를 질책하는 것을 한마디 반박도 못 한 채 듣고만 있었다. 그녀가 하는 말이 전부 옳다고 느꼈다. 다만 한 가지만은 좀 지나쳤다고 생각했다. 그것은 실비네가 자신의 나쁜 점과 맞서 싸운 적이 한 번도 없고, 자신이 이기적이라는 것을 스스로도 잘 알고 있다고 말한 부분이었다. 사실상 실비네는 그럴 마음이 없었는데 자기도 모르게 이기주의자가 된 것이었다. 그것이 실비네를 괴롭혔으며 비참한 기분을 느끼게 했다. 자신의 양심에 대해 좀 더 제대로 알아주었으면 했다. 파데트는 자기가 과장했다는 것을 알고 있었다. 실비네의 마음을 상냥하게 위로하기 전에 실컷 꾸짖어 반성시키는 게 좋겠다는 생각에서 일부러 괴롭힌 것이었다. 그랬기 때문에 화가 난 것처럼 보이기 위해 억지로 심하게 말한 것이었다. 하지만 마음속으로는 실비네에 대한 연민과 애정을 느끼고 있어서 그런 식으로 한 것에 기분이 언짢았다. 헤어질 때쯤에는 실비네보다 파데트가 훨씬 지쳐 있었다.

39

사실 실비네는 겉으로 보이는 만큼, 그리고 자신이 생각하는 것만큼 아픈 것은 아니었다. 파데트는 실비네의 맥을 짚는 순간 우선 열이 그다지 높지 않다는 걸 알았으며, 그가 헛소리를 했던 것은 몸보다 마음이 훨씬 아프고 약해져 있었기 때문이라는 것도 알게 되었다. 그래서 실비네에게 공포감을 줌으로써 그의 마음부터 치료해야겠다고 생각했다. 날이 밝자 파데트는 다시 실비네에게 갔다. 실비네는 잠은 거의 자지 못했지만 차분한 상태였고 기가 꺾인 것처럼 보였다. 그는 파데트를 보자마자 손을 내밀었다. 전날 밤 손을 감췄던 것과는 전혀 달랐다.

"왜 손을 내미는 거죠, 실뱅?" 파데트가 말했다. "열이 있나 봐달라는 건가요? 얼굴만 봐도 열이 없다는 건 알 수 있어요."

실비네는 파데트가 손을 잡아 주지 않자 내민 손을 거두는 것도 창피해서 이렇게 말했다.

"아침 인사를 하려고 했지, 파데트. 그리고 나를 위해 수고를 많이 해주었으니 고맙다는 인사를 하려고 했지."

"그렇다면 인사를 받아야죠." 파데트는 실비네의 손을 잡고 말했다. "나는 진실한 마음은 절대 거부하지 않아요. 당신이 전혀 그렇게 느끼지 않으면서도 나에게 호의를 보일 만큼 위선적이라고는 생각하지 않아요."

잠에서 완전히 깬 상태였는데도 실뱅은 파데트가 손을 잡고 있는 것이 기분 좋게 느껴졌다. 그래서 매우 다정한 목소리로 말했다.

"어쨌든 어젯밤에는 날 호되게 몰아붙였지, 팡숑. 그런데 어찌 된 일인지 널 원망하는 마음이 안 들어. 그렇게 날 비난할 게 많은데도 이렇게 만나러 와주다니 네가 정말 착하다는 생각까지 하게 돼."

파데트는 실비네의 침대 곁에 앉아서 어젯밤과는 전혀 다르게 이야기했다. 아주 친절하고 상냥하게 애정을 담아 말했기 때문에 실비네는 위안을 받았고, 파데트가 자기에게 화가 많이 나 있는 게 아닐까 생각했었기 때문에 더욱 기뻤다. 그는 눈물을 흘리면서 자신의 모든 잘못을 고백했다. 진심으로 마음을 담아 용서를 빌고 친하게 지내고 싶다고 했기 때문에 파데트는 실비네의 마음이 매우 착하다는 것을 알게 되었다. 파데트는 실비네가 마음을 다 털어놓게 내버려 두었고, 가끔은 꾸짖기도 했다. 파데트가 손을 빼려고 할 때마다 실비네는 꼭 쥐고 놓지 않았다. 파데트의 손이 자신의 병과 슬픔을 모두 낫게 해줄 것 같았기 때문이었다.

파데트는 자신이 바라던 만큼 실비네가 좋아진 것을 보고 이렇게 말했다.

"이제 갈게요. 실뱅, 자리에서 일어나세요. 이제 열도 없으니까. 어린아이처럼 굴면 안 돼요. 어머님은 당신을 간병하느라 지치셨고 계속 당신 곁을 지키시느라 시간을 너무 많이 빼앗겼잖아요. 그리고 내가 부탁해 둘 테니 어머니께서 가져다주시는 걸 먹어요. 고기를 좀 먹어요. 당신이 먹기 싫어한다는 건 나도 알고 있어요. 요즘에는 부실하게 풀만 먹었다면서요? 하지만 억지라도 먹어야 해요. 내키지 않아도 그런 얼굴 하지 말아요. 고기 먹는 걸 보시면 어머님께서 기뻐하실 거예요. 먹기 싫은 마음을 참고 얼굴에 나타내지 않으면 두 번째 먹을 때에는 훨씬 나을 거고 세 번째부터는 아무렇지도 않을 거예요. 내 말이 틀렸는지 한번 시험해 봐요. 그럼 잘 있어요. 또 금방 다시 날 부르는 일은 없었으면 해요. 당신이 병에 걸리고 싶다고 생각하지 않으면 다시 병에 걸리지 않을 테니까요.

"그럼 오늘 밤에는 오지 않을 거야?" 실비네가 물었다. "다시 올 줄 알았는데."

"나는 돈을 받고 환자를 보는 의사가 아니에요. 당신이 아프지 않을 때는 당신을 돌보는 것 말고 다른 할 일이 있어요."

"그래, 네 말이 맞아, 파데트. 그런데 너를 다시 만나고 싶어 하는 거, 이것도 나의 이기적인 생각이라고 생각해? 그건 다른 거야. 너와 이야기를 나누면 위로가 돼."

"그럼 몸이 부자유스러운 것도 아니고 우리 집이 어딘지도 알잖아요. 당신도 모르지 않죠? 내가 결혼하면 당신의 제수씨가 된다는 걸요. 당신과 친해져서 벌써 제수씨가 된 기분이에요. 그러니까 우리 집에 이야기하러 와도 아무도 뭐라고 안 할 거예요."

"네가 된다고 하니 갈게." 실비네가 말했다. "잘 가. 나도 일어나야겠다. 밤새 슬퍼하느라 잠을 전혀 못 자서 머리가 좀 많이 아프지만."

"그 두통도 고쳐 줄게요." 파데트가 말했다. "하지만 이번이 마지막이에요. 오늘 밤부터는 푹 주무세요."

파데트는 실비네의 이마에 손을 얹었다, 5분쯤 지나자 실비네는 정신이 맑아지며 마음이 편안해졌다. 더 이상 머리가 아프지 않았다.

"파데트, 너를 미워했던 것은 잘못이었어. 이젠 알겠어." 실비네가 말했다. "너는 훌륭한 치료사야. 병을 진정시킬 줄 알아. 다른 모든 사람들은 이런저런 약을 줘서 병을 더 심하게 만들었는데, 너는 손만 갖다 대고 병을 고쳤어. 언제나 네 곁에 있을 수 있다면 아프지도 않고 잘못도 저지르지 않을 것 같아. 그런데 파데트, 말해 봐. 나한테 아직도 화난 거 아니지? 네 말 잘 따르겠다고 약속한 것 믿어줄 수 있지?"

"믿어요." 파데트가 대답했다. "당신 마음이 변하지 않는 한, 당신이 내 쌍둥이인 것처럼 좋아할 거예요."

"정말 그럴 생각이라면, 꽝쏭, 앞으로는 높임말 쓰지 말고 반말 써. 쌍둥이끼리 그렇게 격식 차려 말하지 않거든."

"그럼, 실뱅, 일어나. 먹고 떠들고 산책하고 잠을 자는 거야." 파데트는 자리에서 일어나며 말했다. "오늘 나의 명령은 이거야. 내일은 일을 해."

"그리고 너 만나러 갈게." 실비네가 말했다.

"그래 좋아." 파데트가 말했다. 그리고 애정과 용서의 마음이 담긴 눈으로 실비네를 바라본 뒤 집으로 돌아갔다. 그러자 실비네는 갑자기 힘이 솟아나서 지금까지 비참한 기분으로 게으름을 피우던 침대에서 벗어나고 싶어졌다.

40

바르보 부인은 파데트의 능숙한 솜씨에 감탄을 금할 수가 없었다. 그날 밤 그녀는 남편에게 이렇게 말했다.

"실비네가 지난 6개월 동안 이렇게 건강했던 적이 없었어요. 오늘 가져간 음식을 전부 먹었는데 평소처럼 얼굴을 찡그리지도 않았어요. 더 신기한 건 파데트가 무슨 신인 양 이야기하더라고요. 파데트에 대해 말할 때는 칭찬 일색이에요. 게다가 랑드리가 돌아와서 결혼하면 정말 좋겠대요. 이건 정말 기적 같아요. 저는 이게 꿈인지 생시인지 모르겠어요.

"기적인지 아닌지는 모르겠지만." 바로보 씨가 말했다. "그 아이는 머리가 아주 좋아. 그 아이가 가족이 되면 좋은 일이 생길 게 틀림없어."

사흘 후, 실비네는 아르통으로 랑드리를 데리러 갔다. 무슨 큰 보상이라도 하려는 것처럼 랑드리에게 이 기쁜 소식을 가장 먼저 알리고 싶다고 아버지와 파데트에게 부탁했던 것이다.

"세상 모든 행복이 한꺼번에 내게 왔군." 랑드리는 실비네를 안고 넋을 잃을 만큼 기뻐하며 말했다. "형이 나를 데리러 오고, 게다가 나만큼 기뻐하고 있는 것 같으니."

두 사람이 도중에 빈둥거리지 않고 함께 곧장 집으로 돌아왔다는 것은 말할 필요도 없을 것이다. 그리고 파데트와 그 동생 자네를 저녁 식사 테이블의 한가운데에 앉히고 온 가족이 식사할 때 쌍둥이네 사람들만큼 행복한 사람들도 없었다.

그 뒤로 반년 동안 가족 모두에게 인생은 즐거운 것이었다. 어린 나네트가 카이요 씨의 둘째 아들과 약혼을 했기 때문이었다. 랑드리는 집안 식구를 제외하고는 카이요 씨 둘째 아들과 가장 친했다. 두 쌍의 결혼식은 동시에 올리기로 결정되었다. 실비네는 파데트를 진심으로 좋아하게 되어 무슨 일이든 파데트와 의논을 할 정도였고, 파데트가 하는 말은 무조건 들었다. 마치 파데트를 친누이로 생각하는 게 아닌가 싶을 정도였다. 그는 더 이상 아프지도 않았고, 더 이상 질투는 문제가 되지 않았다. 가끔 슬퍼 보이기도 하고 멍하니 생각에 잠겨 있는 것 같아도 파데트가 나무라면 금방 웃는 얼굴을 했고 마음을 터놓고 이야기했다.

두 쌍은 같은 날 같은 시간에 혼인 미사를 올렸다. 두 집 모두 여유 있는 가정이었으므로 아주 훌륭한 결혼식이 되었다. 평생 흐트러진 모습을 보인 적이 없던 카이요 씨조차 사흘째 되던 날*에는 제법 얼큰하게 취한 모습을 보였다. 랑드리와 가족 모두의 기쁨을 방해하는 것은 아무것도 없었다. 마을 사람들까지 모두 기쁨으로 가득 차 있었다. 왜냐하면 두 집안 모두 부자였고 파데트도 두 집안을 합친 것만큼의 부자로, 모든 사람들에게 훌륭한 선물을 하고 큰 잔치를 베풀었기 때문이다. 착한 마음씨를 갖고 있는 팡송은 예전에 자신을 좋지 않게 생각했던 사람들 모두에게 악행을 선행으로 갚겠다고 생각하고 있었다. 훗날

---

* 조르주 상드의 고향 베리Berry에서는 당시에 결혼식을 3일간 행하는 것이 풍습이었다.

랑드리가 좋은 땅을 사서 자신과 아내의 지식으로 훌륭하게 꾸려가게 되었을 때, 파데트는 그 땅 안에 예쁜 집을 짓고 평일에 4시간씩 마을의 불행한 아이들을 그곳에 불러들여 그녀 자신이 직접 동생 자네와 함께 그들을 가르쳤고 올바른 신앙을 교육했다. 가장 가난한 아이들에게는 재정 지원을 해주기도 했다. 그녀는 자신이 불행하게 방치된 아이였다는 사실을 기억하고 있었으며 자기가 낳은 아이들에게는 부자도 아니고 사랑받지 못한 아이들을 다정하게 대해야 하며 동정을 베풀어야 한다고 일찍부터 가르쳤다.

그런데 가족들이 행복해하는 가운데 실비네는 어떻게 되었을까? 누구도 이해할 수 없고 바르보 씨를 깊은 생각에 빠지게 만든 일이 일어났다. 랑드리와 나네트의 결혼식이 끝난 지 1개월 정도 지났을 때, 아버지가 실비네에게도 상대를 찾아 아내를 맞아들이라고 권하자 결혼할 마음은 전혀 없으며 얼마 전부터 꼭 하고 싶은 일이 생겼다고 대답했다. 그것은 군대에 지원해서 군인이 되는 것이었다.

마을의 어느 집에나 남자가 그리 많지 않아 땅을 경작할 일손이 부족했기 때문에 지금까지 자발적으로 군대에 지원하는 일은 거의 없었다. 그랬기 때문에 그런 결심에는 누구나 크게 놀라지 않을 수 없었다. 왜 그런 결심을 했는지 물어도 실비네는 군대가 갑자기 좋아져서 가려고 한다는 이유만 댔는데, 그 누구도 실비네가 그런 생각을 하고 있다는 것을 알지 못했다. 아버지, 어머니, 형제자매들, 그리고 랑드리가 할 수 있는 말은 다 해보았지만 실비네는 생각을 바꾸지 않았다. 그래서 가족 중에서 가장 머리가 좋고 가장 좋은 조언자인 팡숑에게 물어볼 수밖에 없었다.

파데트는 실비네와 두 시간가량 이야기를 나눴다. 두 사람이 헤어질 때 보니 실비네도 울었던 것 같고 파데트도 마찬가지였다. 그러나 두 사람 모두 차분하게 결정을 내린 듯한 모습이었는데 실비네는 결심을 바꾸지 않겠다고 말했으며, 파데트가 실비네의 결심을 인정하며 훗날 실비네를 위해 좋은 일이 일어날 것이라고 예언했기 때문에 더 이상의 반대는 없었다.

파데트가 이 일에 대해서 말한 것 이상으로 무엇인가 더 알고 있으리라고는 아무도 확신할 수 없었기 때문에 그 이상 반대할 수도 없었으며 바르보 부인조차도 많은 눈물을 흘리긴 했지만 결국에는 승낙했다. 랑드리는 절망에 빠졌다. 하지만 아내인 파데트가 이렇게 말했다.

"실뱅을 떠나보내는 것은 신의 뜻이고 우리 모두의 의무예요. 분명한 이유가 있어서 내가 그렇게 말하는 거라고 생각해 줘요. 더 이상은 아무것도 묻지 마세요."

랑드리는 가능한 한 멀리까지 실비네를 배웅하러 나갔다. 헤어져야 할 곳에 다다라 그때까지 어깨에 메고 있던 짐을 실비네에게 건네주고 나자 마치 자신의 마음을 가져가라고 건네준 듯한 기분이 들었다. 형을 바래다주고 사랑스러운 아내 곁으로 돌아온 랑드리는 파데트의 간병을 받을 수밖에 없었다. 너무 슬퍼서 한 달 내내 정말 많이 아팠기 때문이었다.

실비네는 한 군데 아픈 곳도 없이 국경까지 여정을 이어갔다. 나폴레옹 황제가 계속 승리를 거두던 시기였다. 비록 군인이 되는 것에 관심을 가져 본 적도 결코 없었지만 그는 열심히 싸웠기 때문에 곧 훌륭한 군인으로 인정받게 되었다. 전쟁터에서는 마치 목숨을 버릴 기회를 노리는 사람처럼 용감했지만, 한편으로는 어린아이처럼 고분고분 규율을 지켰으며, 그와 동시에 최고참처럼 자기 자신에 대해서는 매우 엄격했다. 실비네는 교육을 충분히 받아서 상관으로 금방 승진했다. 매일 같이 힘든 일을 해내며 용기를 발휘하고 품행도 좋았기 때문에 10년의 세월이 지나자 대위가 되었으며 거기에다 무공훈장까지 받았다.

"아, 이제는 돌아와 줬으면 좋겠는데!" 바르보 부인은 실비네가 보낸 편지가 도착한 날 밤에 남편에게 말했다. 그 편지에는 부모님과 랑드리, 파데트, 그리고 남녀노소 가족 모두에 대한 애정이 가득 담겨 있었다. "이제 장군이 된 거나 다름없잖아요. 그만 쉬어도 될 텐데."

"더 이상 승진하지 않아도 지금의 계급이면 충분해."라고 바르보 씨도 말했다. "농민의 집에서는 이것만 해도 커다란 영광이야."

"파데트가 이렇게 될 거라고 예언했었잖아요." 바르보 부인이 말을 이었다. "그래요, 틀림없이 그렇게 말했어요."

"그야 어찌 됐든."라고 아버지가 말했다. "어째서 그 녀석이 그런 결심을 하게 된 건지, 어떻게 해서 그렇게 성질이 바뀐 건지 아무래도 이유를 알 수가 없단 말이야. 조용하게 지내고 편한 것만 좋아했잖아."

"여보." 바르보 부인이 말했다. "우리 며느리는 자기가 말한 것 이상으로 무언가를 알고 있어요. 하지만 어미인 내 눈은 못 속이죠. 저도 파데트만큼은 그 이유가 뭔지 알 것 같아요."

"이젠 나한테 이야기해 줘도 되지 않나?" 바르보 씨가 말했다.

"그건요." 바르보 부인이 대답했다. "파데트가 너무 뛰어난 마법사여서 실비네의 병을 고쳐줬을 때 자신이 원했던 것 이상으로 그 아이의 마음을 사로잡아버린 거예요. 마법의 효과가 너무 강했다는 걸 알게 된 순간 억제하거나 효과를 감소시키려 했었죠. 하지만 그게 안 됐던 거예요. 우리 실비네는 동생의 아내에게 너무 마음을 두고 있다는 것을 깨닫고 명예심과 도덕심 때문에 집을 떠난 거예요. 그랬기 때문에 팡송은 실비네의 의견을 지지하고 인정한 거죠."

"만일 그렇다면." 바르보 씨는 귀를 긁적이며 말했다. "그 녀석이 평생 결혼 안 하겠다고 할까 걱정이네. 옛날에 목욕탕집 클라비에르 할머니가 그랬잖아. 그 녀석이 한 여자에게 반하면 동생에게는 그처럼 열중하지 않게 될 거라고. 그리고 워낙 정이 많고 열정적인 아이라 평생한 여자밖에 사랑하지 않을 거라고 말이야."

독보적 존재감의 페미니스트 조르주 상드

　19세기 파리 사교계에 조르주 상드만큼 화제를 몰고 다니는 사람은 없었다. 남장을 하고, 담배를 즐기고, 열정적으로 많은 글을 발표하고, 문화계의 주요 인사들과 교류하며, 무엇보다도 떠들썩한 연애의 주인공이었기 때문이다. 조르주 상드란 이름의 향수가 출시되어 인기리에 판매되었다니 그녀의 인기와 영향력을 짐작할 만하다.

　그녀는 18세에 뒤 드방 남작과 결혼하고 두 자녀를 출산하지만 결코 행복하지 않았던 결혼 생활을 체념하며 감내하는 대신 완전히 새로운 인생을 살기로 결심한다. 27세에 파리로 이주해 오로르 뒤팽이란 본명 대신 조르주 상드라는 필명으로 첫 소설 『앵디아나』를 발표한다. 아내를 억지로 남편에게 묶어 놓는 사회적 인습에 강력히 항의하고, 불행한 결혼 생활을 버리고 사랑을 찾는 여주인공을 옹호하는 내용의 이 소설이 성공을 거두자, 그녀는 남장을 하고 문필가들의 모임에 자주 출입하며 왕성한 집필 활동을 이어 나간다. 그녀가 남장을 한 것은 주목을 끌고 싶어서가 아니라 남자이어야 제한받지 않고 출입이 가능한 곳이 많았고, 비용이 덜 들기 때문이기도 했다. 그녀는 여성 독립의 필요성을 주장한 최초의 여자였다. "아내는 남편을 따르는 존재"라고 나폴레옹 민법전에 명시되어 있던 시대에 자유인으로서의 여성, 인격체로서의 남녀평등을 원했다. "여성, 남성이 아니라 하나의 성이 있을 뿐"이라는 그녀의 생각은 훗날 페미니스트들의 구호로 쓰일 만했다.

상드는 자기의 일을 갖고 자신의 힘으로 돈을 벌어 경제적 독립을 이루고 싶어 했다. 그러기 위해 쉼 없이 글을 썼으며, "곡괭이질을 멈추지 않는 인부"처럼 일했다는 소리를 듣기도 했다. 그녀의 글은 주제와 소재가 다양했고 풍부한 상상력과 섬세한 감성으로 문단의 주목을 받으며 대중들의 인기를 얻었다. 백여 편의 소설을 써냈으며 소설을 희곡으로 만들어 연극 무대에 올려서 많은 호응을 받기도 했다. 공화주의자였던 그녀는 자신의 사회 정치적 이념을 주장하는 글들도 활발히 발표했다.

"사랑 없이 살기를 원하지도, 원할 수도 없다."라고 생각한 상드는 끊임없이 연애를 했다. 실연을 하게 되면 우울해하거나 칩거하는 대신 자신의 연애가 끝났음을 세상에 알리고 다녔다. 그래야 새로운 사랑이 찾아온다는 것이다. 그녀는 사랑에서도 시대를 앞서가는 진취적인 사람이었다. 그녀의 연애 편력에서 가장 유명한 애인은 뮈세와 쇼팽이었다.

영광의 절정에 있던 낭만파 시인의 대가였던 뮈세와 막 명성을 얻기 시작한 상드는 동거와 결별을 세 번이나 반복했음에도 둘의 연애 기간은 채 2년이 되지 않았다. 뮈세의 사후, 그 형이 찾아와 뮈세가 보냈던 편지들을 돌려줄 것을 청했는데 상드는 돌려주는 대신 그와의 연애를 소재로 한 『그 여자와 그 남자』를 출간했다. 그러자 작가이기도 했던 뮈세의 형은 『그 남자와 그 여자』를 출간하고, 그 뒤를 이어 뮈세의 마지막 연인인 루이즈 콜레는 『그 남자』를 출간하여 당시 살롱과 카페에서 큰 화제가 되기도 했다.

반면 쇼팽과의 관계는 9년간이나 지속되었다. 상드의 모성애적인 헌신적 사랑은 너무도 유명했다. 폐결핵을 앓고 있던 쇼팽을 위해 마요르카섬으로 요양을 떠나기도 했고, 프랑스 중부 베리 지방에 있는 그녀의 노앙 저택에서 지내게 하면서 정신적으로 물질적으로 세심하게 보살폈다. 쇼팽은 좋은 자연환경에서 많은 명곡을 창작해 낼 수 있었다. 조르주 상드 딸의 결혼 문제를 두고 불화가 생겨 두 사람은 헤어지게 되는데 상드는 쇼팽의 장례식에도 참석하지 않을 정도로 둘의 관계에 미련을 두지 않았다. "나는 과거에 무슨 일이 있었는지 잘 모른다. 나에게 인생은 언제나 현재를 말하기 때문이다."라는 그녀의 신념은 연애에도 적용이 되는 듯하다. 하지만 쇼팽은 달랐다. 늘 가지고 다니던 수첩에 상드의 머리카락이 끼워져 있었고, 그녀에게 받은 200여 통의 편지가 훼손되지 않은 채 유품으로 발견된 걸 보면 그녀를 잊지 못했거나 그녀와의 시간을 소중히 간직하고 싶어 했던 것으로 보인다.

화려한 연애 외에도 많은 문화계의 인사들과 친밀한 교제가 있었다. 당시 대부분의 사교계 인물들과 교류가 있었고 그들과 주고받은 편지는 4만여 통에 이를 것으로 추정될 정도이다. 들라크루아, 고티에, 뒤마 부자 등은 상드의 노앙 저택의 단골손님이었고, 알퐁스 도데, 아나톨 프랑스와 같은 새로운 세대의 젊은 작가들은 상드에게 작품을 보내 평가를 기다릴 정도였으며, 특히 플로베르와는 특별한 우정을 나누던 사이였다. 당시 『감정교육』 『성 앙트완느의 유혹』 등을 출간 후 혹평을 받아 상심한 플로베르에게 자신의 작품은 50년이 지나면 읽히지 않겠지만, "당신은 전 세대의 독자를 위해 글을 쓰는 일류 작가"라면서 격려했고, 플로베르의 『살랑보』를 극찬하는 글을 「프레스」지에 기고하기도 했다. 그리고 위고는 그녀의 장례식에 추도문을 작성할 정도로 경의를 표하기도 했다.

그녀는 사교계의 중심에 있었던 사람이었음에도 항상 검소하고 절제된 생활을 했다. "행복이란 욕망을 끊임없이 확장하는 데 있는 것이 아니라 오히려 그것을 제한하는 데 있다고 생각하고 자신이 소유한 것들에 싫증을 내지 않고 충분히 즐기는 것"이 삶의 원칙이었다. 죽기 며칠 전까지도 글을 쓰며 출판 계약을 통해 돈을 벌어들인 것은 자신의 화려한 생활을 위해서가 아니라 할머니가 물려주신 노앙 저택을 유지하고 자손들을 부양하기 위해서였다. 자신을 위해선 내핍도 마다하지 않았지만 가난하고 소외된 사람들을 돕는 데에는 적극적이었다. 그녀에게 도움을 요청하는 수많은 편지에 일일이 답장하고 그들을 돕기 위해 노력을 아끼지 않았다. 이처럼 그녀는 죽는 날까지 "가족들에게 유용한 존재"로, 이웃들에게 자선을 베푸는 따뜻한 사람으로 남았고, 지인들에게는 손님 대접을 잘하는 노앙 저택의 마님 역할을 하면서 많은 사람으로부터 사랑받으며 외롭지 않은 노년 생활을 보냈다. 72세의 나이로 눈을 감은 그날까지 자신에게 주어진 시간을 견실하고 충일하게 살아 낸 조르주 상드는 그 누구보다도 독보적인 매력을 지닌 사람이었음에 틀림이 없다. 주체적인 삶을 살고 싶어 하는 사람은 많지만, 그것을 실천해 내는 사람은 많지 않다. 남자에게 종속되는 삶을 살도록 강제하는 시대적 분위기 속에서 자기 인생의 주체로 살겠다는 신념을 지켜 나간 그녀는 진정한 의미의 페미니스트라 할 수 있을 것이다.

『사랑의 요정 파데트』

1848년 2월 혁명으로 어수선해진 파리를 떠나 고향에 정착하게 된 상드는 이 무렵부터 베리 지방의 자연을 배경으로 한 『마의 늪』『사생아 프랑수아』『사랑의 요정 파데트』『피리 부는 사람들의 무리』를 연달아 발표한다. 백여 편이 넘는 상드의 소설 중 가장 높은 평가를 받는 작품들이 바로 이 전원 소설들이다. 상드가 전원 소설을 쓰기로 결심한 것은 베리 지방의 농민들 사이에서 구전되어 온 전설이나 노래가 점차 잊혀 가는 현실을 걱정해 그것들이 소멸하기 전에 원형을 보존하고 싶어 했기 때문이다.

상드의 전원 소설 가운데 『사랑의 요정 파데트』가 가장 대중의 호응이 좋았다. 이 소설이 다소 짧은 분량의 40개의 장으로 구성된 것은 신문 연재를 위해 쓴 것이기 때문이다. 연재소설인 만큼 각 장의 끝에는 독자에게 다음 회가 궁금해지도록 호기심을 자극하는 포인트가 있다. 원래 연재하기로 약속했던 신문은 폐간되어 결국 「르 크레디 *Le Crédit*」라는 일간지에 1848년 12월 1일부터 그다음 해 2월 28일까지 연재된다. 『사랑의 요정 파데트』는 많은 인기를 끌어 이 소설이 연재되는 3개월간 구독자가 큰 폭으로 늘었다고 한다.

이 소설은 쌍둥이 형제의 우정과, 파데트와 쌍둥이 동생의 사랑이 이야기의 두 축을 이룬다. 연재를 부탁했던 에첼에게 보낸 편지에 소설 제목을 '쌍둥이Les Bessons'로 하려 했다는 것에서 알 수 있듯이 처음에는 파데트보다 쌍둥이의 이야기에 훨씬 관심이 있었음을 알 수 있다. 구별이 잘 안 될 정도로 같은 얼굴을 갖고 태어난 쌍둥이 형제는 커갈수록 점점 다른 모습으로 변해 간다. 건장하고 일 잘하고 사교성이 좋은 동생 랑드리와 연약하고 감성이 풍부하며 동생에게 모든 애정을 쏟느라 자신이 남자라는 사실을 잊을 정도인 형 실비네의 이야기가 소설의 초반부를 차지하며 파데트가 등장하고 랑드리와의 연애가 시작되면서 이야기는 세 주인공을 둘러싸고 점점 긴장감 있게 진행된다. 세 주인공의 이야기를 중심으로 상드는 베리 지방의 전원 풍경을 아름답고 생동감 있게 그려냈으며, 지방 농민들의 생활과 대화도 사실적으로 재현해 냈고, 주인공들의 번민과 두려움, 기쁨과 질투, 분노와 좌절 등 여러 감정을 섬세하게 분석해 냈다.

파데트는 조르주 상드 자신을 모델로 해서 만든 인물이다. 파데트와 상드 사이에는 할머니 밑에서 양육되고 어머니의 부재를 경험하고, 베리 지방의 자연을 만끽하며 말도 잘 타며(상드는 승마를 위해 어릴 때부터 바지 차림에 익숙했다고 한다), 말 잘하고 예쁜 눈을 가졌다는 공통점이 있다. 외양에서나 행동에서나 선머슴 같고, 가난 때문에 초라한 행색을 하고 다니며, 품행이 좋지 않은 엄마를 둔 덕에 사람들이 무시했던 파데트는 랑드리와의 사랑을 계기로 변하기 시작한다. 그녀는 불우한 어린 시절을 보냈으나 멋진 결혼 상대를 만나 행복해지는 수동적 인물이 아니다. 오히려 그녀는 자기 힘으로 자기의 삶을 개척해 내는 능동적이고 진취적인 인물이다. 그녀가 어떻게 사람들의 인정을 받고 인습과 편견의 장애를 뛰어넘어 원하는 바를 이루어 내는지, 어떻게 지난 시절 자신에게 부당하게 대했던 사람들과 화해를 하는지, 자신처럼 가난하고 소외된 아이들에게 헌신적으로 봉사하는 삶을 살게 되는지 그 변모의 과정을 지켜보는 것이 이 소설을 감상하는 최대의 즐거움이 될 것이다. 조르주 상드가 희망하고 스스로 실천했던 주체적인 여성상을 발견하는 기쁨을 느껴보시기 바란다.